广东当代乡土诗选

吉狄马加题

唐德亮　王建明　主编

黄河出版传媒集团
阳光出版社

图书在版编目（CIP）数据

广东当代乡土诗选 / 唐德亮, 王建明主编. -- 银川:
阳光出版社, 2024.5
ISBN 978-7-5525-7286-5

Ⅰ.①广… Ⅱ.①唐… ②王… Ⅲ.①诗集－中国－
当代 Ⅳ.①I227

中国国家版本馆CIP数据核字(2024)第108842号

广东当代乡土诗选　　唐德亮　王建明　主编

责任编辑　谭　丽
封面设计　圣立文化
责任印制　岳建宁

黄河出版传媒集团
阳　光　出　版　社　出版发行

出 版 人　薛文斌
地　　址　宁夏银川市北京东路139号出版大厦（750001）
网　　址　http://www.ygchbs.com
网上书店　http://shop129132959.taobao.com
电子信箱　yangguangchubanshe@163.com
邮购电话　0951-5047283
经　　销　全国新华书店
印刷装订　四川金邦印务有限公司
印刷委托书号　（宁）0029591

开　　本　710 mm×1000 mm　1/16
印　　张　35.5
字　　数　700千字
版　　次　2024年5月第1版
印　　次　2024年5月第1次印刷
书　　号　ISBN 978-7-5525-7286-5
定　　价　86.00元

编选说明

　　《广东当代乡土诗选》是一部大型诗选，编选者对入选本书的乡土诗人与诗作特定如下几个条件：

　　一、所选收的乡土诗上下限时间为1949年10月至2023年5月。

　　二、所选收的乡土诗必须是写农村、农业、农民及与之相关内容（乡村民情、风俗、风物等）的作品。

　　三、广东籍诗人创作的乡土诗。

　　四、在广东工作的外籍诗人的乡土诗。

　　五、适当选收旅居或访问广东的诗人创作的广东地域乡土题材的诗作。

　　六、"打工诗人"反映在城市打工生活的"打工诗歌"一般不收，他们反映乡村生活的诗作酌情选收。

　　七、所选收的乡土诗作品必须是曾在报刊（含各种新媒体）发表或收入各种著作的。为确保本书编选的严肃性，所选收的作品以纸质报刊发表和收入各种书籍的为主，尤其优先收入各种知名报刊和各种全国、全省性选本的作品。对所有入选的作品一律注明所发表报刊及时间、书籍的名称和出版社及出版时间，录以备考。

　　八、编排上，以诗人出生年代的先后为序。

　　九、个别诗歌篇幅较长，采取节选的办法，敬希理解。

　　十、为落实党的"双百"方针，体现历史唯物主义，我们对各种风格（传统的、现代的、先锋的）的乡土诗采取兼容的态度，特别是在历史上产生过重大影响的作品，只要不违反党的两个《决议》精神，都予以选录。

　　十一、本诗选有的诗人仅选一首，有的则选了几首，这与入选作者的总体成就无关。有的著名诗人在诗歌史或者文学史上都留下了重要篇幅，但纵观其诗作，则极少甚至从未写过乡土诗。当然，报刊和书籍浩如烟海，编选者人力、目力与学识有限，沧海遗珠在所难免，也盼诗人和读者们给予理解。

编选者

2023年7月

风好正是扬帆时

陈　希

　　广东地处祖国大陆的南端，背靠南岭，面朝南海，自古就是海上丝绸之路出发地之一，长期以来得风气之先。作为中国改革开放的排头兵、先行地、实验区，广东以不到2%的国土面积贡献了全国近11%的GDP，为中国开放程度最高、经济活力最强的区域之一，书写了令世界刮目相看的发展奇迹。如今，在这片高质量发展的热土上，粤港澳大湾区建设如火如荼。金秋时节，秋风吹拂，花果飘香，珠江潮涌，南粤大地生机盎然，在全面推进乡村振兴战略之际，弥漫着泥土和露水气息的《广东当代乡土诗选》印行，可喜可贺。

一、乡土是我们的根

　　所谓乡土诗，主要是指以乡村、农业、农民为抒情对象，体现时代审美价值的诗歌创作。诗意放歌阡陌间，乡土诗歌描绘家乡山水与风物，表达生活的感悟和反思，呈现留得住的记忆、看得见的乡愁，具有独特的价值。

　　乡土是一个古老而现代的主题，乡土中国是中国社会的基本底色。岭南是一个拥有丰富自然资源和多元文化的地区，广东经济整体实力雄厚，但是省内各地区的经济发展极不平衡，珠江三角洲和部分沿海城市经济发展较快，富甲天下；粤东、粤北、粤西大部分山区经济发展相当缓慢，经济欠发达。珠三角地区和非珠三角地区两极分化非常严重，非珠三角地区相对落后，处于经济发展的初级阶段，城乡发展程度与周边的广西、湖南、江西都差不多，甚至还落后于全国平均水平。另外，珠三角地区城镇化进程亦各不相同，出现城乡经济和民生发展的不同步和差异性，外来人口增多以及城乡融合发展、生态文明等问题较突出。从城镇化过程来看，岭南很多地区，人们物质需求满足，开始追求精神的丰盈，但缺乏文化自信，乡土文化的保护和传承迫在眉睫。近年，随着城市化不断面临新的挑战，不时有回流乡土的现象，提供了乡土文学生长、乡土诗歌发展的空间和可能。

乡土是我们的根，乡村是我们的梦，乡情是我们的魂。乡土孕育前进的动力和发展的可能。《广东当代乡土诗选》是一部回首过去、直面当下、展望未来的乡土诗歌史，一部前行、成长和变化的文学史，田园风光、民情风俗跟随时代嬗变而潮落潮起，乡土诗歌历经着本身的低谷与昌盛。中国特色社会主义进入新时代以来，无论是农村基础结构、农民生活方式和价值观的变化，还是国家政策语境下的新农村建设，特别是举世瞩目的脱贫成就，可以说是千年未有之变。这样的"新乡土中国"，在城市化进程的时代洪流中不但绽放着历史理性的光辉，而且通过现代诗歌艺术进行呈现，充分体现了乡土文学在"两个一百年"历史交汇处的文化意义。

岭南乡土诗歌源远流长。"广东之文始尉佗"，南越王赵佗的《报文帝书》被称作"岭南史上第一文"，东汉杨孚所著《南裔异物志》，被认为是粤诗之始。广东文学"始燃于汉，炽于唐于宋，至有明乃于照四方焉"①，张九龄的诗歌以清淡为主，意境深远，不乏刚正之风，被称为唐代山水诗的开山鼻祖。自宋元崖山大战，经"南园五子"、陈献章及"南园后五子"，清代"岭南三大家"对"崖山精神"的倡导，上追三唐，洗尽铅华，扫除复古之风，顽强不屈的遗民精神成了岭南士人的一种集体意识，发而为诗，多雄厉朴质之音。

岭南历来是乡土文学的沃土。岭南诗歌多姿多彩，无论是民间歌谣还是文人创作，都充满乡土情怀，洋溢着浓烈的人情美和生活美，体现着时代精神。（李调元《粤风序》称赞："益信深山穷谷之中，抱瑾握瑜之士犹在也。"戴叔伦云："红芳绿笋是行路，纵有啼猿听却幽。"（《送人游岭南》）汤显祖虽是贬谪之人，也写有"临江喧万井，立地涌千艘。气脉雄如此，由来是广州"（《广城二首》）、"绝岭能清啸，下山浑欲愁。千山一回首，云气是罗浮"（《下飞云岭》）的诗句。）这些诗歌接地气、带露珠，是乡土诗歌样本。明清以来，"雄直"成为岭南诗派的主导诗风，也是广东乡土诗歌的审美追求。近代梁启超、黄遵宪的革新意识和爱国情怀，现代左翼诗歌的抗争精神和革命品格，是岭南诗学"曲江规矩"和"宗法汉魏"传统的赓续，至今传承不绝，成为田园牧歌的主旋律。

现代乡土诗歌在题材和内容上赓续古代田园山水诗，但写法和审美方式迥异。现代乡土诗歌产生于现代社会，是自由体白话新诗，不同于格律体文言诗。古代社会的乡土诗，描绘自然山水风光，或者借景抒情，或者情景交融，审美方式主要通过千姿百态、栩栩如生的乡间风光景物和风土人情，表达作者对乡土的思念和喜爱。这类诗以描写自然风光、农村景物以及安逸恬淡的隐居生活见长。而现代乡土诗，写法和风格多样，内容深刻复杂，充满生机活力，既有主观的情景抒写，也有客观的理性反思，还有社会环境、生活方式、乡土文化、乡土资源、城乡矛盾等描绘或揭示。

二、岭南风韵：乡音与民歌

现代岭南乡土诗歌为广东文学留下了浓墨重彩的一笔。岭南最先出现的新文学，多为宣传革命的文学，初期作者为革命家，譬如杨匏安、彭湃等。1918年的《广东省会学生联合会月报》、1921年的《劳动妇女》、1933年的《工界》等刊登了不少新诗，不少是民歌体。

民间文艺成为岭南诗人创作的养料，岭南歌谣直接孕育和产生现代广东乡土诗歌。1927年2月，北新书局出版了钟敬文编的《客音情歌集》，这是中国第一部数量最多的客家山歌集。后来罗香林搜集、出版客家歌谣《粤东之风》，丘玉麟、林培庐各自编出了潮州歌谣集《潮州歌谣集》《潮州畲歌集》，而象征派先驱李金发不仅整理出《岭东恋歌》，还创作了不少梅州乡土民歌。

广东现代乡土诗歌代表诗人为蒲风、陈残云、野曼、阮章竞和楼栖。

蒲风的《茫茫夜》1934年出版，描写农村生活，反映了农民的痛苦和挣扎，表现了农村的新变化。"半夜里，沉重的黑幕遮住全村/不分时，纵是溪流通过了村心/显出一边是毗邻着的黑的屋脊/一边是广阔的田野/阡陌层层的/……唉！黑暗，狗吠，风号……"这是蒲风《茫茫夜》中的诗句，是描绘当年梅县（今梅县区）家乡的景象，揭露贫穷的农村、黑暗的社会现实。表现了20世纪30年代农村年轻一代的觉醒。作者选择一个狂风怒号的黑夜，写一位善良的农村母亲怀念儿子的低诉。儿子为推翻黑暗世道，参加"穷人军"英勇奋战。母亲从呼号的风声中，似乎听到了儿子的回答。诗作反映农民深受迫害的不幸处境，并预示了千百万农民的觉醒，必将在"黑暗中诞生光明"。诗作感情充沛，形式朴素。

陈残云以小说和剧本创作出名，但最初以新诗创作走上文坛，以诗为旗为枪，发表了许多激情澎湃的抗战诗篇，同时创作了很多反映乡村生活，表现乡情眷恋，关注农民命运和疾苦的乡土诗歌。比如，《卖叮叮糖的人》发表于1937年7月《广州诗坛》创刊号，抒发对底层穷苦人民的同情，语言沉郁顿挫。诗歌把在乡村兜售叮叮糖的孤零零的老人比作"一条衰弱的老狗"，描写了他艰难生存的处境。这个卖糖的老人满面风尘，给乡下孩子带来片刻的春天，却不能改变自己穷苦孤寂的命运。《某村》《故乡的雾》等，反映了战争时期乡村的堕落和衰败。诗人饱含悲愤之情，打量着乡土中国，虽然对民族的新生也有所希冀，但掩饰不住对苦难生活的绝望和批判。

野曼从1938年开始文学创作，在他与蒲风主编的《中国诗坛岭东刊》发表诗作。1946年与黄宁婴编辑出版《中国诗坛》，同时与于逢、易巩主编《文艺世纪》。《我是新来的幼小者》发表于1945年《诗创造》："我是新来的幼小者，我以惊奇的目光/凝视着这个世界。"诗人质疑这小小的土地上，为什么人群中有许多的不同。中华人民共和国成立后，野曼命途多舛，但以"迟到者"身份和方式进行诗歌创作，笔耕不辍。"把人贬为牛、鬼、蛇、神/曾经是风雨飘摇的中国的一大发明/最后我终于被贬为牛打入牛栏/与牛结伴开始垂死挣扎的人生"。野曼回忆动乱岁月的不堪往事，感慨"幸而我的基因出自贫瘠的山野/世世代代与大山一样卑贱"。乡村成为生命的基因，国家的基本。在新时期诗坛上，野曼最早把诗的触角伸向改革开放题材，站在时代的高度，以田野、南风等乡村意象歌颂改革开放和现代化建设。

1949年，阮章竞创作的长篇叙事诗《漳河水》蜚声诗坛。该诗采用山西民歌的形式，描述了太行山区漳河边上三个劳动妇女在新旧制度中婚姻爱情生活的不同遭遇和在建立民主政权后为争取幸福生活所作的斗争。同年，楼栖用客家方言写作长诗《鸳鸯子》，以爱情为线索，讲述南方女青年鸳鸯子林亚灿的苦难经历和参加翻身斗争的故事，充满着浓烈的抒情色彩，并富有浓郁的乡土气息。

20世纪50年代，中国社会处于大转型时期，乡土文学引人注目，以赵树理为代表的"山药蛋派"和以孙犁为代表的"荷花淀派"成为主流，乡土诗歌反映现实，通俗易懂，迎来高潮。阮章竞、楼栖在中华人民共和国成立后分别转向工业诗、儿童诗创作和文学理论研究，但更多的诗人转向乡土诗歌创作，譬如以鸥外鸥为代表的"反抒情"诗派活跃于抗战时期及20世纪40年代诗坛，是最具艺术个性和前卫意识的诗人之一。1950年后，鸥外鸥转向写实乡土诗歌，诗风完全变了。②1960年4月，他写了《宝葫芦》一诗："松海水库大葫芦/南渡江长水滔滔/要它放就放/要它留就留/呼风唤雨不用求。"

乡土诗一直是当代广东诗歌创作的重要领域。当代广东诗人大都写过乡土诗，他们一方面承继了《诗经》《离骚》的诗教之美和山水田园抒情；另一方面又努力开掘张九龄诗学中的民生情怀和岭南风韵，留下了不少佳作。蒲风、陈残云、芦荻、野曼、欧阳翎、韦丘、梵杨等创作大量乡土诗歌佳作，如同南国的一棵红棉树开满了火红的花朵，代表了广东乡土诗的发展方向。

20世纪50年代后，陈残云创作的诗歌不多，但仍有部分优秀作品，如《农村短曲（六题）》《写在农村黑板报上的小诗》《深圳河畔》《珠江之夜》《深圳车站及其他》等作品，展现了珠江流域的自然风物、生活百态。其中《农村短曲》中的《红旗之二》，从"海的那边，九龙半岛"的特殊视角歌颂正如火如荼进行的农村合作化运动；《山地》则用质朴的语言写出了农民的心声，巧妙地将个人利益和国家利益联系在一起。

1963年，陈残云选取广东地区16位诗人的部分短诗编为合集《粤海新诗》，所选诗人包括鸥外鸥、侯甸、芦荻、张永枚、韩笑、章明、韦丘、李昌松、梵杨等。他们透过宽广的生活画面和多种多样的题材，尽情表达自己热爱祖国、热爱人民、热爱社会主义的情怀，很多内容是直接写农业生产和乡村生活，体现出了广东乡土新诗的创作水平。

梵杨的乡土诗歌主要描写瑶寨生活和斗争，表现瑶乡新风貌。《瑶山小景》写道"一层层梯田一层层金，瑶山真像一架欢乐的琴"；畅想美好生活图景是"金桐银杉在风中轻轻歌吟""供销社有肉，家里有酒、有糍粑"，富有时代气息。欧阳翎的组诗《瑶山风情》《岭南山中》也是描绘瑶族风光，追求在细节中想象和描摹景象，力图在诗歌中体现生活美、意境美和音律美。凭借抗美援朝时期的一首《骑马挂枪走天下》扬名的张永枚，以表现海边防战士生活为主要内容，但不少作品也涉及改革之中的农民生活变迁，题材丰富。相比较于他的战地诗歌，这些写自然、渔民、海滨、山村的乡土诗歌的基调明快许多。韦丘的诗歌情感真挚，包含深度和力度。《秋旅二题》之《瀑》《秋》《远望青山一片火》等作品从古典诗词和民歌中汲取养分，表现农村的新变化。关振东的诗歌描绘珠江三角洲的自然景物和多彩风貌。《大沙田的早晨》描写广州东湖清晨之景，鸡鸣、蛙叫，雨声、清风汇集，呼唤晨光，于无形间营造清新幽美的氛围，"一阵晓风飘过，飞来缕缕歌声。走，春光就在前面，田野早已黎明"，又在这美妙的氛围中，打造"地上辙痕条条""小艇展翅飞翔，机车航行在雾海上，社员和雾撒肥料，姑娘带露插秧苗"③。《沙田路》描写沙田路景，蕉影、柳条道出葱葱路影，展现欢乐场面。《瑶山小景》展现瑶乡独特的风景，在一片新气象中不禁感叹道："谁想到过去这云海中的穷山洼，如今仙山似的遍地财宝满山花。"

李昌松是潮汕农民诗人，1950年土地改革时发表第一篇诗作《农民泪》，1954年出版诗集《萌芽集》，这是中华人民共和国成立后广东的第一本农民诗集。1958年，出版潮州歌册《花好月圆》，发表长诗《逃回祖国见青天》。《农民泪》是一首潮汕方言长诗，揭露地主和农民的差别："贫无寸铁，富有千金。地主享福，酒肉三餐，农民无食，嫁嬷卖田"，诉说当时农民的苦难。这首诗采用四言句式，吸收民歌传统，节奏分明，朗朗上口，最初发表在黑板报上。被工作团发现，送到地委机关报《团结报》发表，潮汕地委常委、宣传部部长兼土地改革委员会主任吴南生还配了一篇评论《读了昌松兄的诗》。

乡土方言诗歌创作很有特色，农民诗人代表有吴阿六、庄群、程汉灏、谢中然、李成、陈火夜、曾庆雍、刘作钊、刘祥深等。吴阿六创作的潮汕方言诗歌《池湖怎有田》最为典型，该诗发表于1952《工农兵》第八期，以土地为题材，控诉了当时"恶霸狼虎相勾结，池湖人民泪汪汪"的悲惨生活，抒发了广大翻身农民作为国家主人的深厚阶级感情。

1958年"大跃进"，在全国掀起了民歌热潮，创作乡土诗就是民歌运动掀起的浪花。广东地区在民歌创作和收集方面有较为良好的基础，因此成为"大跃进"民歌创作的重要地域。《作品》杂志开设了"大跃进民歌选"栏目，广东人民出版社出版系列作品《广东民歌选》，选登当时的民歌创作，范围一度扩大到

"红军歌谣""革命歌谣""志愿军战士歌谣""海陆丰歌谣"等，但艺术水准参差不一，很多诗歌价值不高。

三、新时代、新变化：从唐德亮到郑小琼

20世纪70年代末，中国实行改革开放。改革开放首先在农村拉开序幕，第一步是生产责任制。土地家庭联产承包责任制成为新时期农村土地政策的一项重大变革，经济发展、对外开放和思想日益多元使乡土文学叙事呈现出新的特征。乡土诗歌不但能够观察具体的农村经济体制改革，而且开始把审美焦点投向了人的思想、人的尊严、人的生存意义。

近年来，扶贫开发、乡村振兴、土地流转、城乡一体化、乡村生态保护特别是新农村建设等成为当下农村新气象，随着网络文学的发展，乡村诗歌早已经突破了科学种田、进城务工、乡镇企业发展等传统书写，成为反映社会生活更加便捷、题材种类更加丰富、传播形态更加多样的文学类型。越来越多的创作者着眼新时代乡村振兴的时代大势，关注农民对价值理想的选择和实现，用真实灵动的故事和栩栩如生的人物为新时代乡土精神和农民品格赋义。

事实上，乡土诗歌之所以成为中国现当代文学的主潮，是因为它从五四运动开始直至脱贫攻坚的当下，始终关注着人的解放，关注着如何解决人的物质贫困和精神贫瘠的问题。在当今社会迅猛发展、日新月异的大时代，乡土诗歌所蕴藏的思想动力和文化景观，以及它在网络和流行文化中形成的投射都是中国文学在新时代的流变。

新时期以来，广东乡土诗人数量、乡土诗歌作品在全国相当突出，被公认为中国当代乡土诗歌创作的重镇。唐德亮、郑启谦、戚华海、郑小琼、卢卫平、黄金明、谢湘南等代表了广东乡土诗的发展方向，创作了优秀的岭南乡土诗歌，在中国诗坛产生一定影响，具有独特的价值。

20世纪80年代以前，广东乡土诗歌往往只落在乡村的风景和农民的劳作之上，并没有向内里渗入，诗歌缺乏对农民生活中的困境和苦难的揭示，因此在诗歌内涵和力度上显得薄弱。以唐德亮为代表的一批诗人再次聚焦乡土，回望乡土，集结出发，踏上乡土诗歌新征程。唐德亮作为粤北瑶山的儿子，自小在乡土民族的环境浸染中长大。清远这片多情多彩的土地，给了他源源不断的创作灵感和源泉。唐德亮乘着诗歌神鹿奔跑，足迹遍及故乡山山水水，正如他在《夜行人》中写道："夜行的时候/山不见高路不觉陡/我，成了自己的光。"他从困苦中获取乳汁，用创作照亮自己，诗歌创作极富乡土民族特色，如《我与群山一起奔跑》《写给瑶山》等。他在诗中不仅抒写了瑶山的蛮荒雄奇、森林的古老深邃、图腾符咒的愚昧神秘，独特的地域风貌和民俗风情，还写出了瑶族人民在

摆脱贫困的进程中表现出来的不屈不挠、不断进取的精神品格。他从深山瑶寨走来，并没有止于民族风情的抒写，而是立于时代之巅，写出了独特地域语境中的民族文化与民族精神，并且思接千载，视通万里，穿越乡土和时空，不断拓展和升华乡土诗歌的题材与精神内涵④。唐德亮的乡土诗特色明显，品格高尚，影响力大，辨识度强，在全国获奖无数，被誉为最有代表性的"岭南乡土民族诗人"。在唐德亮的带领下，清远涌现了一大批优秀的乡土诗人，在国内著名报刊发表了大量优秀的乡土诗歌作品，不少作品荣获国家级、省级大奖，呈现乡土诗歌创作空前繁荣的局面。2014年，中国乡土诗人协会授予清远市"中国乡土诗城"称号。

　　同样关注人与自然的关系，书写清远的山水风物，华海的诗歌转向生态环保问题，提倡生态诗歌，在诗歌创作上进行了转向。近年他出版了《当代生态诗歌》《华海生态诗抄》《生态诗境》和《敞开绿色之门》等生态诗集和理论专著，以诗歌重新体验自然、重建心灵家园。他的生态诗既有表现对工业文明的反思批判，又有重构自然和人的关系之追求。在《突然听到大山喊疼》《来历不明的粉尘》等诗中，诗人对人类的乱砍滥伐、过度开采，以及追求工业利润带来的环境污染、生态失衡等现象进行了批评谴责。在华海笔下，自然界的一切都是有生命的，"山有时睡有时醒/醒的时候/想说话//山的声音/灌进樵夫的血管/他站在峭崖上/喉咙里跳出/一条弓形弧线//弧线被优美地/弹了回头/樵夫就倚着老松/想远处/也有一个樵夫"（《喊山》）。天地万物是一个生命共同体和生态整体系统，在静寂中体验"溪水环流，木叶在四季轮回"（《向晚》），在山区的夜晚感受"雷雨的悲喜循环"（《雷雨》）。从起初的笔架山系列到静福山系列，再到如今的江心岛系列，华海带领清远诗坛走出了一条与地域发展高度融合的生长路径，成就卓越。

　　在佛山顺德出生成长的郑启谦是一名"水乡诗人"。1958年，郑启谦在报刊发表的第一首诗就是以水乡为题材的。他的第一本诗集《多情的水乡》于1988年问世，是新时期以来佛山地区第一本个人诗集。故乡的风土人情，一草一木，一船一桨，一鱼一虾，都成为他创作灵感的源泉。水乡本身是一个多彩的世界，由于时代不同，其色彩也不断发生变化："说起小康/小城也有忧伤/有人喜欢作过分的炫耀/三部彩电堆在镶了墙纸的厅堂/有人富了要发发皇帝梦/花了三年储蓄修龙床/有人公款筑天台泳池/却无视周围那片破败的民房/而社会福利奖券销售点附近/还有未被收容的痴汉在游荡。"郑启谦的笔触没有停留在展现上，而是表现自己的感受与发现⑤。《下班，她拿着一扎菜心挤车》描绘劳动妇女的艰辛；《关于鸡与蛋的研讨会》揭示改革开放初期的知行矛盾；《小康咏叹调》赞美了水乡小城人们的小康生活，反思小富即安，强调不断进取。

　　改革开放以来，神州大地涌现了工业化、城市化的打工大潮，中国亿万农村的剩余劳动力背井离乡涌向广州、深圳、东莞、佛山等城市，成为打工群体。打工诗歌为打工者立言抒情，真实地记录他们在乡村和城市的缝隙间穿梭游走、找不到归宿的孤独和苦闷，艰辛和希望，精神现象和心灵矛盾。

"打工"一词属于粤语方言，打工诗歌应运而生了，成为20世纪90年代以来广东文学最具话题性及包容性的独特现象。

郑小琼于2001年南下广东，辗转多地打工，开始诗歌创作。她的诗歌主要分为三类：其一是当代乡愁诗，描写乡村生活，如《东山村》《黄斛村》等。其二是打工题材的诗，如诗集《黄麻岭》《女工记》等，表现底层人群的困境与悲喜。黄麻岭是郑小琼诗文的一个重要场所，组诗《黄麻岭：生存的火焰》描写艰辛、贫困、孤独、枯燥的打工生活，表达了打工者的忧伤、疼痛、无奈与隐忍。其三是现代风格的诗，如《纯种植物》《进化论》《七国记》《玫瑰庄园》等。其中"打工诗歌"是郑小琼诗歌创作影响最大、成就最高的作品。她的诗作关于现代工业生活以及现代工人状态的描写犹如一面时代的镜子，折射出当代中国底层群体的精神面貌与生存状态，具有现场感与时代性，成为农业中国向工业中国痛苦转型的诗性证词。郑小琼既是一个打工亲历者，又像是站在高处洞透一切的局外人，体验和超验的双重优势使她的诗歌超越了写实性范畴。她的打工诗洋溢着乡土文化关怀，而且所写工厂车间，多在乡村。譬如《黄昏》，第一节写黄昏时的几幕场景：晚风中传来沙沙的衣衫声，一群刚放学的孩子，在不远处一位小贩的微笑，预示生活的温暖、美好和期盼。第二节写五金厂的铁砧声打破了平静，风中的落叶、远方的鸟儿、忧伤的少女和自己一样，没有找到归宿。寄情于景，悲欢离合，隐现其间，令人回味无穷。最近出版的诗集《村庄志》，通过河流、树木、江边、秋天、春天、水、医院、火车、庄稼、父亲等物象和意象，来表达对童年、少年故乡的回忆，以及时代发展尤其是因城镇化带来故乡的变异而产生的伤感。

与郑小琼类似，卢卫平、黄金明、谢湘南从乡村来到珠海、广州、深圳，从乡村眼光打量和审视城市和工商业文明，创作了很多打工诗歌。卢卫平在低处歌唱，坚守平民立场，从那些貌似无关紧要之物尤其是微小的大自然风物身上发现了完美、肃穆甚至永恒。《我后悔让这块石头开花》写道："我能忍受一块大石头/长久的沉默/但弱小者的沉默/总让我感到惶然不安。"他的诗歌情感自然、朴实，意象独到，辨识度高。深谙苦难的意义在于苦难升华之后所发出的温暖亮光。《在水果街碰见一群苹果》由物及人，表达善意和关怀，"身子挨着身子/相互取暖，相互芬芳"，温润如玉，福报绵绵。卢卫平在远离故乡的地方书写着乡土，基本上都是以亲人为线索来写的。《母亲》写道："让她的死，轻如鸿毛吧。因为她五十九岁的人生，每一天都重如泰山。"这首诗艺术张力极强，引人深思，对生老病死的反思扣人心弦，对现实的批判振聋发聩。黄金明的诗来自粤西故乡记忆深处的战栗，长诗《农妇陈高英的一生》书写祖母让人唏嘘的人生，具有史诗的结构特点和质地。诗集《时间与河流》将生命、爱情与自由熔于一炉，描写细致、深入而独到，具有河流的流动及变幻之美。谢湘南用诗歌让自己在城市"找到立足之地"，"钢筋水泥铸造的灯笼/照亮孤独和自己，工卡上的/黑色，搬运工擦亮的一块玻璃迎接/黎明和太阳"（《零点的搬运工》）。诗集《过敏史》里面的《我的晕车史》分"妈妈""姐姐"和"爸爸"三个篇章，其中在生活中挣扎的乡村女性"姐姐"最感人。

洪三泰、郭玉山、杨克、王小妮、郭金牛、顾偕、赵红尘、马莉、丘树宏、唐小桃、浪子、世宾、向卫国、西篱、黄礼孩、安石榴、游子衿、张慧谋、陈陟云、陈计会、林馥娜、陈映霞、冯娜、杜绿绿、唐不遇等也创作不少乡土诗歌，抒写农村、农业、农民及与之相关的乡村民情、风俗、风物等。当代广东乡土诗歌题材和风格具有一定的近似性，但千姿百态，各呈其美，不存在一致的审美走向和诗歌流派，更多的情况下既是个体又是和谐的整体。

四、广东乡土诗歌的特征和价值

乡村的魅力在于自然和朴实。各地农村千差万别，千百年来形成的村落空间，有其独特的风格。乡土诗歌亦如此，内容形态各不相同，但朴实自然是其最大的审美特质。乡土诗歌源自大地、山野、小溪、牧场、农民，朴实真挚的审美体现于随物赋性，将真挚的情感融会于所要写的事物里面，情真意切，不拘形式，自然生动。乡土诗人深入田间地头，与农民打成一片，像庄稼一样质朴，像泥土一样厚实，用真情去拥抱乡土，用心灵去感悟乡土，才能发现诗意，捕捉意象，获得灵气，找到自己内心里同情共鸣的东西。感情的朴实自然，借鉴民歌形式，题材的地域化，语言的口语化，多用赋比兴等等，是现代乡土诗歌的基本特色。

广东乡土诗歌是中国文学的有机构成部分，与全国乡土诗歌有着分合关系，有同步发展的方式和主题，也具有地方性知识的特点与文学地理学意义上的时空特质。一方面，受时代大潮和文化风习的影响，具有全国性诗歌和主流话语的取向和特征。另一方面显示自己的主体性和个性。毕竟在同一个时空工作生活，人缘相亲，民情相近，审美体验相似，更容易形成相近的认知方式、价值取向、性格气质和创作倾向、表现方法、审美风格。

1. 现代性的乡土抒写

广东当代乡土诗歌源于乡村生活，但这种乡村处于城市化进程中，为现代化、高科技化所观照。费孝通《乡土中国》分析"乡土本色"为离不开泥土、不流动性、熟人社会，这种传统社会的乡土性，在新时代逐渐被解构和改变；在

"城市化"与"现代化"、高科技化的进程中，诗人的感受方式、运思方式、叙述姿态与审美趣味已发生变化，古典诗歌的模式，特别是山水田园的书写，已经无法容纳现代人更为丰富复杂的情感思想和生命体验。诗人不再是站在单一乡土的视角来观察和体会生活，也不仅仅是单纯反映风土和民俗，而是从乡村走向城市，又从城市走向乡村，是一个现代人的生命直觉和理性思考相融会的表达方式，显示历史理性的高度。21世纪初，杨克写下《在东莞，遇见一小块稻田》："青黄的稻穗/一直晃在/欣喜和悲痛的瞬间"，形象地展示了农业文明与工业文明碰撞之下的生态现实。《在赛格顶层眺望落马洲》则是描绘深圳的后工业生态："摩天大厦如一株株稻秧/叙说广种福田的春天故事/白鹭依稀，无人机近了又远/落马洲再过去就是粉岭/山河一脉，时近中秋/风过耳，我听见余洛的鹧鸪啼叫/虚拟空间草长莺飞"，由历史与现实、科技与人文、生态与业态构成的全息生态动图，多了一份天人合一、虚实一体的和谐与自信⑥。

郭金牛以诗歌的方式面对现实，追问人生，反思工业和城市对乡村的挤压和侵害。在离乡的受伤者眼里，城市的月亮丧失了诗意，变成"是在肺病上撒下一层霜/还是在伤口上撒了一把盐。"（《662大巴车》）作为一名卑微的打工者，"在异乡遭遇的一切，让我对故乡有了更深刻的理解和向往。我写作的主题只有一个：还乡。"（《写诗的骗子，是我》）郭金牛的诗歌侧重表现"纸上还乡"的乡土理想和批判精神。这种深切的人性关怀和高度的历史理性相结合，提升并显示广东乡土诗歌的广阔空间和现代性品格。

丘树宏是中山诗群、咸淡水诗派首倡者之一，诗歌创作将乡村与历史结合，从"小我"走向"大我"；王建明的诗题材广泛、语言精练、感情细腻，生活气息浓厚，有些诗句读来感人至深。2003年爆发"非典"，2006年取消农业税，丘树宏与王建明不约而同创作有关"非典"和取消农业税的主题诗，在全国引起较大反响。

2. 情感与思想的映照

"乡愁"成了乡土诗歌中最为温暖的情感色调。相比于"历史性的乡土""浪漫性的乡土"，广东乡土诗歌大量展现的是打工者眼里的乡土，也可以说是"现代性的乡愁"——不只写出了传统中国乡村生活的那种质朴自然，更描写了在市场经济介入之后具有现代性意味的乡土，工业化、城镇化进程之中工业化、城镇化的乡土。广东数量庞大的打工作家群对工业社会、城市文明挤压下的乡土的独特描写，引起诗坛的关注。城乡冲突一直贯穿中国现代文学的进程，但是打工诗人的乡土书写带有感同身受或代乡土立言的特点。乡村记忆的祥和纯粹与城市生活的变幻莫测并没有被处理成一种矛盾关系，而是共生于诗人的生命感悟中，成为审美时空。郭金牛、卢卫平、黄金明等通过自己的诗学建构将城与乡的对立转化为一种乡愁情感体验的张力。

诗以情生，情以诗传。爱情是诗歌玄妙和永恒的主题，乡土诗歌亦不例外。除了乡愁，爱情是乡土诗歌表现最为深广和普遍的内容。陈映霞是从梅州山区走出，来到佛山创业的打工者。她的诗集《缤纷的风》《只有云知道》都是抒写"小我"的爱情诗。陈映霞的诗率性、灵动而质朴，温润而饱满，意象别致，虚实相生，开合有度，诗意盎然⑦。譬如《落叶》以简驭繁，凝练而清新，提行转行手法运用娴熟，款款深情又有理性的依托，表达有张有弛，宛如火红的云，醒目灵动，婉转飞扬，既酣畅淋漓，又回味无穷。

除了反映社会现实、抒写现代性乡愁和表达深切的爱情，乡土诗歌也仰望星空，追求人生价值、反思生命意义的形而上的思考，以形而上的思考来穿透形而下的存在。顾偕从外地来到广州，担任文化编辑，关注社会现实，顺应历史趋势，长诗《广州步伐》描绘广州在改革开放中的历史跨越，但更多的创作践行情感与梦想有机结合的思想及艺术探索，创造现代高蹈派诗歌，以自身的写作及其全新出色的精神发现，完成自己与世界的"灵魂编年史"。《惟有月光至高无上》《海底吊灯》属于咏物类诗歌，前者咏月，后者咏水母，赞美高悬的精神之光，其实是人光对话，开发诗意空间。顾偕曾辞职七年，清贫与孤独，闭门造车，以诗的形式来表达自己对整个人类和宇宙世界的思索与探求。抒情哲理长诗《太极》赋予卦象新的意义，《天空》《人类幻想》《日常状态》熔铸诗人对天地、生死、灵魂、奥秘和终极等高屋建瓴式的洞察。

3. 元气淋漓的岭南风情

乡土诗源于乡村生活和风光。乡土诗歌是最接地气的文学，是"土气息、泥滋味"的文学，具有鲜明浓郁的地方色彩。广东乡土诗歌展现气韵生动而独特的风物民情，最能显现和表达岭南各个地方的独特文化与审美形态。越是地方的，就越是中国的，也越是世界的。最好的文学，往往不是世界主义的，而是带着地方的烙印和异质性。

唐德亮的诗歌，瑶族的自然景色、四季变化、动物植物、历史文化、乡居生活、风土人情等均有传神描绘，读者就像翻开一张发黄的老照片，既触摸历史，又感受时代气息。华海的诗歌笔架山系列到静福山系列，再到如今的江心岛，"充满南方农村生活的本真气息"。郑启谦的乡土诗歌富有鲜明、浓郁的地域特色和珠三角水乡气息，具有佛山地理标本意义和品质。

游子衿及梅州"次生林"诗群的诗歌具有很强的现代性，专注于内心感受，表现了独特的广东客家文化。诗集《薄雾》以高远的哲思，深沉明净的个人情感，进入时代生活的各个层面，赋予人、事、物以独一而无限的诗意，披露个人与国家、历史与未来、事件与静物之间沉睡的秘密，开掘民族文化心理，富有浓郁的"原生态"客家风情。

张慧谋生于广东粤西小渔村，海边红树林湿地，留下了他童年浅浅的脚印。

故乡在张慧谋的心底里，是一道抹不去的风景和记忆，更是情怀。张慧谋以平实的笔调，勾勒出一个淡浓相间的故乡，简朴的文字里，却蕴藏着对故乡浓烈深厚的情怀，无论是父母亲，或是亲人，或小城的每一处风景，都有着深沉的感情。张慧谋的诗歌《向海，一路东行》（组诗）所写，都是茂名境内有名的旅游景点，写出了新鲜的诗意。

丘树宏创作了大量反映河源、珠海、中山等地域风光、历史文化以至国家改革开放主题的乡土诗歌。近年他采风创作了反映岭南乡村历史文化、风土人情、美丽风光，赞美社会主义新农村建设成就的诗歌和歌词。丘树宏的诗歌直白平淡中见绚丽，舒缓悠长中见深刻，情感绵长而执着，具有宏阔的历史感和时代感，以及深厚的文化底蕴。

4. 粤语方言叙事

广东乡土文学的一个特征，就是作品中粤语词汇的灵活巧妙运用。岭南方言，包括粤语方言、客家方言、潮汕方言，在乡土诗歌创作中都有体现。粤语诗歌以疍家的咸水歌或者市井之中的各种口水歌和民谣流传于世，例如《落雨大》《月光光》等，亦可以归入粤语诗歌的范畴。晚清时，岭南诗体兴起了"三及第"，即同时包含文言，官话白话及粤方言口语。民国时期，部分广东诗人，常以粤语入近体诗，例如廖恩焘的《嬉笑集》、梁启超的《饮冰室文集》等，亦庄亦谐；符公望的现代粤语方言诗歌创作数量多，语言通俗诙谐，影响力大。20世纪30年代左翼文艺运动，一些诗人倡导方言写作。1939年蒲风出版了客家方言叙事长诗《鲁西北个太阳》《林肯·被压迫民族的救星》，20世纪40年代楼栖用客家方言创作叙事长诗《鸳鸯子》。20世纪50年代，符公望继续创作粤语诗歌，最厂为传诵的则是抗美援朝时期所作的《打倒美国鬼》。而李昌松《农民泪》、关阿六《池湖怎有田》以潮汕方言创作诗歌。方言创作，主要体现在乡土诗歌领域，这一方面是粤方言具有深厚的基础，乡土诗歌天然与民歌关联；另一方面，乡土诗歌通俗生动，采用方言、通俗语言来进行文学创作，使作品增添了浓郁的生活气息和地方色彩。

当代广东乡土诗历经半个多世纪的发展演变，与其他文学样式相比，尽管没有像粤味小说那样形成全国性的强大的冲击波，产生深远的影响；也不曾像报告文学那样在新时期散文中独占鳌头，但它以其对现实的执着、对历史的沉思和浓郁的地域风情，真实地记录了岭南和中国社会的巨大而深刻的变化，再现了现实生活和现实生活中的人的生存状态，体现了广东乡土诗人对主体自我和客体对象的独特、独到的观察体悟和思考，刻画了一道鲜明的社会转型期岭南农村的发展轨迹。广东乡土诗不仅直面现实，见证时代，而且关于城乡文明交织和矛盾的深刻反思和真切抒写，展示了平民立场和人文关怀，抵达历史理性高度，闪现诗歌的精神光芒。

广东乡土诗人是可敬的一代，可爱的一群。他们勤勉、诚实而热情，相互发现并相互喝彩，砥砺前行，秉承创新、开放、务实、包容的精神，共同营造了相友相亲、矢志笔耕的良好氛围。文人不相轻，君子之交淡如水，这是广东乡土诗群的鲜明特点。他们真诚地拥抱时代却不浮躁，自觉地投入现实却不趋时媚俗，创作态度是务实严谨的，绝少游戏和玩世不恭，整体上显示出一种守正创新的风度。淡散沉着大约与岭南诗学传统有关，这种沉着淡散，虽有其负面影响，比如多了几分稳重，因而少了几分激越，多了几分淳朴，因而少了几分敏锐，但无疑是成就无愧时代的大气之作所必需的。

新时代呼唤着新的乡土诗歌。田园牧歌式的乡土向现代城市和工业化转变，旧的乡土诗歌是日薄西山还是亟待拓展，如何呼应和赓续中国乡土千年文脉，传承和创新乡土文化，广东文学为此提供什么经验和期待？这是我阅读《广东当代乡土诗选》过程中一直思考的问题。其实，在新农村建设和乡村振兴的实践中，异质文化将不断进入与影响本土文化，相互作用，新旧交织、雅俗互动，这或许提供了新乡土诗歌生长的可能性。

（作者系中山大学中文系教授、著名评论家）

注：

①屈大均：《广东新语》（卷十一·文语），中华书局1985年版，第316页。

②陈希：《左翼现实主义：新的抒情》《广东文学通史现代卷》，人民文学出版社2023年版，第336页。

③陈残云：《粤海新诗》，广州：广东人民出版社1963年版，第276页。

④吉狄马加：《在诗歌现代性中融入民族性》，《羊城晚报》2018年5月13日。

⑤杨光治：《当代南国水乡的歌者》，《文艺报》2017年2月26日。

⑥伍方斐：《粤港澳大湾区语境下的广东生态诗歌》，《南方日报》2021年12月14日。

⑦陈希：《诗与远方是什么》，《羊城晚报》2017年6月25日。

目 录
CONTENTS

周钢鸣1首

周钢鸣（1909—1981），广西罗城人。曾任广东省文联副主席、广东省作家协会副主席、广东省文化局局长。

去看拖拉机和拖拉机手

拖拉机来到了群众乡，
消息惊动了周围数十里；
有些人听了心花怒放，
有些人听了半信半疑。
四乡男女老少成群结队，
都到田间参观拖拉机。

灿烂的阳光普照大地，
十月天气像初春一般和煦。
拖拉机似一匹雄壮的铁马，
在广阔丰饶的田野上行驶；
它唱着"轧轧轧"的歌声，
惊醒从来没有机耕过的大地。

拖拉机拖着锋利的五铧犁，
把肥沃的泥土来个彻底翻耕。
"你看它犁到五寸、六寸深呀！"
"它一天能犁成百亩呀！"
"它犁过一亩能增产一百斤！"
乡亲们脸上闪着欢喜和惊奇。

挤到乡亲们前头的一个老妈妈，
看见驾驶拖拉机的——
却是自己那个肥胖胖的闺女。
她的心跳动得很厉害，
嘴里嗫嚅地说不出句话，

她脸上闪着欢乐激动的泪花。

乡亲们看见本乡的女拖拉机手，
大家竖起指头高叫"顶呱呱"！
女拖拉机手又是兴奋又是笑，
她心里甜来嘴里急着叫"妈妈"；
好像那初上台演戏的小旦，
红艳艳的胖脸有些羞人答答。

老妈妈做梦都想不到，
乡亲们都在把她女儿的本领夸；
她想着过去一生做地主的牛马，
共产党来了得翻身，
今天苦尽甘来，
好像枯树逢春发芽开红花。

合作社的青年男女突击队队员，
跟在拖拉机后面跑着笑哈哈。
她原木是本乡的模范团员，
他们赶着要在她的襟头挂红花，
他们又是欢喜来又羡慕，
下定决心要努力学习她！

拖拉机像一匹雄壮的铁马，
有文化和技术的人才能骑它；
合作社青年突击队队员们！
决心锻炼身体、做好工作、学好文化，
还有千万匹雄壮的铁马，
等待我们学好本领去驾驶它。

1956年2月

（选自《1949—1979广东新诗选》，广东人民出版社1979年版）

欧外鸥2首

欧外鸥（1912—1995），原名李宗大。广东东莞虎门镇人。曾任中国作家协会广东分会顾问。

宝葫芦

松海水库大葫芦
南渡江长水滔滔
要它放就放
要它留就留
呼风唤雨不用求

南丰坳
葫芦口
一股清泉两面流
向西流入海头市
向东流出秀英沟

葫芦吸尽一江水
从此荒原变绿洲
千家万户皆灯火
辉煌灿烂夜如昼

犁田、磨米兼打谷
插秧、收割兼榨油
用电力
代人力
替耕牛

鲜鱼僻虾滞水库
吃来吃去总还有

说不尽，松涛好
光明幸福的源泉

装在葫芦肚
是党把它
带给海南岛

1960年4月7日于那大镇

五指山头话旧

山头绿
水流青
千年贫苦冰雪融
百载不平恨也伸

一头牛
换一口针
一只鹿
换一两盐

忆往事
叫人难堪

太阳红遍海南天
黎族兄弟庆翻身
船形棚屋
盖砖房
竹火筒
油灯盛
哪比得今宵今夕电灯光

注："一头牛换一口针，一只鹿换一两盐"是解放前黎族遭受反
动势力残酷剥削的事实。

（前一首选自诗集《粤海新诗》，广东人民出版社1963年版，后一首选自
《中国新文艺大系1949—1966诗集》，中国文联出版社1990年版）

陈芦荻 组诗

陈芦荻（1912—1994），原名陈培迪，广东南海人，曾任中华全国文艺界抗敌协会桂林分会理事，华南文联文学部副部长，《作品》编辑部主任。

绣　花

颈上挂着银圈，
手上戴着银镯，
头上插着鸡翎，
阿妹门前绣花。

千红万紫夺朝霞，
千金万玉赛锦纱；
花裙花鞋花手巾，
花儿出在绣针下。

十月十六好日子，
欢乐歌声催着她；
一针一针又一针，
赶绣花衫来出嫁。

十月十六月正圆，
月儿圆圆照瑶家，
门外野花开又落，
手绣花儿永不谢！

酒　曲

我们走过瑶家门口，
瑶家拦着请喝酒，

这个牵着我的衣，
那个扯着我的袖；
这个递我一碗酒，
那个送我珍珠豆。

家家门前真热闹，
大家围着来喝酒；
一干再干举碗不停手，
长鼓响咚咚，
催酒落心头。
我们边唱边拉手，
一圈一圈团团走；
情和酒渗透，
酒和情迸流；
我的衣襟任凭泼满酒，
带着酒香一路回广州。

1956年11月于瑶山
（选自《芦获抒情》）

凤城春

十里花田，
百里鱼塘，
映映、亮亮。
跑十里，跑百里，
一片好春光：
水暖、鱼肥、花香。

十里甘蔗，
百里蚕桑，
映映、亮亮。
跑十里，跑百里，

一带好水乡：
蔗甜、桑茂、蚕壮。

十里猪场，
百里稻秧，
映映、亮亮。
跑十里，跑百里，
红旗赛春忙：
风匀、日丽、人强。

1963年2月

（选自诗集《1949—1979广东新诗选》，广东人民出版社1979年版）

阮章竞 组诗

阮章竞（1914—2000），广东中山市人。曾任《诗刊》副主编、北京市作家协会主席。著有长篇叙事诗《漳河水》等。

早　晨

——山村小景之一

早晨雾海封了山，
丰影歌声过云端。
乱猜是牛郎偷下凡，
细看才知是今天的庄稼汉。

穿出云雾回头看，
杏桃花开红了川。
峭壁凿渠架水桥，
彩虹横飞在两山半。

（选自《中国新文艺大系诗选1949—1966诗集》，中国文联出版社1990年版）

野 桥

长虹飞落溪水头，
欢欢山雀啁啾啾，
洋灰野桥过黄牛。
驮左一篓青青菜，
驮右一篓黄黄韭，
赶集下山沟。

长虹挂在两山腰，
山泉叮咚进水渠，
洋灰野桥走毛驴。
一驮两筐红青椒，
一路争红又斗绿，
乐煞小驴驹。

长虹高架清水河，
野桥山道谁唱歌？
三辆自行车后座，
三个年轻媳妇比快乐，
气煞了老蛤蟆！

（选自《诗刊》1981年2月号）

山村大道

迷雾，已经悄悄散去，
青峰高擎，晨星报明，
湛蓝似海的仲夏长空，
云雀飘荡，啾啾飞鸣。

田野，凉风微微吹拂，
清川绿浪，荡漾轻盈。
污染全消，肺腑舒畅，
噪音远去，气爽神清。

盛夏，万物生机勃勃，
鹰飞戾天，鱼追水云。
蜂飞蝶舞的山村大道，
牛鸣草地，莺啼柳荫。

我，沿着这绿色的长廊，
越过溪涧，走进山村，
去领略沧桑大地，
泉语蛙声，风雨雷霆。

姑娘追

听说哈萨克族的"姑娘追"，
看千回，千回陶醉。
晚年有幸乘绿风，
迢迢万里访边陲。
沐浴着秋阳在雪溪畔，
我看见，雄马鞍头上，
天山的蓓蕾，
争开放，赛芳菲。

黑白相间的鹐羽翎，
白绒娓娓，随意任风吹。
手镯、手表、双耳坠，
闪飞着金光辉。
青春的眸子，马上回头一顾盼，
雪溪流水，盈盈波光更妩媚。

鞍，挨着鞍；辔，并着辔，
看！多少青春欢乐，
驮在天山的雄马背？

人成双，马成对，
若即若离，对对紧相随。
默默无言，悄悄含着笑，
微微闭眼，目光却在偷偷睇；
调皮的，闹玩耍贫嘴，
甘心挨鞭子，不肯守清规。
看那脉脉含情并马，
道是谁也不理谁。
青春年华的心世界，
问苍天，说难理会！

云在流，风在吹，
忽然，转身纵马让姑娘追。
天山马儿愿意成全人，
四蹄腾起在地面飞。
秋风抛撒万千胡杨叶，
漫天飞舞紧随陪。
小伙子，跑得快，姑娘紧紧追，
抡鞭催马，逆风驰骋黄沙道，
鹑翎飞拂，鞍头大显姑娘威！

（以上两首选自诗集《晚号集》，人民文学出版社2001年版）

李昌松1首

李昌松（1914—1988），生于广东揭阳市。著名农民诗人。

农民泪

新寨园田，
种作艰难。
山路遥远，
十星有余，
还着①过岭，
肩头无空，
担来担去，
百外斤重。
克苦驴死②，
为着家人，
一夜无睡，
想到拉朗③，
起身就走，
恐误时间。
紧叫奴仔，
同到田中，
克苦拖到，
汗出面红。
日日如是，
惨状难言。
渴饮坑水，
肚吱咕呛，
有时浮冻④，
老爷挽同⑤。

终日驴死，
米瓮空空，

因饿致病，
肥在脚筒⑥，
去问老辈，
呾⑦无相干，
若是有米，
自然平安。

贫无寸铁，
富有千金。
地主享福，
酒肉三餐，
农民无食，
嫁嫲⑧卖田。
死罪易过，
饿罪难当，
想无办法，
去求富人，
借粟一担，
度过春荒，
贴利八斛，
生有心烦。

一到收冬，
债主寻人，
迫讨生数⑨，
无还估田，
无田估厝⑩，
无厝掠人。
想欲自尽，
系累过重，
肝肠欲裂，
又恨又惨。
不得不已，
卖掉楼坊，
生数理直，
家内空空，

富人看了，
还咀堪该。

地主心狠毒，
不斗太不该，
封建要打倒，
团结一齐来！

注：本诗需注解的字词系潮州方言。①着—要。②克苦驴死—拼命劳动。③想到拉朗—黎明。④浮冻—发疟。⑤老爷—神。挽同—神巫做法事时之状，全句意思比喻发抖。⑥肥在脚筒—因饥饿以致小腿发肿。⑦咀—说。⑧嫲—妻。⑨生数—债务。⑩厝—房屋。

（选自诗集《粤海新诗》，广东人民出版社1963年版）

陈残云 组诗

陈残云（1914—2002），广州人。曾任中国作家协会广东分会主席。

海滨的村

年年都有台风，
年年都有可怕的遭遇，
海滨的村。

到如今，命运逐渐改变了，
从合作社建立那天起，
人们不再向台风低头叹气！

台风有什么可怕？
社员们傲然地说：
有组织，可战胜灾难。

今秋又将丰收了。
台风，要来就来吧，
社员们说：人定胜天！

山 地

年年都有灾旱，
这山地的村，
今年那灾旱，六十年未见，
而我们的社，
稻子和花生都增产。

在灾难面前束手无策，
这日子已是一去不复返。
村里人谁都说：
不怕天灾和苦旱，
就怕孤零零单干！

就是呀，单干，
好比独手难遮天，
光为自己，也不上算；
何况是，一个好社会，
太阳一样摆在面前。

莫英娥

莫英娥，莫英娥，
这三十年来被埋葬的名字，

今天，和合作社连接在一起。
她们那个社，是全区的
社会主义胜利的标志；
才不过一年多，
哪一家，都开始富裕。

人们于是赞美着：
"你们走得对呀，
我们跟上来！"

莫英娥爽朗地笑：
"都来吧，共产党
不会带人走错路。"

1955年9月28日

（以上三首选自《1949—1979广东新诗选》，广东人民出版社1979年版）

肖殷1首

肖殷（1915—1983），原名郑文生。广东龙川人。曾任《文艺报》副主编，《作品》主编，广东省文联副主席，中国作家协会广东分会党组副书记、副主席。

把村庄喊醒……
——记一个村支书的话

喂，快醒来，老陈！
寒潮已经过去，天已放晴！
你瞧，窗外月色多明，
天空多清净！
晴得那样透，那样清，

也不留一丝儿云影，
天空深蓝得快透明！
怎么还不起？可要急死人！
哦？你还不相信？你听听：
草坪上的蛐蛐在鸣叫，
荔枝园里没一点儿风声。
多么和暖的夜晚啊，
你为什么要辜负这好时辰？

怎么？更深夜静不该喊醒人？
你忘了？寒潮已叫咱们歇了三天整？
别迟延了，快起来穿上衣裳吧！
然后咱们分头去，把村里人都喊醒！
叫他们都到水库工地去，
把山水都拦回山！
让春水流走了太可惜，
但也别让稻田给冲成了大沙滩！
跟时间竞赛吧！趁这月亮天，
咱们一定要把豁口都堵严，
让春雨落到咱们远远的后面！
你别瞧红棉树现在没一点儿嫩叶，
一转眼，春天就会悄悄蹭到你身边。
莫拖延！等春天悄悄在枝头一露面，
紧跟着，准是绵绵的雨天！

好！现在咱们去把村庄喊醒！
你到村东去，我就站在古井边，
大声喊！要把所有的男女都喊醒！
把劳模马凤姐喊醒来，
也喊醒村里的懒汉刘砂眼！
不管是庄稼汉，也不管是中学毕业生，
管他是磨豆腐的还是织竹篮……
一定把他们通通都喊醒！
叫他们快起来！带上土筐和铁锹，
也带上鸡公车和挑土的扁担！

还要告诉他们，大伙都多加一点劲！
要知道，这是一场改变贫穷面貌的大斗争！
嗨，你别笑！赶水库一修完，你看看：
管他滚滚的山洪冲下山；
管他三个月天上没一丝儿云影；
什么也不怕！咱们的庄稼还是照样青！
到那时，谁稀罕亩产稻谷七百斤，
我说九百斤也并不难……
哦，多好的夜晚！多宝贵的时辰！
要抓紧时间啊，好老陈！
谁说"人不能胜天"？
咱们偏要跟春天比比劲！

1958年2月7日于竹园里

（选自诗集《1949—1979广东新诗选》，广东人民出版社1979年版）

黄雨1首

黄雨（1916—1991），广东澄海人，曾任《作品》编辑、中国民间文艺家协会副主席。

排灌机手

举手一揿电门开
心潮江水齐澎湃

这只手摇裂过多少水车页
贫穷摇不去，幸福摇不来

马达响处，银龙翻腾上丘陵
巨轮飞转，朵朵水花白如奶

这钢铁的歌舞，赏心悦目
这汽油的浓香，醉了胸怀

披襟四顾，铁牛欢叫秧苗笑
焦渴梯田，春意烂漫容颜改

面前片片"望天田"
冉冉升起一个新时代

小农的手磨破茧
社员的手擒江海

呵，你给山野电的生命，
你给自己电的气概

你把灾荒扔进大江里
喝令流走，不准流回来

1963年春

（选自《1949—1979广东新诗选》，广东人民出版社1979年版）

秦牧2首

秦牧（1919—1992），原名林觉夫，广东澄海人。曾任《作品》主编、中国作家协会广东分会副主席、广东省文联执行主席。

巨灵的手掌

五指山像巨灵的手掌，
从地壳里直冲天上。

它终年云雾缥缈、变化无常，
几千年来引起山民多少的奇想。

月光下黎族老人讲述民族掌故，
据说太古时代有个"保夏马丹"，
这黎王身躯魁梧、力大无比，
常在山顶和神仙下棋往还。

黎王在山巅望着他管辖的土地，
禁不住握拳深深叹息：
这山叠着山的穷困地方，
怎样才能变成美丽富饶的平川？

黎王和神仙约好引水灌平群山，
时日迁延计划却没有实现。
黎王一怒举脚乱踢着山冈，
踢出了一块块小小的田园。

黎王挥泪远走无踪，
哀伤的神话却世代流传。
五指山像巨灵伸手摇摆，
叹息着："人如何战胜自然！"

当封建王朝统治着中国，
贬谪、亡命之徒渡过了琼崖海峡，
岛上的诗人遥望着五指高峰，
涌起了另一番感触。

"岂是巨灵伸一臂，
遥从海外数中原？"
那古老的诗句使人想起一个巨人，
戟指咒骂着皇室的骄横。

当黎族子女陈尸河滩，
黎村里卷起怒火千丈，

男女老少都在磨快钩刀，
擂响战鼓，呼声如潮。

"把反动派驱逐下海，
失败了我们就在深山大树里吊死！"
这时五指山又像是巨灵奋臂高呼：
"人，决不能做奴隶！"

当党的红旗在山里飘扬，
树林里汉、黎战士饮酒联欢；
斩一只雄鸡滴血酒碗，
焚三炷香当天结盟。

那云雾缭绕的五指山，
像巨灵伸手又在讲些什么？
人们说它发着庄严的声音：
"来，让我做个见证！"

如今山区里处处飘着花香，
横贯南北的公路像是一条彩虹，
千斤田一片连着一片，
层山里出现了水库、电灯和新村。

黎族学生摩挲着书本，
眼睛里射出智慧的光芒，
人们欢呼着生活的变革，
凝视壁上的马克思和列宁。

那举臂伸掌的巨灵，
你在地下又发着怎样的呼唤？
飞瀑流泉像是你洪亮的声音！
"人，一定能战胜自然！"

五指山千万年巍然屹立，
它自身原本没有生命，

当人们在山前怎样呼唤，
五指山就响起了怎样的回声。

"战胜自然，战胜自然！"
回声轰轰好像雷鸣。
这年代连老头也被惊醒，
"原来自己就是巨灵！"

（选自《羊城晚报》1959年9月11日）

一个农场的巡礼

广州北面有座著名的白云山，
"白云远眺"曾使历代多少有心人怅惘。
在繁华热闹的历史名城怀中，
"羊城八景"却坐落在一片荒莽。

自从这儿涌现了一个出色农场，
千百代的荒山披上了新装。
十多万株果树是它的锦饰华服，
水库、山塘做了它的镜子、钗环。

农场的朋友为我们指点江山，
说二百米高坡上的嘉树就是甜柑，
这边绿荫深处有新建的房屋，
那边发着隆隆声音的是厂房。

我们走进自动化的养猪场，
猪群正在按时沐浴进餐。
我们看到云层似的鹅阵，
公鹅扑翅聒噪走在队前。

这一片是丰产的木瓜园，

齐腰的矮树、累累的果子如瓶如樽。
这些果树的珍种有段来历：
当年热心群众跋涉长程把它赠献给党。

那座房子是一个养鹌场，
走进去尽听到一片嘤嘤的禽喧。
累千鹌鹑忙忙碌碌地啄食，
天天生下五彩斑斓的小蛋。

我们又来到一片翡翠似的果林，
这个园地最令人踯躅盘桓，
拉丁美洲的友人来中国南方访问，
在这里各自亲手种下柑树一丛。

中国人的巨手正在把河山改变，
荒山辟成的果园吸引了美洲贵宾。
客人们殷切要求各种一株果树，
在四季常绿的土地上留下友谊的心。

这地带就给命名为国际友谊果园，
它像一颗绿宝石镶在白云山旁，
当果树越来越亭亭如盖，
令人想起拉丁美洲独立的旗旌。

劳动和智慧是神奇的种子，
任何贫瘠的土地上它都能够扎根，
有了党的阳光雨露的照临滋润，
它就能够从一株小苗变成枝干凌云。

1961年

（以上两首选自《秦牧文集（补遗卷）》，人民文学出版社2004年版）

野曼 组诗

野曼（1921—2018），原名赖观兰，广东蕉岭人，曾任《中国诗坛岭东刊》主编，《华夏诗报》总编辑，中国诗歌学会副会长、国际华文诗人笔会执行主席。

大沙田晨曲

　　　　这里，每天天将黎明，公社的广播站便播送革命歌曲。社员们说，这是公社的起床号……

远近响起一片鸡鸣，
星光还在雾里跳跃，
四野飘起缕缕歌声，
像大海荡开阵阵早潮。

雄壮的歌呀战斗的歌，
仿佛士兵吹起了进军号，
远方的歌呀兄弟的歌，
一齐赶来为新的劳动日开道！

村庄在壮美的歌声中醒来，
千百扇门窗霎时间亮起灯火，
每间屋子都装满了欢乐，
每颗心都在昂扬地唱和。

河涌里摇出无数小艇，
满载着带露的绿苗，
不，满载的是丰收的指标，
唱起歌去占领每个田头！

沙田路上走着两代人，
肩上的铁锄光芒四射：
一种锄染遍了血和泪，
一种锄浸透了笑和歌。

两代的锄头同在田里舞，
新的歌儿同在心里唱和。
前辈的热血还在泥土中闪烁，
新的汗珠又在霞光中飞落……

千把锄正在把季节追赶，
千艘艇正在把"千斤"捕捉。
缕缕歌音融进锄声桨声里，
化成万里滔滔绿浪金波。

公社啊每天都唱着战歌出发，
脚步伴着雄浑的旋律飞跃，
去酿造一支幸福的沙田歌，
唱啊唱啊唱到千秋音不落！

1965年6月

（选自《1949—1979广东新诗选》，广东人民出版社1979年版）

田野新闻

——风流的田野之一

带着芬芳的朝露
去占领电视台的黄金时间
去刷新报刊的头条位置

每座家屋和别墅
都门窗洞开
慷慨地给视觉和听觉
最广阔的领地

因洞开而八面来风
因聚集而拥有爆发力

仿佛是百鸟归巢
有翅膀的都向这田野飞
南腔北调一起领到了通行证
为这田野增添了杂交风味
每条路奔走着长江、黄河和松花江
五岳三山也应邀来到了经理室
把每一个致富的议题
敲打得淋漓尽致
野地里一群泥腿子
赫然坐上了总经理的交椅
开垦尖端产品也开垦市场
首先砍伐了自己胸廓的藩篱
灼灼目光漫过了辽阔的边境
把洽谈席铺到遥远的欧美
请太平洋进入珠江的流程
让金元在这方热土浪涌涛飞

最得意的是成群的外来妹
笑说青春流浪最瑰丽
让火焰年华在流水线上沸腾
把彩色的梦组装成璀璨的金柜
然后把这兑现了的梦寄回山乡
惹得老家的春风破季而至
漫山遍野的草木都躁动了
一阵南风把古老的山门摧毁
只见外来妹捧着开花的青春
笑吟吟走进了彩色的电视……

田野新闻飞遍东南西北
大面积占领了人们的茶余饭后
于是引来了百万民工潮卷
令珠江一夜潮涨
竟突破了历史最高水位
南北的淘金热如火如荼
霎时九百六十万平方公里的土地

沸沸扬扬
云蒸霞蔚

1992年7月3日至5日于珠三角

如今这田野
——风流的田野之二

这祖祖辈辈尸骨结构的田野
已经昏睡了几个世纪
它霍然从夜雾迷蒙中惊醒
每个空间都多了几个层次：
既生长五谷
也播种电子
既收割尖端的系列产品
也耕耘古老的土地

每一块新潮滋润的泥土
都兴奋得想跳想飞
每一立方米沸腾的气流
也勃发强劲的冲击力
它催促所有的作物
都以几何级数增长
再三缩短成熟收割的周期

尽管西伯利亚的雪崩
曾给这田野吹拂一丝冷意
但这里一切却依旧如虎添翼
阳光也格外地艳丽浓烈
镀亮了每一片灰暗的云翳
尽管太平洋彼岸的聒噪
此伏彼起
比乌鸦的哭泣还要凄厉
但这田野却被欢欣的音符

完全占据

这田野刚从沉睡中醒来
仿佛摇身一变
响当当昂然站立
沉睡也会有灿烂的梦
醒来的梦才爆发了动地惊雷
连域外也拭目相看
投以一万个惊异
纷纷用放大镜争相阅读
这中国南方田野的
盎然诗意

1992年7月3日至5日于珠三角
（以上两首选自诗集《浪漫的风》，广州出版社1994年版）

陈善文1首

陈善文（1922—1985），广东潮安人，曾任中国作家协会广东分会副秘书长。

鸡毛翎

相传瑶族领袖唐豆腐八战死，仅遗一剑，瑶人乃以鸡翎象征长剑，插在发上，以示崇敬和怀念。此习俗世代相传至今。

唐豆腐八出征去了
唐豆腐八一去不回
他的伙伴只带回一口长剑
和满腔热泪

山叠山啊，水连水
不见英雄跃马归
只见檐前一把长剑
檐下两扇柴扉

人们把洁白的鸡翎插在头上
漫山一片白茫茫的芦苇
鸡毛翎像长剑举起
白色的芦苇日夜临风飘垂

1956年
（选自诗集《没有唱完的歌》）

韦丘组诗

韦丘（1923—2012），原名黎思强，广东清远市清新人。曾任中国作家协会广东分会常务副主席、中国作家协会理事。

沙田夜话（龙舟歌）

春夜暖，月色清，
沙田水秀渠道纵横；
万顷良田方方正正，
月光照射亮似水晶。
新盖瓦房屋檐相并，
家家户户灯火通明；
电线高悬马达飞转，
油灯绝迹只有电灯。
茅寮逐日被砖屋排挤出境，
疏疏落落好孤零。

说不尽春夜沙田好美景，
且谈一个生产队队长李广英：
他新屋建成合家高兴，
家人都说要拆去旧草棚。
唯独广英不答应，
还要留下床铺被席共油灯。
他说新屋好睡就怕难知醒，
不时去住一晚，才觉安宁。

阿苏女，笑弯腰：
你还舍不得那座烂茅寮？
爹呵，新庙门前怎能容得旧庙？
新娘头上，怎能插只烂芭蕉？
你去住茅寮，也不怕乡亲见笑，
笑你有鸡不吃吃薯苗……

苏女说话，阿炳在深思；
阿爹心事费猜疑；
几十年狂风，几十年雨，
半生寒冻半生饥，
今日有了新屋还要在旧寮居住，
这般行动，实在古怪离奇……

儿不语，母开腔：
老头做事太荒唐！
旧屋算来，不满丁方一丈，
翻风落雨我就心慌。
好似大海行船，天摇地晃，
又似水浸金山，一片汪洋。
天热有如住在炼钢厂，
天冷好比入了大冰箱；
腰伸不直就无须讲，
一时大意就碰破鼻梁。
你是有"自"不"在"，有福不享，

十足是做惯乞儿懒做官！
往日生活困难，难怪你无法可想，
今日新屋都入伙了，为何还死抱住间烂草房！

广英听罢，说话滔滔；
我好比黄连、苦瓜，曾在苦海煎熬。
往日只有一只烂船，几束禾秆草，
半条麻袋，一支竹篙；
哎！正是半船风雨半船雾，
河涌江海呵，到处漂浮。
我头壳叩穿，才把几亩沙田租到；
你阿妈膝头跪烂，才借来几升糙米把稀粥煲；
竹篙当屋梁，墙壁是禾草，
天寒地冻呵，你兄妹冷得痛哭号啕。
万顷沙田，耕沙人只有一条窄路，
只容你下田受罪，挑谷交租！
挨死挨生，养肥了地主的肚，
有日交租不起，就要连夜拆屋开船把命逃。
随水漂流，随风摆布，
避开雨箭，又遇风刀；
何处是家，只有天公知道，
何年何月，才得红日当头照海涛……

潮水涨落，花谢花开，红旗自北向南来！
珠江终归要流入大海呵，
沙民此后要脱难消灾；
万顷沙田，披红挂彩呵，
耕沙人呵，苦尽甘来！

土地改革，好比铁树开花，
斗得地主恶霸在脚下爬。
农会握着兵符和印把，
沙民在自己的土地上立业安家，
虽然是泥土糊墙，禾草当瓦，
落地生根就会发新芽……
这座茅寮搞过合作化，

新芽长大开出了鲜花；
从此拔尽黄连种下甘蔗，
前途似锦，一片光华！

这座茅寮曾经被风吹雨打，
牛鬼蛇神想把它摧垮；
幸得共产党似太阳普照天下，
幸得兵符印信在人民手中拿。
阴云扫尽，茅寮稳如铁塔，
光芒万丈，照亮了海角天涯。

骑快马，驾东风，
记得当年江边奋战气如虹。
服海驯河兵马众，
指挥作战亦在这座茅寮之中，
我彻夜不眠双眼肿，
只为筑起金堤百里，架起电线似游龙。
今日不怕洪峰和巨涌，
今日家家谷围堆起尖峰，
今日砖屋建成一百几十栋，
怎能忘却这座旧草棚……
雄鸡初唱，田野静悄悄，
月光如水照茅寮。
禾草似银，清光照耀，
荆花盖顶，把它打扮得更加妖娆。
一家人走进里头，把油灯点着了，
好似亲人久别，相见在一朝，
默默无言心在跳，
思前想后泪涌如潮。
茅寮正是我们沙民的祖庙，
我广英怎能建了砖屋就把它丢？
从新屋走到旧寮，十步都不要，
从茅寮到新屋却是万里迢迢。
留它在家门，当作一面镜子时常照，
对着艰难困苦就不会屈膝弯腰，
若把过去遗忘，就是连祖宗都不要，

又怎能艰苦奋战，建筑通往天堂的幸福桥？

沙田夜话，说通宵，
只见红日当头瑞气千条。
广英队长请来了贫农代表，
茅寮开会讨论增产指标；
新的战斗又开始了，
开始了！
你看珠江澎湃掀起高潮……

1963年4—5月于广州

（选自《1949—1979广东新诗选》，广东人民出版社1979年版）

迳口①风

"迳口风，迳口风，
小伙子吹成老公公…"
想起旧民谣，
心头里发疼——

大姨坑②哟，你皱纹满脸，
骆驼坑③哟，你忍辱负重！
头巾滩④活像一条破头巾，
支离破碎，千疮百孔……

"迳口风，迳口风，
刮走了顽石，吹劲了青松……"
唱起新民歌，
心头暖融。

一千丈长堤，龙盘虎踞；
三十里峡谷，柳绿花红。

轮机转，翻起雪浪花，
埋葬了凄厉的上滩号子声。

大姨坑变成了大姑娘，
双颊绯红，光彩照人！
骆驼坑就像一匹骏马，
昂首嘶鸣，四蹄凌空！

高山飞针，峻岭走线，
河中剪玉，田里栽金，
新织的头巾是锦绣呵，
贫下中农巧夺天工！

放眼望滨江，
林茂，粮丰！
船队载着粮山走，
木排穿波过群峰！

山光水色看不尽呵，
车如流水艇如龙。
大旗红日照，
人在画图中……

注：①迳口、②大姨坑、③骆驼坑、④头巾滩都是清远地名，今
属清远市清新区。
（选自诗集《瀑声》，广东人民出版社1976年版）

东山乡

——写在天下之穷处

一
灰色、灰色……
还是灰色

岩石、岩石……
还是岩石

一撮土像黄金

阳光虽然很亮
心里却觉阴沉

一滴水似珍珠

秋光虽然清爽
两肩有如重负
韩愈能够
文起八代之衰
也不禁太息：
此乃天下之穷处
只好躲到山洞里
去读书

二
一颗种子
萌动了几十年
洞岩贯壁
长出了苗蔓
一个小小的
翠色斑驳的南瓜
簪着金花
骄傲于岩石之巅

石破了，天惊了！
胚胎躁动于母腹
灰黄的史册
长出了一页新绿

三
母亲的乳房
隆起了
孩子们的脸颊
红润了
姑娘们的襟褛
绽开了七色花
都因为有了水

水啊，水！
一条管道
越岭翻山
龙飞凤舞

谁给引来的？
韩愈做不到
山民自己也做不到
只有两行
发自心坎的
不像诗的诗
史册的新一页
开始书写
亮丽的歌谣
清醇的笑意

四
我，在干涸中
找到了
亘古不泯的爱情
在石头的缝
发掘出
最为顽强的
生命意志

看！在一片灰色中
丛生着无名的
紫色花
一眼前闪现
一片虹霓

1990年11月

（选自《诗刊》1991年第6期）

郑江萍1首

郑江萍（1923—1993），广东佛冈县人。曾任中国作家协会广东分会党组书记、专职副主席等职。

春醉农家

花鸟闹喳喳，
枯树发新芽，
桃红柳绿田水满，
加鞭催犁耙。

桥上人喧哗，
桥下船咿呀，
桥上桥下如穿梭，
耙香满田洼。

谷种似金花，
姑娘手中撒，
头巾衣角迎风舞，
笑脸映红霞。

大地似锦纱，
社员锦添花，
娇嫩秧苗留春住，
春随秧安家。

夕阳西山下，
儿童唤爸妈，
怎奈银锄难释手，
锦春醉农家。

（选自1981年4月26日《广东农民报》）

罗沙1首

罗沙（1927—　），原名罗光泽，江西省赣县（今赣县区）人。曾任广东人民出版社文艺编辑室副主任、花城出版社诗歌编辑室主任，副编审。

唤　醒

歌声，笑声，镐声，
把九连山唤醒；
百鸟在老林盘旋，
万兽在深谷飞奔。

坡上，路旁，林边，
开出梯田垄垄，
把梯田接起来，
上天堂不用梯。

稻子，豆子，菜子，
纷纷钻土面，

想跟竹林争长，
要和茶园赛绿。

山沟，山脚，山场，
汇山泉千万条，
配明镜日夜照，
九连山分外娇。

（选自《1949—1979广东新诗选》，广东人民出版社1979年版）

关振东 组诗

关振东（1928—2009），广东阳江人，曾任广东省文联委员、广东省作家协会理事、广州市作家协会副主席。

水乡月夜

云薄，天青，月明，
小河细流静静；
碧桑、绿蔗、青蕉，
投下倒影婷婷。

静夜里响起一片桨声，
"咿呀——咿呀"荡碎半河月影。
两岸农家睡得正好，
隐隐传来几声鸡鸣。

小艇满载一船柑橘，
在阴影里缓缓进行。
船舷压到了水面，
莫非载负过重的深情？

艇上的人儿轻声哼着小调，
一曲终时已穿过沙田十顷。
回头处富饶的水乡未醒，
前面，广州上空挂起满天繁星。

雷公潭

雷公潭在台山市大隆洞，现已汇成水库。

为什么名叫"雷公"？
深潭里藏有苍龙，
旱天打瞌睡，
暴雨抖威风。

谷中擂大鼓，
平原滚山洪，
口一张吞走庄稼，
尾一摆十室九空。

平地一声雷吼，
开山炮响隆隆，
几万双移山铁手，
牵来一条石龙。

如今潭水平如镜。
波纹款款舒笑容。
渔舟耕种烟波里，
鹅阵满湖中。

苍龙何处去？
放水塔底水淙淙。①
支书把电钮一按，
轰隆！飞出了涵洞。

1962年1月于台山

注：①水塔是操纵水闸的处所，水闸就在塔底。

沙田路

一行柳，
一行蕉，
沙田路不用石子砌，
铺的是蕉影和柳条。

一支篙，
一支桡，
撑起一篷烟雨，
摇响几串歌谣。

一曲《人民公社好》，
豪情似涨潮！
心胸比大沙田还阔，
誓把沙田划向富饶。

千支篙在河中挑战：
看谁先把"千斤"超！
铁牛夜夜吼通宵，
耕灌站日日泛春潮。

二月桃花三月柳，
一船肥料，一艇秧苗，
万顷沙田处处歌，
天未晓，惊起半天水鸟。

九月鲜虾十月鲤，
银镰在金海里闪耀，
载着丰年逐浪回，

斜阳里，炊烟袅袅。

呵，沙田路，
云缭花绕。
青年人的笑脸，
比云美，比花俏。

问悠悠河水，
摄下过多少热情的小照？
问习习江风，
荡起了多少欢愉的小调？

垂柳把头儿轻摇，
香蕉掩着嘴儿偷笑。
呵，沙田的路，
铺满爱情，铺满笑！

1963年春节在广州东湖边
（以上三首选自诗集《粤海新诗》，广东人民出版社1963年版）

向明1首

向明（1928— ），原名杨济川。重庆丰都人。曾任广州军区政治部文艺创作员。

铸造幸福的铁匠

我们将平叛中收缴的农奴主的镣铐打成农具送给藏族同胞。

丁丁当，
丁丁当，

不怕炉火热，
不怕风雪狂，
我们是人民的子弟兵，
我们是铸造幸福的铁匠。
打呀，打呀！
打碎农奴主的脚镣、手铐，
打一把镰刀闪金光。
割下青草喂牛羊，
割下青稞堆满仓，
牛羊如海粮如山，
金山银海遍西藏！

丁丁当，
丁丁当，
哪管筋骨酸，
哪管汗珠淌，
我们是人民的子弟兵，
我们是铸造幸福的铁匠。
打呀，打呀！
打碎反动腐朽的吃人制度，
打一张铁犁闪银光。
犁掉千年痛苦根，
栽下万代幸福秧，
党的阳光化冰雪，
世界屋脊百花香！

1959年11月

（选自《1949—1979广东新诗选》，广东人民出版社1979年版）

柯岩1首

柯岩（1929—2011），女，原名冯恺，满族，籍贯广东南海，出生于河南郑州，中国作家协会第六届、第七届、第八届全国委员会名誉委员，曾任《诗刊》副主编。

我和奶奶坝上转

老天漏得像渔网，
村前大河见风涨，
千军万马护河坝，
奶奶上坝泪汪汪……

"奶奶、奶奶您别怕，
全社修坝它不敢塌！"
"奶奶我是心疼不是怕，
想起了那年大水发：
卷走了东邻王老爹，
淹死了西舍李大妈，
咱全家挨门讨饭多少年，
直到解放才安下了家。"

大浪哗哗拍堤岸，
红旗飘飘走小船，
人来人往忙运输，
奶奶指地又指天……

"奶奶、奶奶您又怨啥！
远近公社都来支援。"
"奶奶我不是把人怨，
我叫老天睁眼看；
那年门板顺河漂，
今年好似划龙船，
早知今天你得服人管，

当年你不该祸害咱。"
小船轻轻靠了岸，
炊事员阿姨满堤转，
挨个儿端上来大碗面，
奶奶的眼泪又成了串……

"奶奶、奶奶您咋又哭，
敢是您嫌面还不够咸？"
"孙孙、孙孙你别嫌烦，
你看那送面的阿姨多体面。
不由得想起张家大闺女，
那年发水卖给人做丫鬟，
换回了麦粉儿茶盅，
不够给她爷爷拉碗面……"

我和奶奶坝上转，
我俩想得不一般。
我说奶奶是好哭精。
奶奶说我是福蛋蛋。

（选自诗集《帽子的秘密》，人民美术出版社1961年版）

西彤 2首

西彤（1930— ），原名吴西彤、吴锡彤，生于广西恭城莲花。曾任《作品》月刊副主编、广东歌词研究会会长。

乡 土
——一支唱给侨乡的歌

爷爷的爷爷，
离村时抓起一把土，

漂洋过海，
伴他走过艰辛漫长的路。

爸爸的爸爸，
离家时带上一把土；
带着故土的凉热，
带着母亲的叮嘱。

孙子的孙子，
如今专程来寻根问祖，
恭恭敬敬也捧回一把土，
带回亲情，带回祝福。

一代接着一代，
一把土又一把土，
乡情在这把土上繁衍，
根系在这把土上延续。

赤子的爱最深沉呵，
赤子的心最质朴，
一滴水辉映出一个太阳，
一把土能生长伟大的情愫！

1987年11月末

第一次接触

—— 两位农民在津津有味地试用新款名牌高级照相机

别哂笑我们"老土"，
别老看我们胼手胝足，
面对着天下间万事万物，
谁敢说不曾有过"第一次"？！

第一次意味着接触，
若干次便驾轻就熟，
什么"柯尼卡""美能达"①，
即便是"本田""波音"②，
超级商场、五星酒店、
乃至整个世界，
在我们瞳孔里，
也算不得什么
稀、罕、物！

1987年5月

注：①照相机品牌名。②摩托车、飞机型号。

（以上两首选自诗集《痴情的追求》，新世纪出版社1989年版）

李士非组诗

李士非（1930—2008），江苏丰县人。曾任《花城》杂志主编、中国作家协会广东分会第三届副主席。

银河散曲（四选三）

迎水曲

喜讯沿着渠道飞：
运河今天要放水！

一听说放水心花开，
雷州半岛跳起来！

受旱的禾苗抬起头，
清风吹散满脸愁。

男女老少涌出村，
好比当年迎大军。

抬出从前求雨的鼓，
鼓声伴着醒狮舞。

百里河道人如潮，
一浪更比一浪高。

等着等着水来了，
又是流泪又是笑。

姑娘们忙着放鞭炮，
小伙子直往水里跳。

嗓门冒烟的雷州土呵，
赶快张嘴喝个饱！

你摇身变一副新面貌，
让祖国江山更多娇！

阿婆坐船游运河

阿婆坐船游运河，
扑簌簌眼泪往下落。

双手捧起运河水，
尝上一口咂咂嘴。

口尝河水心里甜，
忍不住要想从前。

十五年前逃荒路，
黄尘滚滚草木枯。

老伴饿死在路旁，
临死抓着一把土。

"几时雷州有了水，
我死在黄泉才瞑目……"

如今这路成了河，
可怜老伴见不着。

见不着也该宽心，
子孙万代断穷根。

有了公社有了水，
田里出金又出银。

金银铺成阳关道，
阳关道上万人笑。

越思越想越欢喜，
抬头看见毛主席。

毛主席呀多谢你，
这条大河是你给的。

河水万年流不尽，
不能和你的恩情比。

运河情歌

妹住运河西，
哥住运河东，
两村隔一水，
可闻山歌声。

回忆解放前，
争水伤人命，
历代结冤仇，
来往路不通。

自从修运河，
两村如弟兄，
并肩战工地，
同心破龙宫。

哥妹常比武，
越比越有情，
水到河成日，
妹到哥家中。

西村把妹送，
东村把妹迎，
相遇运河桥，
拉手笑盈盈。

清清桥下水，
哗哗唱不停，
河水香似酒，
哥妹脸儿红。

1960、1961年夏　雷州—广州

（以上三首选自《粤海新诗》，广东人民出版社1963年版）

梵杨 组诗

梵杨（1930—2017），广东四会人，曾任广东省作家协会理事、广东省文联委员、《南国》杂志主编。

瑶山小景

同志，你是初到这里来的吧？
前面茶林深处便是瑶家；
山窝里层层叠叠的是新房子，
银花花的是油茶，红的是瓦。

你看，一层层梯田一层层金，
瑶山真像一架欢乐的琴，
山洼里丰收的歌声阵阵起啊，
金桐银杉在风中轻轻歌吟。

刚割过稻子又见遍地麦田青，
建设社会主义人们忙不停；
社员下地去了，寨里多宁静，
只有叮咚的流泉，琅琅的书声。

谁想到过去这云海中的穷山洼，
如今仙山似的遍地财宝满山花。
同志，先到我家坐一会儿吧！
供销社有肉，家里有酒、有糍粑。

（选自《羊城晚报》1957年12月26日）

重　逢

当年我进瑶山沟，
你在草坡牧黄牛；
红边衣裙蓝绑腿，
野花插满头。

望着梯田白鹭飞，
山歌轻轻溜出口；
看见你住了声，
又惊又喜又害羞。

长鼓咚咚欢迎工作队，
乡亲捧酒站满寨门口；
你牵着阿妈的衣裙角。
探头偷偷瞅。

我们住进你家里，
听你阿妈诉苦吐冤仇，
你陪着阿妈坐在月光下，
叹息脸带愁。

一年过去你没说话，
送别时依然躲在娘身后，
说了句"同志你别走！"
眼泪滴滴流。

一别已是十年整，
我们重访这山沟，
又在坡上遇见你，
你抢在人前忙握手。

你说瑶山面貌大改变。
领路参观阔步走；
笑声朗朗话声高，
指山点水说新旧。

你放牛的草坡成果林，
压枝的果子圆溜溜；
你洗衣的清溪水轮急，
发电、碾米、榨茶油。
山川旧貌难辨认，
你的模样我也认了很久，
只还认得脸上那笑涡，
依然好像盛满酒。

如今你在寨里做什么？
是为集体牧黄牛？
迎面来人喊支书，
你向他笑笑点点头。

啊，瑶山的新面貌，
从你身上全看透。
不用再领我参观了，
你呀，还是脸红又害羞！

1961年12月

（选自《广西文艺》1963年5月号，《中国新文艺大系·1949—1966诗集》）

雨　后

一夜春风，半夜雨，
催开油桐、山梨花满树
掩了山，封了林，
盖住了草坡，填平了谷。

醒来一看花遮村，
不见了人家，不见了屋，
只见半湿的炊烟升起花海中，
袅袅蓝蓝，忽如青丝忽如柱；
惊得黄狗汪汪对天吠，
雄鸡飞上篱笆向着朝阳啼不住。

田垌春水满，
崖头泻下千张瀑；
蓝天飞白鹭，
梯田走黄犊。
正叹山乡春景美，
又听牛铃、山歌响在花深处。

田耕平，秧培壮，
大好春光劲头足。
听！鼓声咚咚风中传，
一时断，一时续：
支援春插的人城里来，
走满阡陌走满路，
要把丰盛的夏天早日拿到手，
又叫春光春景在这山乡长留驻！

1963年春于连南

（选自《1949—1979广东新诗选》，广东人民出版社1979年版）

李汝伦1首

李汝伦（1930—2010），吉林扶余（今扶余市）人，曾任《当代诗词》主编，《作品》副主编。

插秧时节

丝丝的雨，
习习的风，
抹淡了画中山，
洒湿了鹧鸪声；
却把插秧时节，
淋得春意更浓。

知时的雨，
当令的风，
把花蕾敲绽，
把木棉摇红；
更在公社的田野，
融一片甜滋滋的喧笑，
荡几缕吹不断的歌声。

歌声随着涟漪荡漾，
笑语把春水扣得飞迸。
插下苗肥秧绿，
插下好雨好风。
几只新燕，
剪裁烟雨低空；
剪罢田西，
又向田东。

1963年4月

（选自《1949—1979广东新诗选》，广东人民出版社1979年版）

柯原 组诗

柯原（1931—2015），侗族，原名章恒寿，湖南新晃人。曾任广东省作家协会第三届、第四届、第五届理事，中国散文诗研究会第二届、第三届、第四届会长。

蕉林夜雨

南国的夜雨，
轻轻地敲打着芭蕉林，
是在倾诉心曲，
还是弹奏着夜的欢欣？
小河边荔枝红了，
临流摇影，正醉意朦胧，
扑咪一声，河里鱼儿蹦跳，
引起了呱呱呱蛙鼓一阵。

涨满的谷囤，新酿的酒，
香透了农民丰收的梦。
夜深了，是谁看戏归来，
小巷里，哼着断续的南音
——呵，雨过天晴，晨起推窗外望，
多少芭蕉嫩叶，轻轻舒展开来，抖出了
一卷又一卷，侨乡的诗情……

赠农民诗人

感谢你赠我以诗篇，
如同一条小河，汩汩流出
土地一页页悲欢史——
对田野的恋歌，对季节的追逐，
对丰收的渴求，对虫害的憎恶。

朴实平易的语言，
有如颗颗饱满的谷粒；
清新动人的诗情，
摇曳着早春桑叶的嫩绿。

哦，田野上的一株老榕树，
保持着自己的姿态、自己的呼吸，
深深的思索印在年轮中，每一行诗，
都经得起历史的风风雨雨……

（以上两首选自诗集《金三角之恋》，新世纪出版社1987年版）

故乡月

我回来了，一路上桑田蔗林，
掩映着小河、鱼塘粼粼波光，
久违的珠江三角洲呵，
每片水中，都浮着一轮橙黄的月亮。

我发现，故乡的月亮又大又圆，
披着轻纱般皎洁的云裳，
是不是喜见海外游子归来？
那笑意，随着水波在轻轻荡漾……

记得当年为谋生计"出番"去，
正黄昏，云也凄凉，月也凄凉，
船上遥望，故乡沉入烟雾里，
只有月亮，依依送我万里航。

多少重烟尘，多少次风浪，
如今归来，两鬓已如霜，
故乡月呵，我问你，
可还认得当时的少年郎？

对月更觉故乡亲，
月亮呵，请斟满家乡的善酿，
让月色和酒香沁入衷肠，
化作我句句深情诗千行……

（原载《人民文学》1981年3月号，选自《中国新文艺大系诗选1976—1982诗集》，中国文联出版社1985年版）

张永枚 组诗

张永枚（1932—　　），重庆万州区人，广州军区政治部文艺创作组创作员，第四届全国人大代表。2010年获首届广东文艺终身成就奖。

江边捣衣

雅鲁藏布发青了，
少女在江边捣衣。

倚着长长的木杵，
细眼望着槽里……

好久，好久，
才轻轻儿地捣下去。

木槽里——
盛着土改分到的新衣。

啊！上衣好似雪莲花，
红的围裙像月季……

1959年7月于西藏山南泽当文成公主驻足处

轻巧的牛皮船

轻巧的牛皮船划来了，
雪白的珍珠跳在两边。
牛皮船，快来吧，
载我去到对岸。

对岸林卡里，
百花正鲜艳，
央金坐在百花中间，
裙子好像睡莲，
央金呀，等着我，
别焦急，别埋怨，
再不会相隔一条河，
两岸相望见面难。
轻巧的牛皮船，
会载我到对岸，
哪怕我是个低贱的郎生①，
衣怀里没有半个铜板。
作恶的哥本捏巴②伏罪了，
掌管渡口的是我们受苦汉！

注：①郎生即奴隶。②哥本捏巴即牛皮船总管。

戴霞帽的桑助

戴霞帽的桑助，
他想娶个老婆：
一要会织氆氇，

二要能种青稞，
三要会舞会唱歌。
哈哈哈！
桑助——都能办到！
定会娶个好老婆。

戴霞帽的桑助，
他想有块土地：
种满青稞、油菜，
牛羊养几匹，
糌粑、酥油有吃的。
哈哈哈！
桑助——都能办到！
定会有块土地。

戴霞帽的桑助，
夜晚也是白天，
忙得脚不沾地，
一气干了四十年，
一双靴子也没得穿！
哎嗨哟！
桑助虽是桑助，
什么也没实现。

戴霞帽的桑助，
站在田里大骂：
桑助——都能办到？
取名的喇嘛说鬼话！
干脆走开！
啦啦啦！
不如改个名字，
洛珠或是白玛！

桑助正在晦气，
雪山举起红旗，

分给桑助土地，
老婆娶进屋里，
会舞会唱会种地。
哈哈哈！
桑助——都能办到！
扎西德勒，吉祥如意！

戴霞帽的桑助：
你的名字没取错
桑助一听冒了火：
你别打胡乱说！
要是没有共产党，
嘿嘿！
虽然我叫桑助，
还是没地没老婆！

1959年7月31日于甲萨籍卡人皮绘画、头盖骨之畔

注："桑助"，什么都能办到之意。确有这位藏族同胞。

（以上三首选自诗集《张永枚诗选》，长江文艺出版社1991年版）

欧阳翎组诗

欧阳翎（1932—2012），广东连县（今连州市）人，曾任《作品》副主编，广东作家协会专职副主席。

南岭山中·擒龙驭虎手

雾茫茫，不见了绿山头，
垦荒营，雾海一叶不沉舟，
一堆山柴点燃几把火，
几间屋舍一排绿杨柳。

门向东，一道山溪绕屋后，
哗啦哗啦亮歌喉；
唱什么？唱五十张黝黑的脸？
唱五十张带笑的口？

初来时，冬雪逞威雾噬人，
野兽一声声，喝令来人：走！
不，扎下来，扎下来！
青年人是擒龙驭虎手！

几个月夜，搭起几座小木楼，
一条竹涧引来饮水沟；
小食堂、会议室、俱乐部，
一张高山远景贴墙头。

砍大树，用的一把开山斧，
冬雪甩落北江口，
东山开片坡，西山引道流，
梯田层层上山头。

高粱种入云雾里，
水稻种上海拔九百九，
茶苗嫩滴滴，梧桐枝叶茂，
青红紫绿绣山丘……

大地呀，赐我一座大荒山，
为的是给垦荒队队员试身手？
试吧！试吧！人的意志比石坚，
风霜雨雪挺胸走！

三五年太长，只待明年秋，
这里的油桐结子、稻果熟，
那时看，祖国辽阔的疆土上，
又添一座新村、一道花果沟。

（原载《诗刊》1964年6月号，选自《中国新文艺大系1949—1966诗集》，
中国文联出版社1990年版）

闹 年

瑶山春月，
月儿圆，
瑶寨篝火，
一缕烟，
月下火旁耍花鼓，
鼓响闹年。

阿妹彩裙，
转转转……
转得像朵莲；
一团云，一团雾，
月儿害羞藏起半边脸。

阿哥长鼓
咚咚咚
……
篝火亮闪闪，
一堆深，一堆浅，
映红阿妹的脸。

哥一边，妹一边，
眼睛看眼睛，
脚尖对脚尖，
白天劳动妹赶哥，
跳舞阿妹在哥前。

舞动青山，
青山笑，
唱响流水，
水花溅；

歌歌舞舞月西斜，
摇醒五更天……

（选自诗集《1949—1979广东新诗选》，广东人民出版社1979年版）

阿莎罗

千支万支瑶家歌，
唱咱瑶妹阿莎罗。

那日天开太阳笑，
你蹦蹦跳跳下山坡，
身穿孔雀裙，
头插山鸡翎，
飞落花园摘金果——
入学读书唱新歌。

阿莎罗，阿莎罗，
瑶妹读书你是第一个！

数过星星多少颗——
新书一课又一课；
听过流水多少遍——
唱了一歌又一歌；
马列主义是金钥匙，
打开你心中千重锁。

阿莎罗，阿莎罗，
你心中金字一颗颗；

羽毛丰满长翅膀，
你飞回瑶山坡；
左肩一担书，

右肩一担歌，
瑶山办起新学堂，
科学文化播落人心窝。
阿莎罗，阿莎罗，
瑶族教师你是第一个！

香粳情谊

花儿香，
没有香粳稻①的味儿香；
果子甜，
没有香粳稻的味儿甜。

一碗香粳饭，
香遍全瑶山；
一杯香粳酒；
醉红人的脸。

说多情胜过南国红豆，
说名贵这比珍珠值钱。

阿爹捧出饭和酒，
香粳香香冒清烟……
"吃吧，喝吧！
咱瑶家爱客人，
不吃不喝不赏脸。"
"吃了香粳饭，
在咱瑶家住几天；
喝了香粳酒，
把咱瑶歌唱几遍。"

"住瑶家，那一定！
唱瑶歌？可对不上弦！

瑶汉本是一家人，
不唱也是心相连！"

"不唱也亲唱更亲，
咱瑶歌支支都是情；
不对口音对调眼，
瑶族、汉族拉的是一条弦！"

20世纪60年代

注：①香粳稻是广东连南瑶族地区的特产，用它做饭和酿酒，芳
香扑鼻，异常可口。相传清朝皇帝曾把它列为贡品。

（以上两首选自诗集《上弦月集》，花城出版社1984年版）

沈仁康 组诗

沈仁康（1933—　　），江苏省常州市人。曾任《中国青年报》编辑、记者，《作品》副主编，开平市、花都市市委常委，广东省文学院副院长。

高山人家

波斯菊的篱笆，
红枣树的围墙，
三家两户的几孔土窑，
龙盘虎踞在万山之上。
所有的门窗全都向阳，
一朵朵云彩时来时往。

坚实的橡木门板，
有过多少次急促的叩响：
要粮，洋芋擦擦饭，
要人，拔腿披衣裳。

这里是革命的歇脚点！
向导站！交通岗！

哪孔窑洞没住过子弟兵？
哪个汉子没去过担架队？
哪位婆姨没补过破军装？
高山人家红心热肚肠。

高山人家的门楣上，
这许多光荣牌匾在闪亮：
这里走出的好子弟，
背小米，扛步枪，蹚大江，
没有回头路，
目标正前方！

村口还插着红缨枪，
赤卫队队员还藏着红臂章，
只少了放哨站岗的儿童团，
却多了半山角羊半山粮。
游击队出没于路上，
载重汽车风一样。

（选自诗集《中国新文艺大系1949—1966诗集》，中国文联出版社1990
年版）

万元户

他从黄土地的尽头走来，
代表春天的绿、秋天的金。
他的腰板挺得很直，很直，
不再像过去那佝偻的弯弓；
他的嗓门歌手一般洪亮，
不再像沉默的石头没有声音……

他是春天爆出的新苗，
向大地伸着自己的须根。
雨丝并不很柔，风儿也不很顺，
他还是苦挣苦扎穿过了泥泞。

他细细的茎秆上托起花朵，
托起一个彩色世界、一片彩色的云。
那花色，是燃烧着的憧憬，
是冰冷的土地上迸发出的热情……

这个汉子大手大脚地走近，
时时笑眯起他有神的眼睛。

（选自诗集《酒窝》，花城出版社1991年版）

夏

刁起来了哟，无边的青纱帐，
平原上站起一堵堵绿色的墙；
翡青的苞谷抚弄银须，
顶天立地的是浓绿的高粱。

烤人的阳光催开了满田白花，
墨绿墨绿的芝麻十里飘香；
长长的瓜蔓垂满翠绿的铃铛，
傍着一田谷子沉思默想。

村头地边葵花金黄，
团团荷钱布满水塘。
一阵阵热风不送爽，
却叫满架豆角快乐地招扬。

百年的老槐投下螃蟹似的浓荫，
毛驴儿戽水水车叮当，
银色的水流向田野淌去，
绿色的田野变得更是青苍。

柳林里只有蝉声如沸，
炎阳下却是锄草正忙，
六月热，庄稼长，
再流三倍汗水也满心欢畅。

深黛的夏天，丰盛的土地，
青翠葱郁，无边宽广。
夏天要用它全部的繁茂，
换取秋天的遍地金黄。

秋

九月里收秋九重阳，
蓝格淡淡高天满地里黄。

金灿灿穈子山顶顶上，
半山腰谷子沙沙地响。

岸畔上吆喝川道里应，
这山山热闹那山山忙。

这搭里坡上收荞麦，
对面价沟里砍高粱。

灰毛驴驴下山灰毛驴驴上，
满驮子庄稼送上场。

前半晌铺晒后半晌打，

石碾子碾来木锨锨扬。

金疙瘩苞米垛成垛，
红澄澄辣椒挂满墙。

墙头上公鸡扑棱棱啼，
前沟后沟喜洋洋。

一声声高来一声声低，
信天游悠扬断不了腔。

阳畔上核桃背畔上枣，
陕北山川长的好米粮。

太阳升到了东山上，
捎个喜报给咱党中央。

（以上两首选自《50年花地精品选》，花城出版社2008年版）

西中扬1首

西中扬（1933—　），河南固始人。离休前为广州军区纪委副主任。

公社和电

这村庄，沉睡过多少年头？
任凭那，风雨袭击，雷电呼喊。
这地方，经历多少变迁？
永远是，忙碌的白天，漆黑的夜晚。

一盏油灯，才刚点燃，又忙熄灭，

为的是节省下几个铜钱；
一轮明月，才上东山，刚照场院，
草堆旁便蜷伏下疲惫的青年。

黑暗，笼罩着整个岁月；
愚昧，蒙蔽着人们双眼。
天有多宽，路有多远？
祖祖辈辈，谁曾走出这二亩沙田？

今夜，我登上公社大楼，
满眼里星云灿烂！
电线，连接起千家万户，
灯光，"架起一个发光的果园"。

银幕上，出现五湖四海；
扬声器，播送着地北天南；
收音机，高唱着革命战歌；
电话里，传送着北京语言。

排灌站，滋润着千亩土地；
拖拉机，吸引着满院青年；
实验室，温暖了公社的种子；
俱乐部，照亮了劳动者双眼。

电，把吃人的旱魔，打入冷宫；
电，把凶恶的洪水，锁进深山；
电，武装了千万崭新飞轮；
电，摧毁了许多陈旧信念。

啊，这股电流，从何而来？
祖国的首都，我们的电站。
啊，这股电流，向何而去？
共产主义，我们的明天。

（原载《人民日报》1964年7月24日，选自《中国新文艺大系1949—1966诗集》，中国文联出版社1990年版）

郭光豹 组诗

郭光豹（1934— ），广东潮州人，曾任广州军区后勤部政治部副主任、广州军区创作室主任，大校军衔。

翻荷泥

兴冲冲，我回故乡寻甜蜜；
雨潇潇，送我串串欢声笑语。
村路上，姑娘们撑起尼龙雨伞；
小伙子腰束浴巾，斜戴藤边竹笠。

快呀，快到荷塘翻春泥，
步儿急，脚窝儿灌满欢喜；
这场雨呀，来得不早不晚，
收老藕，栽新藕，正是时机！

小伙子挽裤筒，光着赤臂，
甩竹笠，塘里蹦跳着尾尾泥鱼；
姑娘们岸上收藕忙，
花伞儿早已合起，哪顾得淋雨。

雨多情，帮姑娘把藕儿洗，
是藕节洁嫩？是手腕儿白净？
分不清哪是手腕哪是藕，
恰似梭子穿，牵出缕缕丝。

雨不停，人们不歇息，
劳动之中自有甜如蜜。
我还要到哪儿寻找呢，甜蜜呀，
不就紧紧攥在人们的手里？

1981年春于粤东

荔园小景

春天把甜甜蜜汁带到故乡，
好甜呀，甜进人们的心房！
早晨，我吸的是甜丝丝的空气；
夜晚，我做的是甜津津的柔梦。

绿色果树，伞形枝叶密匝匝；
红色荔枝，透明玛瑙一串串。
除虫去，哥哥背着喷雾器；
疏草啰，嫂嫂笑眸相呼唤。

小井边，奶奶忙洗坛，
等泡荔枝酒哟；
老榕树下，爷爷忙补筐，
要晒荔枝干哟！

爸爸一天到荔园转三转，
夜里电子计算器不停按，
妈妈逢人就念叨：
俺家也计划着盖新房！

梅雨润，夏风暖，晨光更璀璨。
人人心里都有一口甜水潭，
葛枝甜，是渗进这潭水呢，
还是人心儿被荔汁灌满？！

1981年春于粤东

钩通花

村东，村西……
日落，鸡啼……
姑娘心灵手巧钩通花，
飞针闪线如飘梨花雨。

情绵绵，五洲友谊线上系；
意切切，一心为国争荣誉。
只要利民又利国，
敢将辛勤换富裕。

针细细，线密密，
针牵希望飞双翼：
牵出社员幢幢新房子，
牵出田野台台拖拉机。

牵出春消息，
牵出电视机，
牵出录音带，
牵出姑娘叠叠出嫁衣！

就靠这支钩花针，
钩出人心甜如蜜，
钩出锦绣前程美图案，
钩出欢歌和笑语。

1981年春于庵埠镇
（以上三首选自诗集《深沉的恋歌》，花城出版社1983年版）

黄火兴1首

黄火兴（1934—　），广东省梅州市梅县区人。

闹春耕

睡眼唔得听鸡啼，
阿哥有事在心里；
眼看天光催妹走，
做好秧田快送肥。

妹子送肥抢先行，
听得阿哥背后声；
回头看哥踢脚趾，
心里有话唔敢声。

来回送粪快如梭，
百斤上肩不嫌多；
唔怕肩头担到痛，
肥多秧好丰年禾。

送完粪草落田丘，
哥就背耙妹牵牛；
路上谈起增产事，
精耕细作要加油。

上墩耙了下墩耙，
妹子送来好细茶；
阿哥本意口唔渴，
人情咁好却唔下。

日头落山步步低，
同妹出门同妹归；

几多心事想谈吐，
话到唇边又吞回。

斜眼看妹好颜容，
更喜春耕劲头雄；
妹问阿哥看乜个？
哥看天边晚霞红。

妹听哥言笑嘻嘻，
阿哥心事妹早知；
望哥鼓劲夺高产，
丰收喜日定佳期。

（选自《1949—1979广东新诗选》，广东人民出版社1979年版）

张道济1首

张道济（1935—　），广东潮州饶平人，原任饶平县政协文史委员会主任。

丰收夜

谁摘星儿铺地面？
海边何处响银铃？
月映鱼鳞光闪闪，
姑娘欢乐笑声清。

一挑金，
二挑银，
三挑四挑挑不尽，
挑上姑娘一颗心！

明朝呀，
银鱼鲇鱼汕头去。
金龙鱼脯往外销，
换回新船添新网，
装上机帆出海洋。

初夜月，穿云层，
姑娘们，赶路忙。
谁家小伙子，
站立在路旁，
想要呼唤又停止，
两朵红霞飞脸上。

和风吹过南海岸，
姑娘轻盈跑过来，
辫子一甩话亲切，
轻声细语说出来：
"浪里海螺呼呼响，
渔船傲傲压波浪，
社里大丰收，
社里人人忙。
姑娘哪能落人后，
婚期今宵且慢谈。"

（选自《广东文艺》1956年9月号）

麦斯 1首

麦斯，原广东连县龙坪林场干部。

给屈小敏

瓜蔓儿刚浇过水，
衬衣搭在瓜棚上，笔记本搁在衬衣上，
主人哪儿去了？
我听到河边乌桕树下有谁在轻声歌唱。

屈小敏，我在笔记本上认识了你，
在你的名字前，
"初三乙"几个字你用红笔轻轻画去，
"青年生产队"几个字你端端正正写上去。
好啊，有知识的农民，
请接受一个过路人深情的敬意！

也许在学校里同学们把你叫作"小米丘林"
你看你的植物习题做得多么漂亮！
屈小敏，从今后老师再不在你身旁，
老乡们的点头赞许，就是给你的"五分"。

这儿有你在学校时的实验记录，
我仿佛看见：
你用瓦盘种上向日葵，
一夜起了狂风，你摸黑到
天台把它扛回房里，
虫儿咬坏一片叶，像有谁
抓坏了你的耳朵。
然而，瓦盘里长不出好东西，
如今，你看呀，蓝天下
全都是你的试验地！

这园子里的瓜蔓儿、薯藤儿有福气了，
才长了几片新叶，笔记本
为它又记满一页纸，
用木柱搭瓜棚，
你为大个子冬瓜做一个牢固的秋千架！
黑土培了三尺厚，
你为胖红薯铺一张松软的弹簧床！
等金黄色的秋天一到，
你看啊，矮篱外有多少羡慕的眼睛！

也许，你要准备一百次失败，
丰收，可能在十年后的秋天，
然而，让我们确信：
汗水加智慧会有美好的结晶！

屈小敏，我不曾谋面的朋友，
我不愿你的宁静，我走了，
但愿我年年走过这里，
能听到你那愉快的歌声！

（选自1958年《作品》及《1958年诗选》，作家出版社1959年版）

刘清涌 1首

刘清涌（1936—　），广东揭阳人，曾任连山中学语文教师、韶关教育学院院长、广东中学语文教研会副会长、教授。

耕耘在烈士战斗过的土地上

蓝天高高，群山巍巍，
映衬着一支青年突击队。

几百个朝气蓬勃的姑娘小伙，
在把雷鼓冲的山河描绘。

当年红七军奔赴井冈过雷鼓，
几十个战士曾在这里突围。
先辈的鲜血染红了沃土，
烈士的精神辉映着山水。

英雄的事迹激励着后代，
崇高的理想照亮了心扉，
鲜血染过的土地在召唤，
四方的小将到这里会聚。

出厩的马驹初蹄疾，
离巢的雏鹰展翅飞。
新的战斗激动着开拓者的心，
耕耘在昔日战地上更是令人心醉。

拍一拍山坳古柏的脊背：
"当年红军可曾在这儿开过会？"
握一握涧边垂杨的小手：
"当年壮士可曾在这儿喝过水？"

偶尔拾到一只子弹壳，
也要拭去尘土细细寻味：
莫不是勇士枪口喷出的怒火，
鏖战中，严惩了凶残的白匪？

当年有几个红军战士，
曾在这里把一连白狗打退。
勇士用生命掩护自己的战友，
让他们向着朝霞，向着井冈高飞。

这株苍松挺拔屹立，
正是烈士的塑像高耸巍巍；

这块岩石弹痕斑斑，
正是先烈最好的纪念碑。

那天开山挖出一枚五角星，
年轻人追念前辈无限敬佩。
提议漆上红油挂在队部：
"红军的帽徽就是咱队的队徽！"

耕耘在这殷红的土地上，
多少情思在青年心中萦回？
英雄的壮举启动了思想的马达，
给咱增添百倍力气，千倍智慧。

想一想当年先辈踏着血与火战斗，
何曾记挂过自己的安危？
烈士为祖国慷慨洒下热血，
我们又怎能吝啬自己的汗水？

决不能让前辈的理想埋没在荒野呵，
鲜血浇灌的土地要开放出绚烂的花卉！
雷鼓冲频频擂响战鼓，
这里机鸣，锄举，旗扬，歌飞！

修筑一座座蓝湛湛的水库，
储满我们对先辈的深情厚爱。
摘下满天星斗装点河山，
让先烈的理想永放光辉！

（选自《广东文艺》1978年第1期）

李英群 1首

李英群（1936—　　），揭阳市揭东县（今揭东区）人。曾任潮州市文学工作者协会主席。

水美水

　　水美，是潮安县（今潮安区）一个小山村。过去人叫它"水尾"。真是穷山恶水，疟疾为患，秋风一起，不能出田，都蹲在草堆边晒太阳。近年来，见不到一个这样的病人。美村成了省、专区封山治水的先进单位。

问声水美什么美？
社员齐答山和水！
提起过去水美水，
老人一声三碗泪。

水美原来称水尾，
一滴清水比油贵。
三天不雨渴死鸟，
骤雨山洪如奔雷。

国民党，旧制度，
留下白骨一堆堆；
污了山水病魔出，
一阵秋风万户悲。

共产党来改天地，
治疾病，除污水；
山里建起大水库，
旱涝从此听指挥。

听指挥，献珍宝，
穷山变成千斤队，

公社处处喊口号：
封山治水赶水美。
水美茶，水美水，
主人请我喝一杯。
一杯一杯又一杯，
水不醉人人自醉！

（选自1964年7月29日《羊城晚报》"花地"副刊）

骆雁秋2首

骆雁秋（1938—　），清远人，中共党员，党的十四大、十五大代表。曾任清远市委副书记、市政协主席、市政府市长、市委书记、市人大常委会主任、清远诗社社长。

千古不老的情歌

盘古开的天啊，广阔高远。
盘古辟的地呀，壮丽清幽。
这非凡的天地啊，
气象万千，美不胜收。
那千姿百态、云遮雾绕的峰林，
是瑶山莎腰妹爱抚星空的双手。
那倾银泻玉、气吞山河的飞泉，
是瑶山阿贵清纯嘹亮的歌喉。
我们沿盘旋向上的曲径攀登
我们以故土的群峰之巅为舞台，
纵酒放歌，拥抱明天，千古不老，万载无忧。
瑶山古寨的情啊，刻骨铭心。
瑶山儿女的爱呀，万代千秋。
这难忘的情爱啊，血脉相承，延续不休。
那光彩四射楚楚动人的朝霞，
是父老乡亲音容笑貌的留影。

那神奇独特、名扬四海的风情，
遥系着童话世界的故事源头。
我们邀冰清玉洁的明月作证，
我们以常青的溪边榕树为背景，
相依相恋，生死无求，永不分手，天长地久。

（选自诗集《诗路漫漫》2006年版）

瑶壮恋歌

天高云淡，林海绿连绵。
地是盘古辟的地，
人杰地灵谱写壮丽诗篇。
一座座高耸入云的山峰，
神奇的大地与满天的星斗相亲相连。
一阵阵长鼓牛铃漫山野，
优美动听的情歌彻夜难眠。
一条条清澈的小河，
源源不断哺育生灵万千，
像母亲的乳汁一样甘甜。
歌是盘王传的歌，
歌声飞扬滋润了心田。
舞是盘王编的舞，
壮怀激越人间喜欢乐。
一幕幕精彩无比的演绎，
远古的传说和美妙的风情活灵活现。
一排排拔地冲天的礼炮，
万谷回响的锣声远送天边。
一碗碗芬芳的美酒，
清香远播惊动云外天仙，
令天下的宾客遐想联翩。
携手走向那灿烂辉煌，
拥抱更幸福祥和的明天。

（选自诗集《诗意清远》，世界文化出版社2008年版）

张永健组诗

张永健（1939— ），湖北红安人。华中师范大学教授、博导，曾任中国新文学学会常务副会长兼秘书长、中国乡土诗人协会会长、华中师范大学中国新诗研究中心主任。

虎尾村

——传说之一

虎尾村像一条虎尾巴，
没有"虎头"那么复杂，
没有"虎身"那么庞大。
虎尾村很小很小——
小得很集中，
小得很清新，
小得很有力，
小得很完整。

虎尾村有郁郁葱葱的森林，
虎尾村有莽莽苍苍的庄稼；
虎尾村有远近闻名的古祠堂，
虎尾村有小巧玲珑的通灵塔；
虎尾村有两层楼的文化室，
虎尾村有新建的垃圾屋、新置的健身器，
虎尾村有城里人惊叹而羡慕的
清新世界古遗迹。

虎尾村还有种植大户，
还有养桑能手，
还有击鼓大伯，
还有舞狮兄弟；
虎尾村有坚如磐石的集体经济，
有带领村民共谋幸福的村民理事会，

有带领村民共同致富的党支部，
虎尾村小得很清新、很集中、很完整、很有力……

军事瞭望台

——纪事之二

是先有军事瞭望台，还是先有虎尾村？
正如是先有蛋，还是先有鸡一样迷人。
瞭望台的年龄比村里山妹子的
爷爷的爷爷的爷爷还大；
瞭望台全由山里巨大的石块垒成，
一楼是饮居楼，四周只有几个出气孔；
二楼、三楼是军事瞭望楼，
四周有瞭望孔，有枪炮口，
如果"贼寇"来了，
就鸣枪、鸣锣、鸣号，
虎尾村男女老少就众志成城，
虎尾村的虎尾巴就竖得很高，很高……

据山妹子的爷爷的爷爷说，
这瞭望台是为了对付海盗的，
海盗就是窃据台湾的倭寇；
山妹子的爷爷的父亲说，
这瞭望台是为了对付土匪的，
土匪就是陆地上的海盗；
山妹子的爷爷说，这瞭望台是
反击地主还乡团反攻倒算的；
山妹子的父亲说，这瞭望台是
人民公社备战备荒储备粮食的；
山妹子对我们说，她们正同
城里来的老专家考察它的历史
和围绕它的故事和传说……
山妹子说着说着脸上像开了花。

古祠堂

——传说之四

山妹子的爷爷说，虎尾村①的古祠堂，
是皇帝退位那年开始修建的。
那年，虎尾村的一位在省里当大官的族人，
带回好多好多的金银财宝和雪花花的银圆，
他的父母兄嫂一个个看得目瞪口呆、惊叫不已
他家出钱，山妹子的爷爷的爷爷、爷爷的叔爷爷、伯爷爷
带着村里的青年人，花了三四年的时间，
才修好了这座方圆百里闻名的大祠堂。

从此，那位族人就当了方圆百里的大族长，
订立了方圆百里都要遵从的族规族法，
从此，这位族长就一言九鼎，为所欲为，
虎尾村的虎尾巴就在方圆百里晃来晃去，如虎发威……
不过，族规族法都是对付穷人的，
族长从不为穷人说话，
直到1949年共产党掌权了
古祠堂的族规族法，才翻了个底朝天……

共产党来了，
穷人扬眉吐气，族长威风扫地。
山妹子的爷爷当了农会主席，
在祠堂里斗争族长地主，分田分地；
山妹子父亲当了生产大队党委书记。
祠堂墙壁贴有公社治山治水的规划，
还贴有大队财经账目、劳动工分登记
以及"文化大革命"时期的"新人新事"……

山妹子说，她是村文化室主任，
正在撰写虎尾村的历史"演义"

写虎尾村的军事瞭望台，
写虎尾村的通灵塔、古祠堂、盼郎峰……
写村支部与村民理事会如何为民办事，
正打造城市休闲乡村旅游农家乐，
开辟虎尾村乡村农业文化新天地，
要使清远城区更清新，更美丽……

注：①虎尾村是清远清新区的一个村子。

（以上三首选自《清远作家》2016年第4期及《清远历代乡土诗选》，宁夏人民出版社2016年版）

谭日超1首

谭日超（1940—1985），这是三位作者的共名，包括谭学良、陈日生（1939—　）、陈启超（1938 －　），均系广东台山人。

大沙田放歌

没有柳波，没有青山，
出门一望碧海连苍天。
两百户人家，
五万亩水田。

地是乞儿地，
天是老爷天！
腊月里黄土迷眼，
三月里雨巷划船。
那情景我不敢回忆：
杜鹃啼血，凄雨如烟，
迟春在荒草里窒息，
坟冢垒垒，寒鸦盘旋；

没花开，没鸟喧，
逢人一张憔悴脸；
哪里有半点好颜色，
可以蘸进诗人的笔尖？

今天看云霞灿灿，
我独自高临珠江岸；
金风夹着稻香吹来，
心灵呀也张开了花瓣！

我纵览历史的长河，
一个波浪翻一页诗篇；
沙田人的血泪史，
歌声起处是终点！

啊！宝气珠光的十月。
迷魂荡魄的一马平川！
我伸出手去拥抱大地，
胸中翻滚着万语千言！

千言万语呵从何说？
稻海泱泱耀眼炫。
愿自己变成一把镰刀，
去追赶那谷穗串串！

听哟，风摇稻丛沙沙响，
像多少铜锣鼓镜竹管银弦。
我的整个身心，
全部溶解在秋声里边！

呵，望如网的河汊，
飞舟疾驶如箭；
请问谁是弓弩手，
把朵朵红云射落江面？

贴波几群鸥鸟，
斜去侧回长留恋；
看这些大海的歌者哟，
竟也知好景独在这边！……

呵，从哪一瞬间开始，
神话的彩鸟飘落沙田？
澄澈的珠江水哟，
你可曾摄下时代的容颜？

什么时候一个个水库挂在云里？
什么时候一条条运河射向天边？
什么时候不毛之地堆金积玉？
什么时候千顷荒野繁花铺毡？

什么时候变压器在青空高鸣？
什么时候远方飞来万束电线？
什么时候铁牛地里突突耕耘？
什么时候汽轮江上拖着轻烟？

呵，奋发的春风春雨呦，
千古难忘的一九五八年！
你是英雄勋业的丰碑，
在幸福的大路上金光闪闪！

你是一支壮歌，
雄浑，激越，庄严，
震醒了三山五岳，
如今仍音符满天！

你是一把烈火，
赶走了古老的睡意和闲散；
照亮了人间大地，
如今还闪烁在眼前！

你是一匹天马，
急雨般撒着蹄点；
它使得半个世界震惊，
又使得半个世界狂欢！

在这意气风发的年月，
沙田人呵跟贫困作战；
汗水肥沃了土地，
巧手打扮着田园！

沙田人的手，
是童话里的赶山鞭，
指山山生花，
指水水如练……
春天呀，蛙鼓如练。
大地呀，牛鸣人喊。
沙田人要改变穷苦命运！
沙田人呵要改造大自然！

"困难不可怕！
贫穷不要怨！
怕的是手懒脚闲，
怨的是人穷志短！"

银锄起，银锄落，
铁臂摇，珠江喘！
锹子掘得运河深，
夯夯打得大坝坚！

海啸隆隆好助威，
春雷滚滚过平原；
男人的脚步响得紧，
女人的欢歌传得远！

东风得意马蹄疾，
建家乡，齐把力量献！
牛不足，手拉木犁翻田地；
粪不足，天涯打桨找肥源！

小学生卷袖捉螟虫，
老书记赶牛扬长鞭；
铁匠红炉修犁铧，
货郎上田卖糕点。

清晨篝火薄暮炊烟，
春水拍岸暖雨绵绵！
青笠帽——田田荷叶，
红头巾——只只飞燕……

莺啼千里人如醉，
旗飘绿野似火燃；
插把秧，唱支歌，
幸福的苗苗长心间。
大沙田呵，亲爱的土地，
你多广袤，你多丰满！
二月洒你万担辛勤汗，
秋来还我千架珍珠山！

我们的眼睛，
燃着炽烈的信念；
我们的胸膛，
藏着闪光的乐园……

哦哦，丰年到了！
问问沙田人谁不狂欢？
你看秋野茫茫，
红日初出景象这般庄严。

我想，亲爱的毛主席呀，

你登上北京城楼的栏杆，
一定赞美我们的家乡；
穷棒子精神装点了锦绣河山！

大沙田儿女呵，
多么勤劳勇敢：
昨日赤手缚苍龙，
今朝精心绣锦缎……

朋友，见不见岁月流霞？
美梦将在我们手中实现。

关于你的伟业勋绩，
能把世间多少书页填满？
万代儿孙将在月光下，
对你作着最亲切的怀念！

故乡呵故乡，漠漠大沙田，
英雄的土地，秀丽的田园，
你的明天呀你的远景，
何其壮阔，何其灿烂！

未来的人间乐土，
就筑在这稻海上边；
伸手摸得着，
睁眼看得见！

我感到无比骄傲！
因为目睹了一切巨变；
共产主义大厦担砖运瓦时，
我也曾流过几滴热汗！

朋友呀，这就是为什么，
当我屹立在珠江岸边，
极目眺望着这河山秀色，

心中总翻滚着万语千言！

哎！我多想唱一支高歌，
来赞美这丰饶壮丽的大沙田；
但大沙田本身就是那支歌呀，
震惊大地！响彻云天！

（选自《1949—1979广东新诗选》，广东人民出版社1979年版）

钟永华2首

钟永华（1940—　），广东龙川人。曾任《特区文学》杂志总编辑，深圳诗人笔会会长，广东省作家协会诗歌创作委员会副主任。

故园魂

南方　个普普通通的山村
屋后依山
开门见山
环周是山
山，缠缠绵绵地逶迤着
依依相连
一条小河唱着客家山歌
从远处飘来，从村中流过
静静悠悠而亮亮闪闪
山脚，河湾
古榕下，山谷间
都站立着三三两两年年如许的
泥墙屋，青瓦房
还有飘着的印有"烧酒"的
黄布旗，以及刻着"鸿运"

的杂货店
三座偌大的围龙屋
聚着上百户人家，真是门窗
相对，鸡犬相闻
打一声呼哨，会吹弯了
每一户的炊烟

逢年过节，或送丧庆喜
这儿都聚来全村的人
从清晨到夜深都
人流不息，喧声不断
四季里，葱葱郁郁的绿树
百年来，从未倒塌的屋舍
都亲昵着这缠缠绵绵的环山
呵，都亲昵着这弯弯曲曲的
小河啊，因而这山，这水
从来有灵，有性
会说笑，会悲泣
会欢吟，会感叹

水车咕噜咕噜地转着
水牛呼哧呼哧地喘着
竹挑颤悠颤悠地闪着
木犁咔嚓咔嚓地掘着
腰脊咯噔咯噔地弓着
汗滴吧嗒吧嗒地摔着

扛不尽的风寒
挡不完的酷暑
在炎凉中铸筋骨
在苦涩中寻找甘甜
吱吱地吞咽着酸楚的泪滴
泪滴书写着一页页
诗的不屈和惊叹
只要有土地，有拱凸的土地呵

就攀得起头上的天空
只要有水渍，有流涌的水渍
就育得出顽强的生命
即使是苦苦痛痛的生命

野店里，粗茶淡酒中
照样散发着欢声笑语
陋巷间，纵然灾年荒月
也照样歪斜着淡淡炊烟
一根山薯
半截毛笋
就能耸起一杆脊梁
几滴稀稀的乳汁
三瓢苦苦的汤菜
就能走出一条壮汉

纷纷雪雨中，只两捆干草
一堆柴火，半边破褥
陋室里，照样有说，有笑
有故事，有传说
有说不尽的骨肉温馨
有诉不完的甜蜜爱恋
即使是一只草枕
也隐约着迷人的梦境
梦境中，依稀着
世事的奥秘，天空的高远

小小山村，不知为何总有
道不够的神奇
而每个神奇都渗透着
壮烈和悲欢
多么久远呵，话说黄河一次
洪泛时，一群褴褛流落到此
流落到此呵
除了一身嶙峋的骨架

就是深陷着的渴求生存的双眼
这群褴褛，当第一堆山火
刚刚燃亮，顿然间遍野
狼豹尖啸，地摇山颤
后来，谁知道是怎样地
拓出第一块荒土，又怎样地
结出第一条谷串
只知道乌黑的石壁上
至今仍刻着
刀印，火痕和灰渍
而从古老发黄的族谱里
依稀辨得出最早的几座灶迹
以及最初站立的家园
只有小河，日日夜夜
诉说着先人的沧桑
不死的生命，一旦发出呼叫
就拼力地迸发着
即使倾尽全部的血汗

挑山担石，人人并肩抵足
拓荒掘土，个个携手同心
一灶柴火
燃烧着一样的热血
一口铁锅
沸腾着一样的激情
血脉里仍呼啸着苦难的黄河吗？
苦难的黄河
又给自己苦难而英雄的儿女
塑造出坚韧而不屈的品性

故园呵，一代代，一辈辈，
像掀动山石一般地
翻动着自己的历史
像涉足湍流一般地
丈量着自己的脚印
故园，古老而美丽的山村

别看这方水土，微乎其微
此青山绿水间，却跳动着
祖祖辈辈的活的灵魂

在偌大的中华民族版图上
故园，也许道不上辉煌
也不值得骄傲
然而却是动人的，并庄严、崇高而神圣

呵！故园！故园的水，故园
的山，故园的骨肉，故园的
乡亲，故园的一草一木
都撩着依依的思恋呵
一思一恋，都清醒着一颗
久别不许忘却的心

1994年秋

春　景

雨霏霏
雾蒙蒙
春水漠漠，漫遍
村里田垌

秧苗绿
桃花红
布谷声声，声声
催耕催种
不见耕种人
家家屋里空
耕种人何在
雨里影幢幢
影幢幢

竹斗笠
河边溪畔一点点
影幢幢
棕蓑衣
田头村角急匆匆

急匆匆
春意浓
满眼里，尽是
斗笠棕蓑衣哟
像紫燕
浴着斜风细雨飞
似篷船
摇在苗绿桃红中

拔秧，插秧
扶犁，掌耙
挖沟，疏渠
平地，填洞
竹笠、蓑衣任雨打
冷雨丝丝透骨痛
寒意透骨不透心呵
春在心间暖融融

暖融融
春更浓
早来一片水漠漠
暮来满眼绿葱葱
向晚雨敛云雾消
蓑笠抖去夕照红
夕照红
人面桃花
霞辉中

（以上两首选自诗集《故园魂》，海天出版社1996年版）

徐启文 组诗

徐启文（1940—　　），广东清远人。曾任广州市新闻出版局处长，广州市文研所所长，广州市作家协会常务副主席兼秘书长，广东散文诗学会副会长。

牧童短笛

毕业联欢晚会灯火辉煌，
缕缕情丝在我心湖里荡漾，
欢乐的泪水滚滚掉下，
禁不住又把牧童短笛吹响。

年仅六岁，我洒泪别爹娘，
为挣一碗糊口的猪糠。
财主肚里长牙心太狠，
披星戴月迫我放牛羊。

叫天天不应，喊地地不响，
狼嗥虎啸吓得我魂飞胆丧。
凄厉的笛声回荡荒山野谷，
一支短笛伴我度过苦日长长。

野草树木为我啜泣悲唱，
我和猪牛同睡一床。
我饱尝了臭骂和毒打，
苦水里泡来烈火里烫……

吹尽了曾经的苦和恨，
眼望着红灯心儿烫，
我要吹呀我要吹，
我把笛声献给祖国献给娘。

阳光雨露医好我遍体鳞伤，

解放那年我又洒泪别爹娘，
为给山河添一根柱梁，
苦命的孩子踏进了学堂。

一棵葵树迎风节节长，
我手捧毕业证书热泪盈眶，
我的心呵要和新生活同一个旋律，
牧童短笛吹响新的一章。

我把学得的知识献给祖国，
要在工厂的熔炉炼成不锈的钢，
一颗心儿献给无怨的人生，
在生活的大海里高歌远航。

1962年7月

金色的蔗林

果红实熟的秋天，我访问了老区湛江市郊甘林村。

十里甘蔗丛叠丛，
盖地遮天不透风，
老区的蔗林呵，
密实实，绿带红。

是你挡过红毛鬼白匪的"清剿"？
是你有过战火的光荣？
长叶，还像一把锋利的剑，
高秆，撑起蔽天的营篷。

我仿佛看到黑暗的年月，
红魔如狼白匪似虎围困重重；
蔗林里展开猛烈的拼搏，
游击队队员血染大地，弹尽粮空。

蔗林呵，燃起愤怒的火焰，
掩护壮士撤走，满地呼啸、飘动；
每根甘蔗都是杀敌的长矛，
每滴蔗汁都甜在战士心中。

今天红色的蔗地，
是游击队队员的鲜血染红？
今天大地的血液，
在甜甜的蔗秆流动？

看，你一排排、一丛丛，
像无数扎火把点燃晴空，
老区人爱这又绿又红的颜色吗？
年年把你栽得越壮越红。

1963年12月于湛江

（以上两首选自《徐启文自选集》，广州出版社1995年版）

桑　蚕

小哉？大哉？
桑树！
屈哉？伸哉！
蚕虫！
微哉？重哉？
丝茧！
短哉？长哉？
蚕丝！

桑苗无声，
默默直长；
小虫睡了，

默默做梦；

蚕茧无语，

默默倾吐；

丝线悠悠，

默默编织……

（选自广州《旅游文化》报第3期"丝绸文化专刊"2006年3月25日，《文学与艺术》《中华精英文学》2021年9月17日）

峭岩1首

峭岩（1941—　），河北唐山人。曾任解放军画报社副社长、高级编辑，解放军出版社副社长兼编审，解放军艺术学院文学系政委、主任。国际华文诗人笔会常务主席。

他与我擦肩而过

这是我日久沉淀后的熔岩

它是蠕动爬行着的诗行

他走着，我也走着

我追逐他的影子，沿袭他的脚印

如风与风的交织

像花朵与树的陪伴

我与他擦肩而过

是我庞大的诗歌在场

在这里，一切盛气凌人的市侩终将远去

而平民亲和的气息油然而生

此时，我愿借助汉语的朴实叙述

追踪一件件刚刚发生的往事

让它还原本真的面庞……

我走进一个叫连樟村①的村庄

小路嵌印着一双鲜明的脚印
村民说，他刚刚离去
他的话刻在大石上
"乡亲们一天不脱贫，
我就一天放不下心来。"
语很重，话很烫
在石头上喷射着火焰
他坐过的板凳我也坐过了
心中扑腾着爱意的翅膀

然而，他与我擦肩而过

我走进一座英德茶园
英德红茶还泛着一缕清香
主人告诉我
他刚刚离去
他喝过的茶还冒着热气
他说，茶很好，口子好过了
生活还要有香甜的茶陪伴
他喝过的茶我也喝过了
那滋味真是山高水长

然而，他与我擦肩而过

我走进英德农贸市场
络绎不绝的人群沸腾着浪花朵朵
店主说，他刚刚离去
他亲近这里的蔬菜、瓜果
他赞美竹笋的鲜美、甜脆
有说不完的亲近、体贴
他把竹笋带回中南海
他把心留给这片热土了

然而，他与我擦肩而过

是呵

他就是这样的人
他有风的速度
他有雷的脚步
他有天下归心的心
他有力挽狂澜的手臂
他有可以依靠的肩膀
怎么看他都是一母同胞的兄长
和我同根生
与我共苦乐
怎么看他都是田野的一棵红高粱
岁月当风雨
与民共凉热

注：①连樟村：广东清远市英德的一个村。

（选自诗集《四海诗萃》，四川民族出版社2019年版）

郑启谦2首

郑启谦（1941—2019），广东顺德人，曾任广东省作家协会理事、广东省作家协会诗歌创作委员会委员、佛山市作家协会主席。

农民度假村

改革的年代也在更新观念，
度假成了农民作息中的一环。
于是，在这茫茫的南海之滨，
诞生了一座农民度乐园。

天天划艇运蔗送肥的老人，
一样爱驾驶那豪华的游船；
卖花姑娘插竹叶的年代已消逝，
化妆摄影室前有一群欢乐的飞燕。

小伙子说家乡的榕树太粗犷，
这里的湖畔垂柳才够情意绵绵。
硬拉着有点羞涩的女友排排坐，
哎，瞧她的脸儿映红了半边天。

或者到十里莲池去赏荷香，
研究这里为什么藕断丝不连？
或者到静寂的湖湾垂钓去，
午餐时再分辨什么叫河鱼和海鲜。

也有人玩乐亦不忘另一种耕耘，
看图书馆夜夜灯火一片辉灿；
而树荫下，几个素不相识的专业户，
碰在一起便谈起了信息、科研……

不同的乡音，共同的欢愉，
一齐汇进这梦幻般的度假宫殿。
今天的忘情、写意、逍遥，
正是为了更加奋发和勤勉。

试嫁妆

一支光箭
窜落在塘畔的小楼前；
一串银铃从屋里飘出，
溅起了一轮水圈——

"雅马哈，跃得可欢？"
"没说的，够坚①！"
月色下，小伙子双眼闪烁着狡黠，
轻快地把姑娘扶上了后垫……

一阵突突声中，
摩托车又飞出了村边，
钢窗下，两老乐得合不上嘴：
"如今试嫁妆，却也新鲜！"

注：①坚，广州方言，帅也。

(以上两首选自诗集《多情的水乡》，广东旅游出版社1988年版)

黄焕新1首

黄焕新（1941—   ），兴宁人。曾两任梅州市作家协会副主席。

故乡，幢幢新屋

扇扇窗玻璃
用明亮的目光
迎接我的"光临"
朱红的大门
敞开着
太阳把墙壁
吻得雪亮
富裕跑呀跑呀
许多人跟我一样
终于把一段段坎坷
跑离

虽然还缺少
马赛克嵌镶
却有令人心跳的
自信闪在门楣
虽然没有

茉莉花的馨香
却有高高的理想
冒出屋顶

抛开
苦涩的记忆
我把故乡的形象
重新构思
——幢幢——
充塞着
穷白的空间
一排排
挤进了
时代的史诗

故乡，幢幢新屋
——呵呵，崛起
中国大地的新山群

1986年3月

（选自诗集《夜行车》，金陵书社出版公司1991年版）

刘居上 1首

刘居上（1941—　　），梅州市梅县区人，生于中国澳门。曾任中山市作家协会主席、中山市文联常务副主席。

荷塘即景

白水茫茫
荷香袅袅
采莲女

把一轴江南烟雨
从容卷起

俏立荷尖的蜻蜓　不再
敲打残荷的雨声　不再
舀一江繁星　浇洗
出水两臂鲜活的莲藕
叫人眼前一亮

忙于装筐
忙于上市
忙于见到那人
一任旁人评点
心眼细密
丝也绵长
堪称佳藕

（选自《广东省作家协会五十年文选·诗歌卷》，花城出版社2003年版）

邓文初 1首

邓文初（1941—　　），广东增城人。曾任南海市委副书记、市政协主席。

乡村茶楼

公路在村边通过，
路旁建起茶楼一座，
云集着各方客人，
晚间亮起节日般的灯火。

这边一桌论形势，

那边一席讲收获，
名茶美点先品尝，
海鲜香肉下火锅。

信息在这里沟通，
经验在这里传播，
农副产品在这里交易，
商品经营在这里酝酿合作……

谁说茶楼只是吃吃喝喝？
它培育着新一代的农民经营家。
繁荣了市场，
畅通商品销售网络！

（选自《佛山诗选》，百花文艺出版社1996年版）

黄树红2首

黄树红（1941—　），广东惠东人，广东第二师范学院中文系教授、原系主任。曾任广东中国当代文学研究会副会长、中国新文学学会理事、广东鲁迅研究学会理事。

春日回乡

听唱雄鸡
识旧音
老来倍爱
故园吟
客家米酒
杯中醉
云雾山茶

壶里斟
船影蜃楼
浮碧桂
车声高路
奏长琴
初春时节的家乡月啊
照我寒衣温暖我心

（选自《广州文摘报》2003年第3期）

秋日回乡

又见家园片片的桑叶
山川坡地无处不显秋味
层林尽染
浓浓光色
满稻涂金
淡淡芳香扑面
云带歌声飘碧翠
月移舞影绘金黄

品新意
赏秀色
看银滩十里
正融入湾区画廊

（选自《岭南诗歌》2001年第6期）

邓玉贵1首

邓玉贵（1942—2017），广东仁化人。曾任仁化县文联副主席、清远日报社副刊部主任。

灾民新村

被盘古遗忘的处女地
开垦出葳蕤的现代风景
犁头挑起朝暾在梦里盈笑
辉煌着新的事业、新的爱情

一步跨越长长的地带
缩短攀登巅峰的路程
一个个灿若星辰的起跑点
刻下腾飞的深深脚印

砖基，连着起伏的长城
屋顶，倚着巍峨的昆仑
即使是山呼海啸、天崩地裂
我们一样崛起于世界民族之林

哪里的天空不下雨
哪里的大地不泥泞
血浓于水　情深于海呀
支撑华夏的信念永不沉沦

自心谷漾起阵阵春风
绿了原野　绿了山岭
指缝间洒落金雨与希望

（选自诗集《片片枫叶情》，春风文艺出版社1997年版）

祁念曾2首

祁念曾（1946—　　），河南洛阳人。曾任《红旗》杂志记者，陕西省教育学院副教授，广东《惠州晚报》总编辑，深圳商报社新闻研究室主任。

秋天，我们快来播种

秋风
携着呼啸的鸽哨
掠过丰饶的田野
雁群
排成巨大的"人"字
飞跃湛蓝的晴空
啊！
又是一个金色的盛秋
朋友，我们快来播种

我们曾熬过饥荒的岁月
日夜渴望着
阳春的雨露
秋日的和风
我们
怀着美好的憧憬
天天向往着
小麦扬花，大豆摇铃
棉桃绽银，高粱吐红……
来吧，朋友
从波涛汹涌的黄河
到层峦叠嶂的秦岭
从长江两岸的乡村
到东海之滨的钢城
倾洒我们青春的汗水
秋天，我们快来播种

不要说
我们一无所有
不要嫌
我们脚步匆匆
我们像田野
一样浑厚朴实
我们像幼苗
一样蓬勃旺盛
播下去
就是一片丰收的希望
长出来
就是一群苗壮的生命
何惧——严寒酷暑
笑迎——暴雨狂风
我们在泥土中
深深地扎根
创人间锦绣春色
盼大地郁郁葱葱

来吧，朋友
这里有肥沃的土壤
这里有辛勤的园丁
这里有甘甜的乳汁
这里有清爽的秋风
我们的血液一起燃烧
我们的脉搏一起跳动
为了那朝霞般的未来
秋天，我们快来播种

巴山的山

莽莽苍苍，

雾绕霞围，
高得穿云，
绿得滴翠……
说你像武士——
挺拔又威严，
说你像少女——
热情又妩媚。
峭壁上，
莫不是年的标语——
"红军万岁"？
盘山道，
分明是今朝的铁路——
银龙腾飞！

丛丛竹林
当年杀敌显神威；
层层梯田，
今日稻麦排成队……
啊，巴山！
先烈血染的土地，
开出青春的花蕾；
对豺狼——
是威武的勇士，
挥舞锋利的刀剑；
对朋友——
是多情的少女，
高擎喜庆的金杯……

1982年12月

（以上两首选自诗集《延安，我把你追寻》，长江文艺出版社2011年版）

蔡宗周 组诗

蔡宗周（1944—　　），江西金溪人，曾任广州铁路（集团）公司处长，国际华文诗人笔会秘书长，广东散文诗学会副会长，《华夏诗报》副总编，《中国铁路文艺》副主编。现任《侨星》杂志副主编、南方诗歌创作委员会副主任。

菜心节

以黑色泥土的名义
授予迟菜心崇高奖赏
你用普普通通的碧绿
喂养一个壮实的南方
你用清清淡淡的黄花
礼赞金色的阳光
为人间粗茶淡饭的日子
添一缕生活馨香
一生默默地奉献
大地般从不声张

菜心节——一个平民的节日
芬芳传遍田野山冈
没有达官显贵的嘉宾
没有烟花礼炮的鸣响
没有长长的红地毯
没有明星名嘴捧场
喜庆的舞台——
挨着农舍，靠着家庙
搭在田间地头旁
牵来袅袅炊烟挥动绸带
邀来纷飞蜂蝶齐声吟唱

剪彩的农民兄弟
摇动菜心如摇动鲜花一样

那么朴朴实实
那么平平常常
透着泥土的气息和芬芳
节日，为增城添一道风景
增城，奏响一曲民间乐章

世上的节日还少吗
唯大自然的节日真时尚
稻谷节、红薯节、菜心节……
最朴实才最珍贵
最平常才最辉煌
连飘过的朵朵白云
也为之敬礼
连拂过的阵阵暖风
也为之鼓掌

荔枝节

最甜蜜的节日
增城，荔枝开剪的盛典
六月熏风像陈酒
醉了增江两岸
人们蜂拥前来采蜜
蝉声如歌响彻荔园
古城的节日
名人捧场了千年

何仙姑的故里
名贵荔枝挂绿
摘了荔国的桂冠
一粒拍卖的天价
55.5万元
不是珠玑胜似珠玑

仙姑的爱，人间的孝
传遍天上人间
吉尼斯世界纪录
书写了"果中皇后"的诗篇

杜牧的神笔
"妃子笑"笑成艳红荔果
摇响滴泪的诗笺
苦甜都渗进了唐诗
香透李家王朝华丽宫殿
官树、国宝的嘉名
——誉满人寰

苏东坡的诗广告
不辞长作岭南人的感言
丰富了荔乡文化
衍生出诗意万千
荔枝酒、荔枝蜜……
荔枝饼、荔枝宴……
荔枝诗会、荔枝画社……
荔枝广场、荔枝酒店……
打造了荔枝强市
高举挂绿的旗幡

六月，荔香扑鼻
六月，荔风拂面
掌声中千年诗文
被译成甜甜蜜蜜的语言
星星一样闪光的诗句
红云一样美丽的故事
挂满了火红的荔园
摘一粒，一颗丹心
采一串，缠缠绵绵

荔枝节，增城的节日

荔枝节，南方的盛典
种荔人的汗水
尝荔人的笑脸
风，读不够
蝉，唱不厌
让香甜的生活烟火不断
让流蜜的日子世代绵延

（以上两首选自《当代诗人笔下的增城》，太白文艺出版社2010年1月版）

晒　秋

将香喷喷的秋捧在胸前
将沉甸甸的秋端上屋檐
明亮亮阳光下——
晒出大地的丰盈
晒出季节的甘甜

圆圆的篾篓
摊开了五彩秋色
方方的竹箕
盛满了秋景斑斓
宽宽的晒台
展现着农家丰收盛典
山村飞来了鸟的吱喳
蝶的翩跹

椒的艳红艳红
像太阳一般热烈
果的金黄金黄
似月亮绽放笑脸
豆的墨黑墨黑
亲如土地颜色

皖南的秋
大地上一支歌
秋韵铮铮
天穹下一幅画
秋色绵绵
农家将秋举得高高
窗前瓦顶风也香甜

（选自《印尼千岛日报》2020年7月25日）

黄莺谷 1首

黄莺谷（1944—2017），广东梅县（今梅县区）人。

雨后夜耕

夜半云收雨初晴，
几番睡去又翻醒。
老犁耙手急忙滚下床，
推窗望——
月亮撒下满地银。
正好扶犁戴月耕。

风慢吹，蛙慢鸣，
社员梦，莫唤醒。
走到田火头猛惊住，
谁料更有早行人，
一片喧闹声！

看看都是"娘子军"，

长辫、短发、花头巾，
你笑我，我笑你……
忽听后面脚步响，
跑来一群好后生。

谁传话？谁捎信？
风摇头，月无声。
彼此心意不必问，
莫负惊龄一犁土呵，
莫等令下出奇兵！

霎时犁儿破浪飞，
好似跃马弯长弓。
你追，我赶，
蛙擂边鼓风喊阵，
无限春光犁下生……

（选自《1949—1979广东新诗选》，广东人民出版社1979年版）

洪三泰 组诗

洪三泰（1945—　　），广东遂溪人。曾任中国作家协会广东分会党组成员、副秘书长及文学院副主任，广东省人民政府文史研究馆馆员，广东省珠江文化研究会常务副会长、理事长、文学院院长。

水乡恋

从故乡——弥漫雷火的雷州半岛来到珠江三角洲水乡，我的心胸似有万马奔腾……

这里，一切都在水里浸着，

这里，一切都在汗里飘着。
浸着那么多清凉、甜蜜，
飘着那么多笑语、欢歌……

哟，姑娘驾艇飞来，
衣衫像大雨淋过。
是河浪泼湿衣服？
是汗珠跳进碧波？

看多少橹、篙竞飞，
谁顾把汗水轻抹？
一艇肥，一艇歌，一艇汗，
倒入田园便是一片春色。

呵，水乡原来就是汗乡，
多少汗珠在沙田筛落！
积久了，便汇成江流，
汇成无数的鱼塘湖泊。

从此呵，一切都在水里酿着，
酿着生活的甜蜜，人生的苦涩。
从此呵，一切都在水里流着，
流着战斗的艰辛，胜利的欢乐。

（选自《青年诗选》，中国青年出版社1981年版）

农民旅游团

脚步，震动五百里绿川，
笑声，推落三千尺飞泉。
七星岩幽深的洞口，
吐出一支农民旅游团。

花伞儿闪闪，
竹叶帽圆圆，
蓝水布飘飘，
红头巾点点……

攀峰的，群群飞燕，
钻林的，束束杜鹃，
倚岩的尊尊铁塔，
戏水的艘艘快船……

吵醒溪流，吵蒙山岩，
吵得风跳峡谷、云绕峰峦。
猛然一幅幽雅奇景，
静了，都扑进绿水青山……

泥腿子美的心灵，爱的情感，
全交给山、交给水、交给自然。
为了山水，流过泪、流过汗、流过血，
用生命换取林绿、花红、水甜。

水是自己的水，山是自己的山，
要玩就玩，要攀就攀。
山是重义的山，水是多情的水，
和你手拉着手，肩并着肩。

来吧，山水的主人，
玩吧，农民旅游团。
祝贺祖国闪光的山水，
映着八亿农民的笑脸。

吨

这里分粮，论吨——

秤砣一飞，三吨五吨……
你看看，谁家挑
不挑断扁担几根？

旧时乞讨，斗斗升升，
昨天分粮，担担斤斤……
如今论吨分配，
一喊一应，雷的嗓音。

吨呵，陌生、笨重而安稳，
堂堂皇皇地闯进家门。
涨了谷围，占了厅堂，
挤窄了家，却宽了社员的心！

但愿永远用吨来做砝码，
使千年贫穷失去重量！
同时仔细地称一称，
政策的分量，党的恩情……

海　锁

　　我们南海人喜欢把围海造田的长堤叫作"海锁"。

日日夜夜，车载船拖，
请来了石山百座。
锁住茫茫海角，
赶走滚滚碧波。

银帆红旗相映，
哟，五万亩肥田如墨。
好，就在这儿造个辽阔的稻海，
南海呀，抹你一笔金色。

开山的英雄小伙，
这回可在大海里耕耘抢播。
看姑娘驶过插秧机，
像持着绿笔轻轻一抹……

绿水把黑泥淹没，
青苗把绿水盖着，
春风把麦苗抚摸，
红旗把春风逗乐……

飞燕邀海鸥做客，
水鸟悄悄在稻丛盘窝。
青蛙在堤顶报告：
火，火，火……稻海电灯，
碧波渔火。

最有趣是这儿的收获，
两个海同把丰收献给祖国——
鱼汛写满千片红帆，
稻山托着金色云朵。

海浪盖不住欢声笑语，
长堤驮不完丰收硕果。
金海和碧海一同举杯，
呵，醉了美丽的南国。

（以上三首选自诗集《天涯花》，花城出版社1981年版）

李钟声 2首

李钟声（1945—　），广东梅州人。曾任《南方日报》副总编辑，广东省作家协会副主席，广东省文艺批评家协会副主席，中国报纸副刊研究会副会长。

彩云飘进侨乡

蓝天上丽日朗朗，
一朵朵彩云飘进侨乡。
一群群侨胞观光归来，
鲜艳的服饰耀眼闪亮。

彩云来自大洋彼岸，
穿过碧海浪涛啸响；
彩云来自椰风海韵的地方，
带来阵阵樱花的芬芳……

彩云带着对祖国的深情问候，
彩云带着游子思乡的毕生梦想！
而今，金色的梦终于伴着彩云飞来，
将侨乡母亲的容颜看望。

瞧呵，彩云飘进了工厂，
带着歌声笑声到处飞翔！
彩云飘过锦绣田庄，
一声声赞歌洒落蔗海稻浪……

呵，天空爱恋金色的彩云，
侨乡爱恋海外的儿郎。
彩云，当年是在凄风苦雨中飞去，
侨胞，如今是驾着春风回乡！

灯 前

挂钟敲过了十二点，
他怎么还不睡？
喧闹的华侨大厦入梦了，
他难道还不知累？

一位回国观光的老侨客，
伏在案前把笔挥。
落笔，一对鹰眉展双翅；
抬笔，灯映嘴角笑微微。

他向海外写信报平安，
激情如水笔端汇。
他恨不得一纸书信驾彩云，
飞向唐人街上的"同乡会"。

一写游子初归喜，
亲人为我频举杯，
祖国情意比酒浓，
腮边滚滚挂热泪。

二写故乡面貌改，
山清水秀人更美，
半城花果半城葵，
侨乡处处添翡翠。

三写乡亲父老好，
侨乡承受党恩惠，
前年汇款修家屋，
支援的是整个生产队……

呵，祖国亲情写不完，
字字句句透纸背——
唐人街和故乡紧相连，
侨胞与祖国心相随！

（以上两首选自诗集《初恋的回声》，漓江出版社1989年版）

黄萍1首

黄萍（1945—　），女，湖南澧县人。先后在广州、新疆、深圳工作。中国作家协会会员。

飞雪的故乡

纷纷扬扬的雪像陈年往事
绽放在故乡的天空
封住了老屋记忆的大门

冰凌水晶般地装饰屋檐
炊烟在山野里飘荡
灶膛里噼噼啪啪的干柴
燃烧出火红喷香的日子
和不尽的牵挂思念

房梁上高挂的玉米、高粱
储满了心中的渴望
牛栏里的木犁梦境酣甜
锃亮的犁尖闪着期待
像一轮弯弯的月亮

母亲望着窗外厚厚的积雪

想起心事来——该选种了
那满脸的皱纹绽开的笑容
是田野复苏的憧憬和希望

（选自诗集《山情海韵》，中国文联出版社2002年版）

吕海沐2首

吕海沐（1947—　　），广东龙门人。当过战士、排长、团政治处干事。曾任广东《人口观察报》《人之初》总编。

村　夜

当黑水牛
悠然走进栏圈，
那竹笛扬起的旋律，
将最后一缕霞辉裁剪。

村庄，伴着田野
安然地拉下夜的帷帘；
那透过窗口的灯光，
是她闪耀着双眼。

灯影中，一阵阵软声细语；
星辉下，一个个欢颜笑面。
多少人在音乐声中看取舞蹈，
荧光屏下由衷地感叹……

稻叶轻吮着露汁，
蕉实沉梦于叶影下面。
啊，大自然在自由地呼吸，

每颗心都享受安宁。

侨乡的吊脚楼

所有的思念都被你凝聚。
聚成了妻子们辛酸的背影，
女儿们痴情的呼唤，
和母亲颤抖的银发缕缕……

在村口，在山坡，
在空阔的旷野田畴，
每一片侨乡的心田里，
都立着眺望的吊脚楼。

望冷月如船，朝霞如翼。
望彩虹如桥，云烟如路。
望啊，望断几多春水秋山，
几多河水流干，几多树木枯朽，
唯有重逢的愿望
年年萌发在寂寞的心头……

乡野里耕耘了几度春秋，
多少老屋坍塌，多少年华流走，
你却站成座座不倒的灯塔，
那不倦的形象，不老的眺望啊——
还有许多未了的夙愿常挂胸口，
还有许多未归的团圆生起忧愁……

（以上两首选自诗集《穿过硝烟的蝴蝶》，中国书店2008年版）

吕杰汉 组诗

吕杰汉（1947—　），广东鹤山人。曾任连山县委副书记、清远市委宣传部副部长兼市文联主席、市老干部大学常务副校长。

绣瑶袋

柔情融入五彩的丝线
蜜意凝进银亮的花针
桐树下，莎妹牵着春光细细绣呀
瑶袋上绣出绚丽对称的花纹

红豆的相思，万字花的祝愿
松花的气息，木槿花的清芬……
玄青的布底缀满奇葩异秀
质朴的图案描着一个民族的风韵

挎起瑶袋哟巡山护林
录一串百鸟婉转的歌声
肩挂瑶袋哟开耕播种
岭上飘起翡翠似的白云

每一个瑶袋是一幅旖旎的画
装饰瑶山人，装点瑶山春
针针线线绣着吉祥和幸福呵
绣着心中的希望和欢欣

（选自《民族报》1986年2月1日）

腰刀，瑶家的骄傲

数千年历史
装载在皮制的刀鞘
乌亮的刀把
紧握过无数双粗糙有力的手

抽道道闪电
砍落过几多凶险
响声声霹雳
抗击过阴谋残暴
血和泪磨利了腰刀
毫光闪闪中
站立起 一个骠勇的民族

卷阵阵春风
吻绿了千万个山坳
牵缕缕阳光
织造出绚丽锦绣
情与爱淬亮了腰刀
莹莹银光
映出了瑶族同胞含蓄的笑

腰刀——瑶家的骄傲
瑶山人酷爱腰刀胜过珍宝
昨日，它凝结着辛酸和甜蜜的记忆
今天，它伴瑶家开拓新的幸福大道

（选自《清远报》1990年8月22日）

老　井

一代又一代，养育了整个村庄
目光深邃凝视着祖屋老房

岁月悠悠，光阴沉淀
勒出一道道疤痕茹苦含辛
留下苔藓深深足迹斑驳
内心涌动牵扯不断血脉情缘

蔚蓝色眼睛透明清澈
古朴脸庞吸纳新鲜阳光
情怀里微波轻漾，依然冬暖夏凉

紧贴着乡土相亲相吻
钟情于遍野碧绿、漫山彩云
乳汁般甘甜，丰腴每个季节
沁入肺腑滋润香醇感觉
眷念涓涓溢出，永恒延绵

（选自《中国乡土诗人》第七辑，武汉出版社出版）

叶延滨 2首

叶延滨（1948—   ），生于哈尔滨，曾任《星星》与《诗刊》主编、中国作家协会诗歌创作委员会主任、中国作家协会全国委员会委员。多次任全国鲁迅文学奖评委，诗歌评委会副主任、主任。

南岭二十亩地

深圳布吉镇南岭村已成为一个现代化的经济社区，但村委会还是留了二十亩种庄稼的水田，作为对下一代进行传统教育的基地。

别只看南岭村年年收入进账上亿元
别只看南岭村的招待所是三星级宾馆
别只看南岭村修个公园投资五千万元
别只看南岭村实行工资股份制个个像老板
先看看这二十亩水田
就知道出水才知两脚泥啊
这就是南岭村改革开放的起点！

别只看南岭村的领头人是人大代表
（啊，在西方叫议员，他不是议员
他是一名中国共产党的党员！）
别只看南岭人十分之一进过大学
（啊，算知识分子，说实话在南岭村
村民的资格比什么分子都值钱！）
先看看这二十亩水田
就知道"致富思源"根在何处啊
这就是南岭村有块不忘根本的心田！

别只看八百村民的南岭村
还有上万名外地打工青年
（这块田让天下的农民有缘！）
别只说江泽民总书记与全村人见了面

还有我们躺在地下的祖先
也都知道了这天大喜讯啊
看到那些翠绿禾苗上的露珠了吗
南岭人说那是先人的泪花点点……

李书记

你说你只写过一首诗
题目是《总书记视察南岭村》

我说，你就是一个大诗人
在大地上写诗的人
你让我们"到村里采风的诗人"
迷失在你和你的朋友们的诗行中
一首首现代文明的都市抒情诗里

在深圳在布吉
没有想象力的人当不成书记
你有诗人一样丰富的想象力
当然，你不叫李白
那是个喝酒写诗的大诗人
当然，也不叫李瑛
那是我们采风团的老诗人
你叫李文龙
你是在布吉地图上写诗的人
你是让地图出版社年年都在忙——
忙着为你的大诗篇改诗句的
  "年轻的大诗人"

（以上两首选自《诗刊》2001年第7期）

林贤治2首

林贤治（1948—　），广东阳江人，编辑、作家。

乡　归

让自行车的铃铛像心跳一样响
呵，风
故乡的风应声跑来
你要告诉我什么

龙眼树正在开花
大妹子已经出嫁
她把那只秧绿的歌和发夹
都带走了吗？
传说，故事，烟叶的浓香
都被泥砌的短墙隔向那边
只有聋老太太
坐在墙根儿的石碓上
小心梳理着疏薄的头发
顺着大木梳
喟叹轻轻滑下

阿九呢
大顺呢
都背起梦一样轻的包袱走了
向新铺的公路
向加宽的大街
向高高的塔吊和脚手架
而把沉重的土地
留给了健壮的妻子
父亲和弟妹
佝偻的犁和瘦长的锄把

由于传统节日的呼唤
他们才从城市的脚下归来
带着外出的荣光
带着离别的辛酸和甜蜜
带着会使整个村子发出光亮和喧呼的
双历手表
"三洋"牌录音机
喇叭裤、盲公镜和长头发
而土地依旧丰盈
我的始终未曾离开过爱抚的土地呵
蛙声不是比往年更响吗
——什么都来不及想
迎面是如此亲热的风
大黄狗和长长的石板路吻着我的脚丫

1982年7月

家乡的风

轻柔的
温润的
畅快的
噢,你春天的风

溪水青了
鸭头绿了
蔚蓝的天幕下
烧荒的火红了

唿哨豆荚般爆开
护耳帽脱了下来
光腚的土地上
胡子,发辫,牛尾巴
舞蹈似地摆动

木犁和拖拉机
相随着踩过原野
就在原野尽头
在雪白的和乌黑的房屋的头顶
高压线呜呜伸了过来
钢铁的手
将递给家乡一串星星
比星星还要明亮百倍的眼睛

轻柔的风
温润的风
畅快的风

噢，快吹走这浊雾
和粘在窗框上的梦
阳光这么好
让你捎走它吧
把酿了一夜的蜂蜜全捎到
每个庄稼人的心中……

（以上两首选自诗集《骆驼和星》，花城出版社1984年版）

郭玉山组诗

郭玉山（1949—　　），出生于海南文昌市。曾任广东省作家协会主席团成员、诗歌创作委员会主任、《作品》杂志常务副主编。

从山那边飘来带甜味的歌

霞光匆匆醒来，热吻山峰，
留下淡淡的脂痕一抹。

清风从幽谷透出，柔抚翠竹，
摇落蜜汁般的晨露颗颗。

呵，从山那边飘来带甜味的歌……

槟榔树挽一袭轻纱般的雾披在肩头，
羽叶凤尾撑起个生气勃勃的冬色。
咖啡饱熟了，枝头缀满串串玛瑙，
阵阵醉人的清香，随晨光流播。

呵，从山那边飘来带甜味的歌……

鹧鸪立在岩上，炫耀斑斓的颈脖，
骄傲地相引伴侣，啼声响彻丘壑。
鸽子轻盈地掠过山尖嬉逐几片流云，
圆润的明音使天地显得更安静、广博

呵，从山那边飘来带甜味的歌……

牛群哞哞拥下斜径，在山沟里散开，
用缓缓的蹄声与活泼的流泉应和。
高压电线横过断涧，隐进白云深处，
这些声音来自光荣的万泉河。

呵，从山那边飘来带甜味的歌……

早醒的山村分明是喝了几樽陈酒，
炊烟醉醺醺地叙述香醇的生活。
广播嘀嘀地报告北京时间，
村道上捡粪人在对表，亮着胳膊。

呵，从山那边飘来带甜味的歌……

（选自诗集《南方甜甜的爱》，花城出版社1986年版）

另一种农民

父亲的篱笆荡然无存。
新家园的概念，
金属闪光的锋芒，
铲刈了那些歪斜的荆条；
优雅的电子开关，
把袅袅炊烟揿入古典。

泥土和稻穗上的阳光雨露，
蝉蜕般，把一腿浊泥弃在逝水，
跨上田塍般跨上大理石台阶。

穿越狗尾草、马齿苋、木瓜、木薯，
穿越犁铧与镰刀合构的循环。
历历展开的岁月光影变幻，
从都市短波捕捉综合性气候，
于有限的平面布置另一类种植。
筛选种子，也遴选信息。
栽花，育果，经营芬芳，
也种植比田塍更繁密的电路板，
也驾驭比河涌更迴曲的流水线；
于芭蕉雨的节奏中，
谛听比大沙田更壮阔的拔节声，
枯荣的痛苦与欢乐，
根植在比青草更新鲜的意境中。

并非背叛土地。依然紧贴泥土。
完美的泥土孕育平静的再生，
也积聚裂变，如胸中的矿脉，
蓦然烁现。
大胆地逼近天空，
更理解土地的深厚和坚实。

那双染满泥香、谷香的手，
开始剥落板结千年的苦难，
而且开始柔软地触摸到
某种萌芽的意义，
而且开始辉煌地支配
比黄金更贵重的价值
和秩序。

在水乡的田塍漫步

河流的青丝
缀着水杉的发卡
缀着篷帆的飘带
额头的沟壑蔚为晴空
展开鸽子和风筝
水乡自莲荷的红唇
泛起十八岁的红润

花与果同时挂在枝头
金黄与苍翠共同铺染阔远
果林的山脉勃起
楼群的山脉勃起
婀娜的地平线
勾勒丰稳的汛期

板结的痛苦溃散了
布谷声里萌生的希望
酥松地发酵
酿成多汁的日子
每一个细胞都裂变芬芳，
每一个回眸宣泄季节的坚实

预言如期成熟
幻想依然放飞

隐隐叶笛
将儿歌吹绿

（以上两首选自诗集《真诚拥抱》，花城出版社1992年版）

偶见地摊摆卖乡村竹笛

久违了的歌谣，简朴如水
一截截蜜色阳光，久远的陶醉
乌黑的眼，袅漫野生的暗香
在卵石上磕磕绊绊的流水
溢出，站成两岸逍遥的碧翠

千柄青锋划伤的风回旋
一阕婉约的少年心事
在蒲公英飘开的寂寥里徜徉
蓦然有尖锐车笛呼啸而过
一孔孔纤细的记忆遽尔倒伏

（选自诗集《黎明之根》，广东旅游出版社1995年版）

陈俊年组诗

陈俊年（1949—　），广东和平县人，曾任花城出版社副总编辑、党委书记，中共广东清远市委常委，广东新闻出版局党组书记、局长，广东省作家协会副主席，广东省出版工作者协会副主席。

客家山歌

秦腔一路
吼到南蛮之地
开山劈岭

炸响成
客家山歌

仍有高原的高亢
仍带黄河的激愤
粗俗中，客家人的智慧和幽默
化作比兴与双关语
在竹板的击节声中
嗒嗒作响

情调多了亚热带
雨季般的缠绵
南海浪花似的柔情
音域更广了，回响
海峡两岸，远至
南洋欧美

山歌是山恋的总谱
情歌是最动人的乐章
痴情男女
隔山对唱
把山歌抛过去
对接成一道
美丽的鹊桥

那时候，春江水急
山歌在放排中放浪
夏收抢割
山歌在稻海里嗬嗨
那时候，秋分送别
山歌唱哭望夫石
除夕团圆
山歌飞出香火龙

如今，山歌也去打工

流浪在城市街巷
流淌在流水线上
如今，山歌还活着
被尊为非物质
文化遗产，客家人的
集体怀旧，在网上
在光盘里，山歌
摇滚着
无尽乡愁
镭射出
无数梦想

围龙屋

瓦连瓦
墙连墙
风来雨来好抵挡
屋连屋
廊连廊
紧紧围成小村庄
千年图腾景
龙盘山野上

映翠竹
洗沧桑
村前总有一口塘
莲飘香
云荡漾
消暑消灾风送爽
笑声一圈圈
龙戏水中央

走再远

也守望
围龙屋连众心房
客家人
闯天涯
常煮娘酒思故乡
炊烟向碧空
飞龙追月亮

潮　退

一如退潮
浪归大海
散墟的人流
拥回山寨

这又是一番景致
扁担连接像牵带
一头挑着夕阳
一头扯动霞彩

这又是阵阵笑语
伴着晚风，回荡山崖
这架山说：买回一部摩托车
那条溪说：买回十卷录音带

唯独东村那个小伙子
回村的脚步，东拐西歪
捧读着崭新的《科学养蜂》
心想采蜜却碰上路旁翠柏

还有南岭的那位大伯
转过山嘴便直上高崖
他扛着一架电视天线

说是要把目光竖起来

哦，远去了，回村的人影
匆匆的脚步踏响同一节拍
哦，亮灯了，四围的村寨
如无数的船航行在夜的海

1980年2月17日于九连山
（以上三首选自诗集《南风的祝福》，广东教育出版社2021年版）

桂汉标组诗

桂汉标（1949— ），福建晋江人，中国作家协会会员，曾任广东省作家协会理事、诗歌创作委员会委员，韶关作家协会主席，广东韶关五月诗社社长。

放歌丰收节（朗诵诗）

鹅黄茂绿，依依惜别，
眼前一片金灿灿铺满田野，
天高地阔呵人心雀跃：
迎来"中国农民丰收节"！

在我们郁郁葱葱的南粤，
四季飘香此刻分外浓烈：
金柚缀枝，葡萄累串，莲藕横斜，
每一寸土地都献出满腔喜悦。

唱起来吧，我们心潮激越，
放歌丰收就是豪唱盛世伟业，
乡亲父老呵永远托举着朝野，
自己的节日辉煌千万载史页！

城镇化了，故园炊烟袅袅斜斜，
祖屋挤着乡愁，呼吸渲染日夜；
摁下的手印，猛然间警觉一跃——
精准扶贫的大手笔呵昂然抒写！

生态美景，唤醒繁嚣的小巷大街，
乡村振兴，激活新一轮拼搏创业。
要让丰收走进每一个穷乡僻壤呵，
中国梦不舍每颗水珠、每片草叶！

唱起来吧，武江的田畴山野，
农品展销农事体验农旅休歇。
南岭诗歌小镇，最是倾情相约：
金风秋韵诗词赛趣味运动争报捷……

唱起来吧，沙山水库鱼欢跃；
莲下藕遇，生态徒步人欣悦。
我们尽情欢歌，我们龙腾虎跃，
共同奋进新时代，共享美好新岁月！

2018年9月15日凌晨于风度诗城
（选自诗集《沧桑云雨》，四川民族出版社2020年版）

清远民俗二题

舞被狮

舞起来，舞起来
结对的婆婆媳妇们
舞起来，舞起来
花花彩狮开花的心

狮子头，仅仅一个
被狮成群结队翩翩来
男人们靠边站吧，今天
巾帼独享嘉年华

是哪位先贤的善举
化解婆媳间千古难题
身披彩被双飞翼
灵犀相通万事兴

以拙朴的欢乐，和谐了
岁月最本真的呼吸
草根自有上上智哟
不被窒息方代代传承

并非众兽之王，被狮
舞动的是觉醒的乡村

豆腐节

不是斗牛，不掷番茄
豆腐的故乡，美味
从舌尖开始，延伸
成了乡村独特的狂欢

燕尾剪开丰谷的喜帘
豆腐花报添丁的佳兆
乡民愿景，传说中
演绎了迎春的庆典

接灯，上灯，饮灯酒
豆腐砸开花，好运常伴家
远掷近抹，舞珠飞雪
乱战间最是芥蒂尽释怀

凡人的欢乐不羡高贵
随心信手，笑自悠扬
年年春风绿沃野
岁岁传奇胜往昔

梦是卤水，点成了豆腐
点亮了乡村红火火的日子

2016年1月27日凌晨

（以上两首选自《清远历代乡土诗选》，宁夏人民出版社2016年版）

访龙南客家围屋

遗愿在每一块砖上积蓄
汗血在每一堵墙上凝聚
为抵御外扰还是财富的炫耀
终于将家族围聚在这方城里

忘不了迁徙的颠沛流离
忘不了垦殖的筚路蓝缕
遥远的异乡成了新的家园
远去了岁月和难舍的祖居

粗木门框透出了纯朴厚实
卵石巷道印下了勤勉足迹
任凭时势变迁，风雨来袭
诗礼耕读一代代承继

围屋外大棚蔬菜正一片青绿
串串鞭炮点燃了孩子的喜气
再远处通向海边的高速公路
飞驰的货柜车正川流不息

红扑扑、清灵灵的客家导游女
清风结伴引来了八方宾客
来看这凝固千年的历史
来品这瞬间巨变的现实

2005年于赣州市龙南村
（选自诗集《沧桑云雨》，四川民族出版社2020年版）

罗春柏1首

罗春柏（1949—　），广东兴宁人。曾任珠海市委副书记、珠海市人大常委会常务副主任。

灵魂栖息的地方

在那片田园，那个村庄
望着，无边的葱绿
升腾的炊烟。我，终于结束
结束了蒲公英的飘荡

多少年了，无锚的孤舟
浪迹大洋。李白的诗常沉吟
沉，念着故乡
浮，也念着故乡

天涯，有闪烁的星光
亮不过，心中那盏油灯
异域，有轻歌曼舞
比不上故里，小鸟的啼唱

尽管，冬有霜雪，秋

也曾一片苍凉。我的血管
依然流着那条小河的水
呼吸，飘着草木的芳香

在那片田园，那个村庄
任阳光拥抱，风亲吻着脸庞
我的心回归，回归了
灵魂栖息的地方

（选自诗集《珠海经济特区三十年文学作品选》，珠海出版社2010年版）

张文峰1首

张文峰（1950—　），广东开平人。曾任《黄花》主编，《现代人报》与《中国金报》编辑记者，《广东人口报》副总编辑，广州东山区（今越秀区）文联副主席。

新村素描

几处凉亭，
哪一处是当年的"僧归亭"？
条条大道，
哪一条是当年的小径？
恍惚间，
僧人结队归来，
驮着夕阳……
滑梯荡椅假山旁，
也许矗立过巍峨的寺庙；
桥边栩动的海狗鱼，
摇曳着一池幽梦。

移步换景，
夜间电灯如星光璀璨。
新村还在不停装修，
装修着又一座大酒店，
装修着又一条高第街……

哦，荒郊野鹤和那古塘一方
被掩埋了！

（选自诗集《葱茏的梦幻》，广东高等教育出版社1993年版）

莫善贤1首

莫善贤（1950—　　），广西柳州人，现居广州。

饮水思源

——参观中山曹边村

村头，村尾
老井，看不见
曹家边的村民
心中的井，在嘴上，在心间
感恩写在村头
高高耸立的牌坊
必经之路
早起，晚归
映入眼帘

大榕树根深叶茂
古村落旧貌新颜
田里不再老牛耕田

厨房不再袅袅炊烟
老屋挑檐的花鸟驻足
雕塑的走兽忘了昨天
好日子，幸福获得感
农民说出朴素的语言

走过夜路，方能
体味光明的可贵
经过苦难
更知时代变迁
大公鸡带着母鸡
自由行，如画的田园
巡道的黄狗在引导
到处都有可读的故事
村民的情感朴素，自然
幸福向往已经实现
美丽乡村，美丽田园

乡下人过着
城里人的生活
还分什么城里、乡下
陶令笔下的桃花源
悠然自得，碧水蓝天
游人如鲫，观光游览
沧桑的祠堂感慨万千
老大爷在叹茶休闲
一张张笑脸在解说
不忘初心，饮水思源

（选自诗集《七蒂莲花》，团结出版社2021年版）

成坚 1首

成坚（1952—　　），女，广东人。曾任韶关学院医学院副教授。

梦描家乡

家乡站在月亮上
伴我挥洒
神游家乡
家乡拴着太阳
带我越岭翻山
如今踏上家乡路
心甜意美人欢

剪一片家乡云
贴在心坎
摘一把家乡花
插在胸膛
不愿抖落肩头的泥香
不愿理去发梢的草瓣

痛喝家乡水
气色如清泉般甘爽
豪饮家乡酒
煎骨如峰套般坚强

乡音变了
乡情依然浓
扬起山里妹子的自豪
穿过村前的稻丛
山的风韵山的精神
写在额上，写在笑容
父老乡亲定认识我
一朵深情的映山红

1993年11月

（选自诗集《心灵的约会》，广东旅游出版社1995年版）

杨超鹏1首

杨超鹏（1952—　），广东龙川人。曾任广东仁化县文联干部、《丹霞文学报》主编。

溜冰鞋

匆匆，你踏上回村小路
拎着一双闪烁着阳光的旱冰鞋
带着你明亮眸子中闪动的喜悦和温馨

（记得吗，我们刚才是在列车上相识）

真想随你而去
看看山民新筑的旱冰场
绿野村舍扑腾腾长出的欢喜
老榕树也恢复童心了，看着
旋风般转动的少男少女

溜冰场再不只是城里人独占了
就像烫发、西装和彩裙走进了山里
就像桌球和电视机走进了山里
就像吉他和《养猪学》走进了山里
不想沿袭祖先旧习的村民呵
学城里人又不像城里人
搭起了一座座耕山寮的山下
四合院封闭式的泥砖结构正在拆除
托起色彩托起笑语的楼群
正在脚手架的拔节声里升起
这就是今日乡村的时代曲吗
山——妹——子

旱冰鞋，远远滑去

那一闪一闪的光亮里
正在编织山里人更有魅力的故事

（选自诗集《灵山水声》，华龄出版社1994年版）

黄承基组诗

黄承基（1954—　），壮族，广西德保县人。曾任《北海日报》编辑，广东华文国学研究院教授。

水烟筒

乡下人的嘴打不了封条
晚饭后兜成一圈野月亮
预报各人脸上雨旱阴晴
大头小脑如坐洋洋洒洒的"波音"
如亿万年同条河里驯化的鱼
马骨胡，一条古老的红水河在悲歌流淌
扳牛舞，一架粗犷的十万大山在连绵崛起
沉浮在森林里的那杆火枪
时常爆响猎物的牛角号
脚趾写着楔形文字
脊背终年挂着黄果树瀑布
肩挑手抓腋下挟着猪草、柴火
累了嘴巴闸门泻出山歌
固执，曾是顽固的癌症
天黑就睡觉，光顾生孩子
论东家之长长长得有条带光的尾巴
揭西家之短短短得闻见肛门的臭味
这时总有人抛来几支过滤嘴
说时兴了要改革改革

杂声杂色的语言
散发出酒坊的芬芳、豆腐西施的娇媚
鱼姑、鸭佬、泥瓦匠，这专业，那行当，三流九派
全从他们所编的节目中成为新星

因此"水烟筒"这部书
在山村很是畅销

（选自《民族文学》1988年11月号）

酒葫芦

红水河人的酒葫芦拴在腰上
走路的时候摇出醉人的音乐
那一次我沿红水河问路
三句两头语言不通
红水河人见我额头如瀑
见我衬衣口袋透出的蓝皮本
一壶老酒递过来
胜过家乡的"土茅台"
我用海量表示理解
表示友谊
身背竹篓的孩子
秀嫩如笋的村姑
都用一种亲近的眼波
来熨平我的拘束
我见到他们住的麻栏
听到古朴的捶衣声、舂米声
以及渔夫沉重的摇橹声
我觉得他们的酒葫芦世代没有变
没有变在山上——
路长长，但未使他们失望过
没有变在水中

一支掷得山响的生命之歌
唱宽了河道
唱平了水域
红水河酿的酒呵
真够味

（选自《三月三》1987年7月号）

黄牛的犄角

黄牛的犄角
磨得亮亮尖尖
卫护着我的田园村庄
乡俗民谚……
那对犄角无情挑击
设置于土地的栅栏
花山壁画有那对犄角
最早的图腾——
外祖母的银手镯瞎了野狐的眼睛
木楼的哭嫁歌优美了一对鸳鸯
巫女坐荆针的末伦
游来晶亮的壮文之鱼
春天的朱唇低吟苦菜花的名字
红薯饭的除夕夜自深宅大院的鞭炮声烘出
我的子子孙孙
不断破译这犄角上的谜
我的民族的子午线
澎湃起那号角吹奏的
太阳风

（选自《民族文学》1989年7月号）

宋立民 1首

宋立民（1954—　），河南宁陵人，曾任岭南师范学院人文学院舆情与新闻评论研究所所长、教授，上海交通大学马克思主义民间文艺学与文化传播研究中心特聘研究员。

春分二重奏

一

春分斜阳唱农耕，
牛马走，
昼夜匀，
寒暑平。

春分云娇水纹静，
玄鸟至，
鱼振鳞，
雷发声。

春分游子足忘情，
梨花白，
芳草绿，
微雨红。

春分人去鸥不惊，
无丝竹，
无晓梦，
无阴晴。

春分紫荆深处行，
酒入心，
心入琴，
琴入松。

二

春分湖光漾春光
渔舟远
沙湾近
雷歌长

春分草色绿无疆
云淡淡
柳含烟
凤求凰

春分莺啼蝶恋塘
摇睡莲
惹飞燕
戏鸳鸯

春分暖阳洒芬芳
西北望
酒盈觞
泪满眶

春分婵娟各一方
音书断
春潮急
暮雨狂

春分夜夜思故乡
梨花白
桃花粉
菜花黄

春分梦中见爹娘
榆钱甜
馓子酥
豆粥香

（选自《湛江日报》2023年3月23日）

许文清1首

许文清（1954—　　），生于连南，瑶族，曾任连南县委宣传部副部长、史志办主任。

酒　歌

一个老歌手向客人敬酒，他唱道——
朋友，让我们手挽手，
喝吧，尽情地喝！
酒不醉不够朋友，
酒不醉不出瑶家的门口！

你看，家家户户的酒香溢出窗口，
你听，村村寨寨都把牛角号吹奏；
这不是古老神奇的传说，
这是我们瑶家的新生活！

今年的歌堂为何这样欢乐？
今年的米酒为何这样醇厚？
只因改革春风吹瑶山，
瑶家迎来百业大丰收！

哟嗬嗨——
老歌手一曲酒歌飞出口，
抖落了天上云霞朵朵，
染红了山间瑶寨新楼！

（选自《清远报》1990年6月27日）

王小妮 组诗

王小妮（1955—　），女，满族，生于吉林长春。曾任深圳现代装饰杂志社、深圳影业公司工作人员及海南大学教授。

马车晃呀晃

我坐在
装满谷子的马车上
头顶是蓝颜色的天
蓝的。像幼儿园里
我最不愿看到的那块窗帘
（真该死，那时不知睡觉，只是贪玩）
……
能睡十分钟也好哇
今早出工刚刚三点
车老板瞧着我，笑着说：
"你呀，还没惯。"远远地
一块齐头的黑云
我拼命地想
这云适用哪一条农谚？
（村里人早就盼着一场透雨了）
"老天！老天！"
——我默默地念了几次
啊，我猛地感到
什么时候
我成了个迷信的
农村老汉？！
马车在温暖的
阳光里晃着
……

我好像正捧着
一个大的黄面饼
一边吃，一边转
房东大娘给我几勺糖
那糖很甜，很甜……
马车晃呀晃
我的梦
在棕色的长带子一样的土路上伸展
很远、很远、很远

地头，有一双鞋

地头
端端正正摆了一双鞋，
是哪个会过日子的老汉？
也许只是想和土地贴得近些？
——沙沙锄地的声音
满眼是油绿油绿的玉米叶

一定会长出金子一样的颗粒
那双鞋还很新呢
针脚儿又细又密
——远处，是谁
用粗犷的嗓音唱着戏

歇晌的哨子响了
庄稼地里钻出一个青年
很端正，很壮。不！是很美
太阳像他巨大的耳环
——他笑着、嚷着、跳着
"我的宝贝鞋还在那边。"
他拍了拍鞋上的灰尘

看了看自己沾泥的脚掌
他把鞋夹在胳肢窝下面
太阳把大路晒得滚烫滚烫
——咚咚，咚咚，咚咚
赤脚踏在古铜色的土地上！

（以上两首选自《诗刊》1980年10月号）

耕田的人

那个人正扶着犁翻起整座山头
他跟在牛的后面
他们两个正用力揭开土地的前额
暗红的伤口露出来
能看见燃烧过后的红
刑罚过后的红
把疼痛默默挨过去的红

矮小的耕田人忽然不见了
刚翻出来的红泥把他埋下山坡
他的伙伴直挺起很大的头
好像另一个耕田人戴上了牛的面具
好像犁的前后两个亲兄弟

烟草的种子还在麻布袋子里
劳动刚刚开始。他们停下来
一高一低地咳嗽
后来，尘土蒙住脸，四周又静了

（选自《珠江诗派：广东百年珠江诗派诗人作品选析》，广东旅游出版社
2018年版）

小魏在割麦的时候来了

小魏坐着夕发朝至的列车来了
六月的郑州
哪有人像他穿得那么随便
哪有人笑得像他那么傻
读再艰深的书
还是像个守着火炉卖烧饼的

饼香啊饼香
农民全弓到河床里沙沙舞刀
麦子的短发被点燃
火龙贴着地面痛苦地翻腾
狼烟早都逃出了烽火台

只有大地
因为天已经没了
飞机们一动不动
紧急的事情全部慢下来

割麦啊不是割腕割脉
流血不会被看见。
我们在发颤的河泥上走
河岸努力挺着它
忽然哭忽然笑的佛肚
这条河行善的时候是条好河
麦粒落在草里
我们买了饼子只谈古而不论今

南边啊南边并不见半个美人
北边只有的水在流

（选自《女子诗报年鉴》，明星出版社2003年版）

熊国华组诗

熊国华（1955— ），湖北武汉人。曾任广东教育学院中文系教授、副主任，兼海外华文文学研究所所长、国际诗人笔会秘书长。

稻谷和人

一

布谷鸟
唤醒冬眠
稻种催我春耕
水田是最柔软宽厚的温床

二

是好种
就会发芽
冲破自身禁锢

三

秧田太密
于是向四面八方扩张
占领了大片大片土地

四

检阅茁壮
在田野，君临天下
同时感到孤独

五

从大地汲取
是为了
抽穗、扬花、灌浆

六

青涩

总会变成金黄
只要不断接受阳光

七

让你生
也让你死
秋天大肆杀戮
从不感到残酷

八

喜悦
建立在对手大片
倒下

九

任晒任打
任压任剐
稻谷沉甸甸的

十

每天吃你
理所当然
从来不知感恩

十一

谁养活谁
弄不清楚
但谁也离不了谁

十二

对稻谷
不能赶尽杀绝
总得留点
种

2001年4月1日

（选自诗集《与石榴对话》，中国戏剧出版社2005年版）

大旗头古村

细雨迷漾，幽静深邃的古巷
荒草在条石夹缝中摇曳
残损的石狮，破败的高墙
水磨青砖的老屋
依稀可见昔日的显赫

不见后院水师提督成群的妻妾
不见广场上持枪荷戟的士兵
祠堂里没有祭祀的盛典
豪宅内没有佳肴珍馐的宴席
雕花的门窗
积满岁月的尘埃
蜘蛛在屋角网织着旧梦
池塘的睡莲不知为谁而开

水井犹在，当年饮水的人在哪里
宝剑尚存，不见挥剑杀敌的将军
明镜依然，梳妆的美女无处寻觅
摇篮沉睡，婴孩早已长大成人

一品兵部尚书顶戴意味着多少荣耀
一双绣花鞋比穿过它的小脚活得更长

一个青瓷大碗成了展品，只有静默的古筝
等待着纤指在月夜把它弹响

大旗头古村，一段凝固的历史传奇，一座沉睡在光绪年间的活化石

2005年11月12日

注：大旗头古村在广东省佛山市三水区乐平镇境内，为清代广东水师
提督、兵部尚书郑金所建，现为全国首批"中国历史文化名村"。

玉米把田鼠吃了

——老农如是说

自打改种了洋玉米
俺村的产量比以前翻几番
又大又甜又好吃
家家户户盖新房，买汽车
俺也娶了新媳妇

俺爹老了还每天去地里转悠
有一天他忽然说，这两年
玉米地的田鼠很少见到了
俺说，怎么会少了呢
爹说，玉米把田鼠吃了

2013年2月11日

对巴马长寿老人的N种观察

百岁老人比较低调清瘦
形象不高大也不威猛
肚里没有多少油水

百岁老人生殖能力很强
五代同堂是家常的
有位女寿星生了15个孩子

百岁老人个个面容慈祥
"不做坏事，不去害人"
善有善报，我想是真的

百岁老人一生勤劳
耕田采药，纺纱织布
适当的赤脚劳动是健康的

百岁老人夫妇属鸳鸯型
恩恩爱爱，平平淡淡
白头到老不是说着玩的

百岁老人生活极有规律
早起早睡从不熬夜
像大树一样扎根故乡

百岁老人以素食为主
常吃火麻、玉米、番薯、青菜
而且是自家种的原生态

2013年9月8日
（以上三首选自诗集《旋转的世界》，中国戏剧出版社2015年版）

洪三河 2首

洪三河（1955—　），广东遂溪县人，在遂溪县工作。

雨后，我们的村子

那场瓢泼大雨
终于把满村的尘土洗去
使已久的模糊变得清晰
村巷里淌着混浊
淌着一个关于
过去的故事

绿叶闪着晶莹的雨珠
闪烁着乡村
泛光的日子

葡萄架上挂满了紫红
挂着庄户人
甜甜的心思

牛儿撒蹄拥向草场
拥向一个
渴望的天地

天空飞过一道彩虹
那是敞开的天堂之门
门下便是我们的村子……

南方的雨季

南方的雨季
驾着春风而来
骑着闪电而来

于是南国便从冬眠中醒来
叙述着又一个春天的故事
村巷上，孩儿们蹦蹦跳跳
踩着泥浆，把天真和野性尽情挥霍
姑娘和小伙且卸下浪漫
挽起裤脚，把欢愉借给春燕
在二月的田野展开幻想

父辈们抖出祖传的家什
重复古老的吆喝

把信念注入犁尖
播下春天的诗行

于是，在南方
再读不到板结和龟裂
读不到属于南方的荒凉
和南方的忧郁

雨季在南方顿足
在红土地上流连
于是，南方开始大胆构思
于是，红土地铺开奇特的诱惑……

（以上两首选自诗集《红蓝处女地》，花城出版社1990年版）

谢方生1首

谢方生（1955—　），生于广东仁化县，曾在清远与佛山党政军警和文化教育部门供职。

南街情

犁开寒风呼啸的冬季
用1.78平方公里的乡土
用农民的纯朴和睿智
为布鲁塞尔飞来的天鹅①
营造了一块生存的湿地
逆势而为的另类抉择
岂是血性冲动的游戏?
不为寻求刺激当个玩家
不为一己之私追逐名利

一笔笔昂贵的学费
换来思想的化愚破痴
南街村②，天鹅有了栖息之所

反思一百多年的荣辱毁誉
以长喙梳理羽毛
舔干净身上血迹
等待拥抱世界的时机
演绎不死鸟的精彩故事

驮载着人类理想的圣鸟啊
形象一度被丑化扭曲
傻子们依然以她为图腾
灵魂所依命运所系
为了证明她的价值

忍辱负重，默默地奋斗不息
鲜花为她热烈开放
树林为她流翠吐绿
河流为她舞动飘带
捍卫她至高无上的尊严
每一个村民都是铁血勇士

春天，她展翼冲天而起
纵情高歌于九霄之上
伴随着《东方红》的雄壮旋律③
歌声宛若力量磅礴的惊雷
又一次唤醒沉睡的土地

歌声播下希望的种子
新苗霸蛮地生根展叶
长成耀眼的金山银山
长成花好月圆、共同富裕
长成正义公平、惠风习习
啊，南街村生机勃勃
迷醉了旅行者的背囊

丰富了政治学者的课题
煮沸了中外新闻媒体

注：①天鹅：1848年1月，革命导师马克思、恩格斯受共产主义同盟委托，在比利时布鲁塞尔天鹅旅社起草了党纲《共产党宣言》，标志着共产主义学说的诞生。②南街村：在河南省临颍县，全村面积1.78平方公里，848户，3400多人。该村针对发展中出现的人心散乱、两极分化现象，收回了村民承包的土地、企业，1992年开始进行共产主义小区建设，实行生产、生活资料公有制，创造了现代人类社会的奇迹。村里现有资产16亿元，年产值30多亿元，每年向国家纳税7000多万元。村民住房、医疗、就业、教育、养老及粮油肉、水电、煤气等生活必需品，全部由村里免费供给。村民和谐相处，村风村貌焕然一新，二十多年无犯罪情况。③南街村广播站每天早上在有线广播中播放《东方红》歌曲。

2015年7月初稿

（选自诗集《岭南木棉红》，团结出版社2020年版）

马莉3首

马莉（1956—　），女，广东湛江人。曾任《五月》杂志、广州《诗词》报与《南方周末》编辑。

最后的村庄

天蒙蒙亮了，你就睡醒了
你说布谷鸟叫了，我们该起床了
你说布谷鸟叫了，小麦该灌浆了
我们来到田野，农夫在玉米地里弯腰
风吹跑昨晚的月亮，从清晨取出它的皮肤
取下头颅，夕阳下空旷着自己的命运
村庄对河流说：消失就消失吧

老屋的奶奶病危了，成天自言自语
死了就死了吧！你呢，一只迷途的小兽
你惊骇的脸庞贴紧路面，碾碎成花朵
死亡也变得世故，不再对弱者怜悯
究竟有多少死者在墓穴里喊冤叫屈呵
最后的村庄，谁还记得乡间小路
谁为冰冷的灶台点燃最后的柴火

一口焦虑的水井

夏天默默地沿河流走来
岸边，孩子就死了
人们说起村庄，说起挤满鸟儿的水井
整整一个夏天，一口焦虑的水井
父亲张望着它，必须交出孩子
那里恰好照亮了一小片天空
孩子天天看见它，以为自己在天上
夜晚一轮皎月打磨成弯刀悬挂半空
一枚很小很小的村庄，也听见夏天的哭泣
在一口井边哭泣，这口水井不能原谅自己
不能原谅这个夏天，整整一个夏天
父亲在井边喊：怎么还不上来呵
快上来呵！孩子却望着天空
对探下脑袋的父亲说：怎么还不下来呵

乡村这张旧皮袄

乡村这张旧皮袄，穿了许多年
算命的人坐在树下，手里摇动神秘的签筒
口袋装着狡猾的钱币，他用衣袖遮住笑脸
一个圈套就让你在风中消失
这陈旧的皮袄吸满岁月的气味

晾在疲惫的窗台，雨水也长满鱼鳞
沿粗糙的掌纹布满黑夜中那张贫穷的脸
这些陈年的雨水呵，用以腌制咸菜
用以制作豆腐，但是，雨水太苦涩了
村姑在戏台前必失足滑倒
站立的人必失去自己的足跟
你嫌它穷酸吗？你嫌它污脏吗？
但棉花是温暖的，一旦太阳出来
缝隙里的霉菌全都会被烈日晒死

（以上三首选自诗集《时针偏离了午夜》，花城出版社2013年版）

吴迪安1首

吴迪安（1956—　　），广东恩平人。曾任《江门文艺》《五邑文学》副主编。

夏　插

他一生将自己的田地收拾
他的谦卑弯腰、低头
扶正这棵禾苗

打七月
日头也绝望
黑和白焚烧后模糊的田地
他深深的眼窝
一撮一撮的青、绿！

这更肥沃的田地

从一开始就想到粮食

想到那幅活动景象
哭泣和歌颂的一季

七月焦黑的田地

他口里喊着：
火！火！
禾苗一棵棵呼喊着：
火！火！火！火！

又旺又烈的漆黑一团
七月的火把插在田地上

"我不离开
火辣辣地烤
像什么在叮咬……"

（选自《广东青年诗选》，花城出版社1995年版）

毕福堂 1首

毕福堂（1956—　），山西屯留人，曾在天安门国旗班当战士。曾任《火花》《九州诗文》杂志社主任、主编。现任《当代诗文》杂志社主编。

英德红茶

这一片郁郁葱葱的茶的梯田
一层一层让冬季瞬间恢复了青春
它起自唐朝，历代以来都有文人墨客垂青题诗
我品尝了一杯又一杯仍不过瘾
等于把唐宋以来的浩荡文气品尝遍了
这液体的中国流进我的血液

体内老祖宗的精髓越发充盈

我天生就不是喝咖啡的料

一杯茶水下肚魂魄都找到归乡的路了

茶是一茬一茬返青的祖宗

当然还有其他亲戚

在离此地不远的景德镇

（选自《四海诗萃》，四川民族出版社2019年版）

呢喃1首

呢喃（1956—　　），本名许燕良，广东廉江人。在广州市文艺创作研究所任职，专业作家。

牧羊人的河谷

你熟悉这个谷口。许多年

风从这儿进入

面前的河道早已干涸

留下石头

和石缝中的小草

某种喧声、火焰在身边熄灭

被羊齿般尖利的宁静所代替

而羊群只听命于

一记漂亮的响鞭

大半个春天挤在谷底，被烧成

浅浅的蓝

牧羊人重新举起羊鞭，像举起

一面旗帜

需要一种比风更深刻的声音

你的手势、肤色

有了土地的内涵
粗粗的嗓门也因河流
而冲刷出高低不平的沟坎
沿着石道，慢悠悠的羊群散成
狭长的风景
你逆光的身影渐渐溶入夕阳

接近血的颜色，或盛开的
野玫瑰
农家小院、窗花
一支唢呐
又一支唢呐
你的一生拥有风声、河谷
到了秋天，你把羊群圈在栏里
把自己圈在酒碗里
门前的草垛像你
夜晚蜷曲的肢体。睡梦中
干涸的河道又刮起阵阵风沙

（选自《作品》1993年6月号）

温阜敏2首

　　温阜敏（1956—　　），广东梅州人。曾任韶关教育学院中文系主任、韶关学院文学院副院长。现任韶关市文艺评论家协会主席。

山中铜钟寨

叶子花点燃我
然后我烧红山野的红叶

清晨的路霜牵引

寻访下营村的野柑橘
与乡野交谈冬天的信息
还有新拆的泥砖屋

温馨的田园上
我散步，落英缤纷
农人偶尔出现果林
演绎生活的乡土主义

巅峰掠过山鹰
冬阳的气息随风而来
旧时光磨低了老井沿
山中飞溅着九凤飞瀑

那些有关土地的文字
缭绕起矫情的青衫
挥之不去的泥土情结
浇注成一座座铜钟

丹霞褚色填满寨谷
虬树努力地攀岩
所有的峰峦敞开襟怀
适时地需要我点睛

没有什么不能储存
山中变长的日月
没有什么不能窖藏
寨里发酵的酒酿

九只南朝的凤凰
涅槃成钟的红石
今天，我来摇动这一座山
撞响绿色的轰鸣

叶子花点燃我
然后我烧红寨山的铜钟

熟悉的陌生阿婆

哦，禾黄水落饭好火着
阿婆是梅教山一缕袅袅炊烟

红土坡上印下硕大的脚板
年轻时挑炭健步如飞
水田吆喝着耕牛
满腿泥浆塑造着客家新舅

松口街的清福没缘享
稻花香里热汗洗衣襟
卑微的生活忍韧着身骨
民国的围楼飘出山歌声

背上的芒萁草垛成小山
掬把隆文河水解渴充饥
泪眼常常望向南方
思儿情如田垄黄了又青

远方热带的海岛上
她的亲人也在怀念节哀
于是阿婆与老家的故事
从发黄的照片跟跄透洇

就像一只漂洋过海的梅花
宛如一块黝灰老屋的瓦当
文盲的老人家匍匐在信笺上
在代笔人半文半白的词语中

在历史风雨的间隙
亲情只会无声地窖藏

多年以后太原堂前，岁月
还回她一个大学生亲孙

啊呀哩，牛耕田马食谷
我的阿婆既熟悉又陌生
一如云车桥连接的龙虎山

（选自诗集《情满年轮》，团结出版社2022年版）

杨克 组诗

杨克（1957—   ），广西南丹人。曾任《作品》主编，广东省作家协会党组成员、专职副主席，中国作家协会诗歌创作委员会副主任，现任中国诗歌学会会长、中国作家协会第十届全国委员会委员，系中国"第三代实力派诗人"、"民间写作"代表性诗人之一。

在东莞遇见一小块稻田

厂房的脚趾缝
矮脚稻
拼命抱住最后一些土

它的根苗
疲惫地张着

愤怒的手，想从泥水里
抠出鸟声和虫叫

从一片亮汪汪的阳光里
我看见禾叶
耸起的背脊

一株株稻穗在拔节
谷粒灌浆，在夏风中微微笑着
跟我交谈

顿时我从喧嚣浮躁的汪洋大海里
拧干自己
像一件白衬衣

昨天我怎么也没想到
在东莞
我竟然遇见一小块稻田
青黄的稻穗
一直晃在
欣喜和悲痛的瞬间

2001年5月

北方田野

鸟儿的鸣叫消失于这片寂静

紫胀的高粱粒溢出母性之美
所有的玉米叶锋芒已钝
我的血脉
在我皮肤之外的南方流动
已经那样遥远
远处的林子，一只苹果落地
像露珠悄然无声

这才真正是我的家园
心平气和像冰层下的湖泊
浸在古井里纹丝不动的黄昏

浑然博大的沉默
深入我的骨髓
生命既成为又不成为这片风景
从此即使漂泊在另一水域
也像茧中的蚕儿一样安宁

秋天的语言诞生于这片寂静

1987年

大迁移

> 已建正建将建十个梯级电站，共搬迁二十二万四千人。
>
> ——《红水河规划汇报》

举——过——头——顶

将芬芳的酒坛举过头顶
将封闭的岁月举过头顶
颤抖的手
山毛榉似的随着粗重的呼吸摇曳
酒的瀑布
倾
泻
神秘的棕红色的火舌
突然蓝得叫人窒息
火塘，腾起一股孤烟

古朴宁静的陶土罐破碎了

告别是白色的
哗然而下的纸幡
谷底
起伏如波浪

全寨子无声的目光、沉重的目光
无声的、沉重的全寨子目光
缓缓漂移
悬崖一样沉默的墓碑
像孤零零的岛屿
山鬼与水妖成亲的传说成为可能

鸡鸣狗吠、牛叫人喧、鱼腥羊骚、汗臭稻香
雾一般退去

哦哦
擂响铜鼓，擂响大山，擂响太阳
蹲葬和断发文身的历史
永远永远遗弃在崖壁上永远永远
布洛陀①的后裔
沿着红河的走向
山脉的走向
悲
歌
行
进

1985年

注：①布洛陀：壮族传说中的始祖。

（以上三首选自《诗刊》与《杨克诗集》，重庆出版社2006年版）

连山瑶寨

从喷气机的呼啸
高铁、摩托的飞驰
走进绣花针的慢
一只只眼睛的蜂蝶，落在
摇摇摆摆的彩裙

一排银饰叮当的莎腰妹

端着米酒对着天

唱着火热的祝酒歌

排瑶一下便堆到云边

婀娜的腰身像十二的月亮

黑黝黝的长发弥散山野的清香

城里来的臭皮囊

蜕变为铁冬青上慢腾腾的蜗牛

从姑娘的两眼清泉

秒懂了清澈、清远和清新

（选自《飞霞》2021年第1期）

丘树宏 组诗

丘树宏（1957—　　），广东连平人。曾任珠海市香洲区委书记、珠海市委常委兼秘书长，中山市委常委、宣传部部长、组织部部长，中山市政协主席。现系广东省作家协会副主席兼诗歌创作委员会主任。

乡村二题

炊　烟

缕缕的炊烟

在黄昏袅袅升起

升起了女人们缠绵的衷肠

升起了女人们温馨的召唤

田野的疲惫
被摇曳的炊烟
撩拨得烟消云散
随着炊烟
升起了男子汉庄严的责任
升起了男子汉野性的激情

炊烟犹如酽酒
炊烟恍似浓情
让归家的脚步
醉得酩酩酊酊
让灼热的眼睛
醉得迷迷蒙蒙

就这样组成
一道迷人的风景
融进夜色
融进山村……

蛙　鼓

蛙鼓
只有敲在
绿绿的田野里
才能敲出
春天的色彩

蛙鼓
只有敲在
黝黑的泥土上
才能敲出
四季的韵律

蛙鼓
你敲啊敲啊
你总是敲不出

农民的心绪

你敲出农民的心绪
就再也没有
乡村的潇洒了
就再也没有
田野的自由了

（以上两首选自《羊城晚报·花地》1996年7月29日）

2006，中国的脐带断了

——写在中国取消农业税之际

是的，几千年来
我们曾经千遍万遍地
歌颂伟大的长江黄河
这两条伟大的动脉——
养育了神州大地的泱泱动脉
孕育了中华文明的泱泱动脉

然而，千百年来
我们却似乎完全忘记了
还有一条
无形而伟大的脐带——
农业税，农业税，农业税！
这开始于2600年前的农业税啊
这一条默默生长了2600年的脐带啊
曾经给神州大地输送了多少养分
曾经给中华文明输送了多少血液

多么漫长的2600年啊
让曾经那么年轻漂亮的母亲
变得如此的苍老憔悴

多么沧桑的2600年啊
让曾经那么强壮活力的儿子
变得如此的虚弱贫瘠

2006年，这一条
紧紧缠绕在中国母子脖子上
2600多年的脐带啊
终于一刀子剪断了！
中华之母终于呼出了
本应早早呼出的那一口长气
中华之子终于发出了
本应早早发出的那一声亮啼
苍老憔悴的中华之母啊
终于开始焕发蓬勃的青春
虚弱贫瘠的中华之子啊
终于开始走向强盛和自立！

2006年1月11日
（选自诗集《以生命的名义》，岭南美术出版社2007年版）

瑶山诗歌节

不是二月二，开耕的犁头
和厚重的蓑衣，早已收起

不是牛诞节。四月八生下的
牛犊，一年的冬闲刚刚开始

不是七月香。美丽的七仙女
正在纺织霓虹般的七彩新衣

不是盘王节。威严的盘王
还在等候一年一度的祭祀

这是瑶山的诗歌节。八音
响彻了四面八方日月天地

小腰鼓声声拍打欢乐
师公舞跳出瑶家威仪

今天，庚子年的十月十五日
瑶家人又有了一个新的节日
走成诗，耕成诗，种成诗
从此，村村寨寨都有韩退之
说成诗，唱成诗，舞成诗
从此，男女老少都是刘禹锡

（选自《飞霞》杂志2021年第1期）

杨争光 组诗

杨争光（1957—　），陕西乾县人，深圳市文联专业作家，深圳市作家协会副主席。

喜　子

山里的月亮圆了
圆了又扁了
山里的太阳来了
来了又去了
是喜子金黄的唢呐吗

风摆着雪白的挂纸
光秃秃的坡上有人哭泣

黄土埋人啊
黄土埋人啊
是喜子金黄的唢呐吗

一洼洼的红高粱一嘟噜一嘟噜
毛驴儿踏着山道儿敲着山道儿
一溜儿的山里人
红绸绸一样乐啊乐啊
是喜子金黄的唢呐吗

吹出伤心事的
是喜子金黄的唢呐
让人想淌泪花花的
是喜子金黄的唢呐
铜片上流着口水的
是喜子金黄的唢呐吗

十八条沟里响着他金黄的唢呐
十八条沟里的土炕上
有人想起自己的心事
是喜子金黄的唢呐吗

（选自《诗刊》1997年第6期）

戴草帽的姑娘

她沿着长长的田埂走过来了
戴着一顶草帽走过来了
脸上扑满太阳的颜色
像田野上霞光一样张开的小路
像夏天的庄稼一样摇动的波浪
粗糙的布衫上
流动着风的线条

卷起的裤腿沾满金色的泥巴
好看的脚丫踏醒青草的芬芳

少女的梦从这里始动荡了
少女的胸脯从这里开始起伏了
像微黄的苹果树一样不安而优美
像五月的天空一样健康而开朗
她走过来了，走过来了
带着大平原粗犷的气息
带着谜一样潮湿的早晨（露水一样潮湿，头发一样潮湿）
走向庄稼，走向汗水和疲倦
走向秋天，走向快乐和成熟

哺乳的母亲

土坟上，一位少妇
正在给孩子哺乳
她是从庄稼地里走来的
她是从绿色的波涛中走来的
头发上的玉叶
像一缕飘动的风
她是母亲，她不会羞涩
像秋天抱起一个鲜艳的苹果
捧给早晨的太阳
她半袒着美丽的胸膛
把鼓胀的乳房
捧给孩子
眼睛里布满慈祥

母亲衰老了，她没有衰老
在同一个土坟上
（母亲）曾哺乳过她
用乳汁延长了自己

她也会衰老，生命不会衰老
她又给她的孩子哺乳了
把自己延长给又一个崭新的躯体
延长着劳动，延长着精力
延长着庄稼一次又一次收割
土地却永远年轻的秘密

现在，怀中的孩子已满足地笑了
她扣好纽扣
她拉住衣襟
理一理蓬乱的头发
又走进田野
用汗水去喂养土地

（以上两首选自《深圳30年新诗选》，云南人民出版社2010年版）

胡的清2首

胡的清（1957—　　），女，湖南常德人。曾任珠海市作家协会主席。

过燕子屯

九月，燕子屯的天空
撑开澄明的伞盖
雨燕早已遁迹，它的舞姿
折叠在淡淡云影里

乡亲们眼含愧疚——
仿佛这是他们的错
而我们，只是取道而过

来得太迟了

甚至不曾听闻
是家家户户房梁上
屋檐下的营巢告诉我们：
这儿是雨燕的天堂

当一个缺齿的孩子
在母亲怂恿下
边舞边唱：
"小燕子，穿花衣……"

我们这些世间过客
都变成小小的
需要庇佑的生灵
被一座村庄的大爱包容

洪　汛

又到芦苇花开，鹭鸟繁殖的季节
梦里故乡，一次次大雨滂沱
醒来，本已湿漉漉的心情
被早间新闻弄得异常沉重：
洞庭湖区连降暴雨
水势泛滥，部分农田村舍损毁……

母亲沧桑忧戚的脸庞
叠现在浊流滚滚的电视画面上
记忆中珍藏的芦苇丛和灌木林
正在遭受灭顶之灾
一向优雅矜持的白鹭
哀嚎着，扑向未知的命运

面对这些以自然的名义
实施的暴行，我无法言说
无法改变雨水的方向，让地面的湍流
箭也似的射向虚空
将黑压压的积雨云驱逐

卑微的我，止不住一些雨
从泪腺哗哗涌出
腾起凭吊的青烟！

（以上两首选自《诗刊》2008年10月·下）

陈惠琼2首

陈惠琼（1957—　　），女，广东广州人，现任广东散文诗学会会长。

故乡的小雨

竟是那么迅速，
片刻穿过屋顶，
一片柔和的闪着白光。
闪烁的继续闪烁……

雨的色泽的故乡是独爱的，
一阵阵水的气息——
绕着老屋，绕着不遮掩的繁枝绿叶的梦展开。
竖起两只大耳朵的老屋，
自然延绵起伏，随着时间的流逝，
看似静谧与和谐，日子没有慢下来。

雨的滴声漫过堤岸，
点点滴落一只只驰过的小舟，

撩起小石桥阶级的另一面：
连接着一条涌又一条涌……

在天幕下，顿悟天地间，
树叶遮蔽了胴体，
风就把雨吹低。
伸手抚触一下小雨？
比想象中，甘冽香纯。
就这样一滴小雨和另一滴小雨，
在多条涌上交接。

（选自《乡居谷秀》，岭南美术出版社2023年版）

顺德众涌

不止一条涌。
一阵一阵的人风，把水量充沛的涌揣上怀。
雨，丁点，更大，更多呓语……
涌，一条挨一条，大大小小差不多……
思乡本来很纯，
一条条涌数，
数一数妈妈走出众涌的年头。
弥天而来的雨中一读众涌，
走向哪条，
都屈服村的世界。
在众多涌的王国，
破译众涌村庄一个生命之谜？
将涌中水声的辽远永远，
一天，忆一下梁氏家族……
平常中的平凡——

（选自《中国百年诗画典藏》，中国文史出版社2018年版）

樱子1首

樱子（1957—　），女，本名鞠英。山东荣成人。曾任花城出版社诗歌编辑室编辑、副主任。

回乡纪事之：青纱帐

八月
家乡是一片青纱帐

每一穗玉米
都饱满，并露出可人的笑容
哼着俚曲的女人
像领孩子一样带回家里
而留在田野里的
会继续成熟。笑容
会渐呈一种金黄色
那是阳光的赐予
阳光和家乡的青纱帐
似乎有着某种深刻的默契
在我的家乡
阳光充沛得令人感动
无论什么时候
只要你静立那么一小会儿
就会听到
庄稼们愉快的交谈声
和咯咯作响的拔节声

而我是
家乡的青纱帐里
那只喜极而泣的秋虫

（选自诗集《红色鸡尾酒》，四川文艺出版社1993年版）

普建国1首

普建国（1957—　），生于河南沈丘，就职于深圳市公安局。韶关市"五月诗社"第一任社长。

乡村韵事

一把旧二胡拉得九曲回肠
一条大沙河流得好长好长
一阵清明雨带来无限感伤
一场雪打灯飘洒纷纷扬扬

云霞在棉田里双手摘雪
灵芝在果园中满头青霜
芙蓉在芝麻地赶着谷雨
巧云在麦浪中挥洒骄阳

一面破毡鼓敲得地动山响
一副老嗓子吼得七里八庄
一牙弯月树影下月河流淌
一把炒玉米吃得天光大亮

新门寺露水集人来人往
铁关庙看大戏熙熙攘攘
大过年送大礼走村过巷
娶媳妇没老少吓坏了新娘

白腊林芦苇荡风吹叶响
柏林里众鸟鸣你争我唱
童年的梦随河水悄悄而去
再回头，望一望：大邢庄，我的家乡

（选自诗集《面朝大海》，海天出版社2012年版）

温斌1首

温斌（1957—　　），广东湛江人，现居广州。

乡村深处

黄昏的身影
渐远渐长
犬吠声，渐近渐亮
荷锄走过
凌乱的脚步，是后现代
意蕴深远的诗行
沿蜿蜒小路
山风吟哦，乡村在
生命的深处遥望

炊烟升起
幽蓝幽蓝的目光
与海一样深寂
那份在静谧中
保持的童真
随晚霞西沉
星空下，你独伫村头
用心聆听
小虫的歌唱

（选自《湛江现代诗选》，太白文艺出版社2008年版）

白炳安2首

白炳安（1957—　　），高要人。在肇庆市供电局工作。

萝卜与泥土

萝卜长在乡村
浑身都是泥土味
长得粗壮、结实
头顶露出土面
泥土就说：守住我吧！
一锹挖下去
萝卜只响动一下，起来
挤在一只箩里
去了城市
只留下一个深深的空坑
面对贫瘠的泥土

张村的地坑院

用光洗亮了张村的树
见树却见不到村
当我走下地坑
才看见窑洞式的房子
一间挨着一间
坦露的天井在等待夜临的月亮

地坑院连成的村落
贯通着幽深的坑道
让我联想起战争年代的地道战
埋伏着许多的往事

祖辈故意躲在地坑院

过着隐居一样的生活
偶尔坐在天井里
才让阳光看到他们的脸

后代们吃饱了十碗水席
陆续离开地坑院
只留下废弃的农具守着空荡荡的日子
那个无人推动的石磨
在渐凉的黄昏里
露出寂寞

（以上两首选自诗集《日出对黑暗的审判》，团结出版社2010年版）

唐德亮组诗

写给瑶山

一

穿过纷飞的羽毛
在巉岩的深处
在绿树深处
在花丛深处
是高耸连绵神奇
披着彩绸的瑶山

二

岁月的天籁
以风的形式
在大山的胸脯
刻一行行神秘的偈语
让芳草淹没踪迹

让灵魂的骨殖
在春风中复苏

三

凤凰的翅膀
飞旋于森林之上
盘桓于烟霞之间
遗下一支支雉翎
在大山生根，繁衍

布满时空的杜鹃
将古老的木屋
托起一个个吉祥的梦
黑色的衣裙
银色的项圈
是一种艺术
是一种哲理
或者是一种图腾？

四

阳光之乳
将男人的皮肤
洗得黝黑
他们在岁月的沟壑里起步
向着生命的巅峰攀缘
酒，一旦流进血管
他们的牧歌
便像粗犷的山风
热烈，粗野，刚劲
拍击野性
拍击女人的心胸

五

第一首创世的歌谣
就这样在男人与女人
神秘的世界里诞生

第一个节日
就这样在灵光闪闪的野地
茂盛,红火

盘王已经很老
传说依然散发不灭的辉光
温柔的月轮
把瑶人的情感陶冶
雄性的太阳
又给他们的灵魂加冕

膜拜盘王
膜拜土地
遥远的河流
绕过礁石与险谷
从最初的混沌
滑向你与我
宽阔的额头
在心的悬崖
流成七彩的长虹

六

谁是瑶山的女神
水样的目光
将天空拭净
如火的胸膛
将铺天的寒霜融化
背篓里盛的是苦涩而香甜的记忆
嘴唇边唱的是传世的痴情
金秋的歌堂
或者星月下的木屋
你们成了女皇
容光焕发
美目生辉

牛角号的雄风
长鼓的节律
使你们翩翩的裙裾
一如欢乐的天使
一如狂热的夏娃

于是生活因你们而甜蜜
花朵因你们而芬芳
梦境因你们而斑斓
甚至冥顽的石头
也发出深沉热烈的感应

七

不再沉溺于古老的云雾
不再让山峦阻断目光
让青藤缠绕脚步
一双手，一把智慧的锄
把贫困埋葬在谷底
一座瑶山
又一座瑶山
一个瑶寨
又一个瑶寨
在光明的钟声召唤下
向着铺满朝阳的路
集合，进发

八

诗的火焰
童话的火焰
烛照着，灿烂着
将褪色的风景洗礼
在瑶山的内部
在生命的内核
爆出裂变的声音

九

瑶山，神秘逶迤的瑶山
我的爱情是你如弦的飞瀑
年年月月
向你弹奏
永不枯竭的心泉

（选自《特区文学》2000年第3期，入选《天涯共此时》等多种选本）

我与群山一起奔跑

我骑在大山的脊梁
与群山一起奔跑
我乘着神鹿向前奔跑
神鹿让我拜会了
远古明明灭灭的星辰
我踩着云雾向太阳奔跑
太阳将云雾融化成我额头上的珍珠
我踏着波涛向前奔跑
波浪给我的生命注入沸腾的音符
我乘着神秘的古歌向前奔跑
在歌的羽毛中我听到了凤凰的笑声
我踏着牛的蹄印向前奔跑
在遥远的密林，我听到了
盘王那燃烧的瞳孔，还看到
一支支雉翎摇曳着七彩的霞光

我的奔跑没有尽头
因为我的瑶山本身
就是一匹永不倦怠的神骏
我的瑶山本身就是
一条不会枯竭的河流

（选自《诗刊》2005年7月·下）

壮家新娘汲新水①

把昨晚恋在水中的月色汲上来
挑回去，给新郎一朵纯洁的柔情
将昨晚散落井中的星星舀上来
挑回去，给新郎一束黑夜能燃烧的火光
把跌落井中的鲜嫩朝暾汲上来
挑回去，让丈夫与公婆看看
我的心，就像这朝日一样火热殷红
将井一样深邃鲜活的眼神挑回去
献给丈夫，一腔永不枯干的明眸

一勺水，把一首古老的壮歌
送到幸福的唇边
眼角的泪被幸福的霞光粉碎
把生活的单调挑成
三月的绿，五月的红，
十月的金，十二月的银

汲水新娘，她的左肩挑着一生的爱情
右肩挑着未来儿女的欢笑
倒影在水中的是一座壮寨、一声鸟鸣
水井睁大眼睛
目送汲水新娘越走越远的身影

注：①汲新水是粤北壮家的风俗，新娘新婚后次日早晨须去水井
挑一担新水回家。

（选自《人民日报》2010年3月1日）

留守妇女

守着田园，爱却已开始荒芜
守着孤灯，花朵已在长夜中枯萎
守着思念，热血在秋风中冷却
守着春天，却让秋天潜入骨髓

守着希望，让疼痛与焦渴
将长夜燃成灰烬
守着老人，心却没有变老
守着孩子，让柔情喂养未来
守着记忆，影子却逐日模糊
守着今日，未来却已凋零
守着身躯，灵魂却已远翔
守着幸福，寂寞的长锯
时时锯着生命
守着伤痛，却找不到伤痛的发射点
守着阳光，却让阴影
将她围困，覆盖……

（选自《诗潮》2015年第8期，入选中国社会科学院文学研究所选编的《中国文学年鉴》）

"致富伞"

近年来，无数的乡村成立经济合作社，助推农民走上共同致富路。村民们称经济合作社是"脱贫致富伞"。

一把，又一把的伞
在山间田野撑着
抗击着狂风暴雨

一户人，又一户人
抱团来取暖
共同抗击贫穷的肆虐
奔向富裕的曙光

肥沃的土地曾被打得支离破碎
如今又被拼接糅合
土地托管，集体经营
——共有，共享
大锅饭煮出了新香味
上造水稻，下造蔬菜
左手务农，右手务工
工厂办在家门口
休闲农庄游客如织
桑园青青，蚕儿们的嘴
吐出一条富裕的七彩丝路
"黄鼻子"①进村
运送"小太阳"们去镇小上学
一车车赤橙黄绿、万紫千红驰向珠三角
将田野的芬芳播向远方

合作社——一把巨大的脱贫致富伞
一棵风暴摧不折的蓬勃大树
渐成一道粤北乡村
夺目美丽的风景线

注：①"黄鼻子"：指接送孩子上学的专车。
（选自《民族文学》2022年第8期）

茶联村

茶联坐在云端。云海是它的故乡
十一月的瑶山不见茶花

只见累累的油茶果，咧嘴龇牙
无声地爆笑。油油绿茶
漫山清香
山风强劲，阳光慵懒，鹰隼出没
文化室昂立寨门。出入者皆沾几缕
文化的芬芳
新矗水泥楼蹲在闪烁的光影里
常瑞山庄，云上瑶家，休闲民宿
文化广场，特色村寨，森林康氧吧……
新观念催生新瑶寨。新名片
刷亮新瑶山。古老的八音
与粗犷小长鼓，奏响天籁
淹没十一月的寒流
盛装瑶勉，舞动群山
奔跑的歌，融入白云
擦亮鸟翼。在诗声的陶冶中
瑶山，正谋划一场新的
蝶变

（选自《光明日报》2022年3月11日）

李舟2首

李舟（1958—　　），生于海南岛，现居广东徐闻。

甘蔗妹

蔗园浇水了，发芽了
翠绿歌谣漫洗蕉风椰雨
吸收浆汁渐渐饱满

冬天摇曳水的色泽
挥动起握刀的双手
丰收的甜蜜在纤指流淌
每一节甘蔗蕴含每一个节气
我最小的妹妹站在农历中
沐浴了迷蒙的霜降和谷雨
秀发上的草叶
散发乡村浓郁的泥味

蝴蝶以外的甘蔗园
飞翔一群群蔗鸟儿
我听不清哪一只
才是妹妹嘴里的歌
根根甘蔗，砍到立春
粒粒白糖装入袋里时
妹妹总是甜甜地唱：
甘蔗节节高，嘀嗒吹年号

春天的菠萝童谣

沐浴一点一滴的椰风蕉雨
菠萝的眼泪打湿白色的荔枝花
青蛙，蟋蟀，蘑菇的声音
饱含金黄甜蜜的菠萝汁
颗颗在桑枝遥望天空的山雀
春天正沿彩虹展翅飞翔

季节深居葱茏的果园
勤劳的男人伸出粗手
掂量沉重而朴实的农历
细雨中的云朵从羽毛飘落
一丛丛菠萝高过白鹅头顶
汗水蒸发青色尖叶的微笑

农妇丰满的奶房流汁时
一颗菠萝，两颗菠萝
甜润、土气十足的乳名
一汪春水是种果的基本经验
捧起一年来最早的收成
孩子白齿咬黄菠萝的童谣
便一滴滴流入山羊的鸣叫里

（以上两首选自《湛江现代诗选》，太白文艺出版社2008年版）

欧运通2首

欧运通（1958—2023），广东南雄人，曾在韶关冶炼厂当工人，后调清远市扶贫开发区工作。

老　区

山多的地方诗意很绿
山多的地方容易长革命
革命真的长大了
使山茶花杜鹃花般开得满山哗啦啦地响
于是，大山竖起愤怒的阳刚之气
和正义的钢刀
进城去了

革命进了城
渐渐地长大了，长胖了
渐渐淡忘了小时候的事
怕真的给忘了，就朦朦胧胧地
开始编排，出版革命
几十年后，今天

革命很少有人翻阅了
读到一两段记忆
便有人开始了真诚的寻找

如今，苏维埃的旧址早已倒塌
多愁善感的残砖断瓦说什么也不肯离去
那慌乱的犬吠，咬住时装表演般的采访者
只等圆睁眼的主人确认不是天外来客
老区便撕开瘦骨嶙峋的胸膛
让人感慨清瘦的一身骨气
虽然山里很穷，长不出摩天的楼群
也坎坷，长不出机械化的日子
却很有分量

陌　巷

卵石铺的小巷又小又窄又弯
阳光回避诗意，回避只有蝇蚊的追逐
我从城市的高楼走来寻找苏维埃的足音
隐隐约约硝烟洞穿的残壁上渗着滴滴苍凉

和平使人淡忘战争的残酷，只有历史记忆好
相忘而相忆可是甜蜜生活的催生剂
苦难催生奋争贫穷，催生富裕、愚昧，催生智慧
空有等待只会使希望的日子锈蚀出蓝幽幽的铜绿

我在窄巷里遇见一个老态龙钟的村民
举起粪勺敲打残墙
声音沉沉悠远成一曲人间苦涩的悲歌

老区的父老乡亲呵你们曾驱赶了压迫
为何对贫穷的日子却束手无策
卵石铺的小巷又脏又臭又瘦

欢笑回避，只有现实不回避
这不是你们勤俭恭顺追求的啊
我可敬的老区另一场革命
正迫不及待地注视着你

（选自诗集《老区印象》，春风文艺出版社1997年版）

张慧谋组诗

张慧谋（1959—　），广东电白人，现任广东省作家协会理事兼诗歌创作委员会副主任，茂名市作家协会主席。

纸边的故乡

浓雾里，站在潮湿的纸边
对着老族谱焦黄的面孔，我一声又一声地喊
故乡的名字。倒伏在老祖宗膝盖下的
遍地泥水、稻草盖头的故乡啊
五月的苦艾、六月的泡桐九月的茱萸是你
乡间的斗笠、溪边的倒影院墙的篱笆是你
老井的苍苔、草垛上的月光是你
黑黑的瓦房、窄窄的巷道是你
堂屋的神龛、供台上的香火是你
遍地麦子、鸡鸣狗叫、瘦瘦的炊烟是你
深夜的灯盏、母亲的咳嗽是你。故乡啊
我只需要一把可以挤出汗滴的乡土
揣在怀抱里，暖热我的童年
暖热母亲的炕头，暖热父亲的白骨
暖热乡下整整一个春天

稻田边上的墓地

那片墓地，在稻田边上
稻子熟透时，金黄的稻穗
从叶丛中弯下腰。这时我发现
墓地上的芳草，它们在暖风中
绿得更深更浓了

故乡在低处，水在低处，养家糊口的父老乡亲
在低处。云啊，高高在上。白白的浮云
海在低处，潮汐在低处。渔网挂在低处
而墓地，却高出田间所有的稻子

谁都无法回避那个地方。想起
那些捧起田水洗脸的人，用泥巴止血的人
那些我称呼过，敬畏过，甚至可怜过的先人
他们换上一身干净的衣服，赶集一样走向墓地

从始，他们高高在上，墓地高高在上
高过草垛和谷粒，高过香火，高过镰刀、犁尖
让那些在田间弯腰劳作的人
一抬头就能看见

民间剪纸

枣红的春天，从纸片边缘
随着剪刀步步深入
纸上的故乡白里透红
白白的春水，白白的梨花
耕作的牛，是红的
枝头的喜鹊，是红的

夜是红的，星光是白的

燕子衔来的泥
几粒沾上了白白的梁间
几粒从剪纸艺人的刀尖上掉落
暖洋洋的乡村
用尽了所有的红，涂抹日子
用尽了所有的白，衬托日子的红火
春天在纸上，总是热热闹闹

一纸窗花，一剪梅
春水白，河湾白
红红夕阳里，牧童骑在牛背上

年　灯

纸糊的灯
透着除夕的红，新年的喜气
在乡村最低最黑的地方，在堂屋瓦檐下
亮起。照耀那些辛苦一年的脸
照耀守岁的香炉和童年。

它还要照耀，族谱上所有名字
以及空白处。年灯，一盏连接一盏
它们是我们远房的亲戚
从乡野深处赶来。跨过年关
与主人打个照面
就大大咧咧地亮在堂屋上。

满堂红光，四壁清辉
从元月初一到元宵，年灯
把乡村最古老的部分
照耀得格外鲜亮

（以上四首选自《诗刊》）

张凌 1首

张凌（1959— ），女，原籍广东，生于四川。曾在广东连山和韶关工作。

火塘醉意

凄风冷雨，
清冷的田野边，
陌生的小饭馆，
唯一盆熊熊的炭火相识。

城里的来客团团围坐，
烘烤哆嗦的语言。
噼啪一声火星，
童年便回来了。
红红的火光，
有祖母布满皱纹的笑脸。
僵硬的指尖久恋着火塘，
血慢慢蠕动，
流向源头，
流回故乡。

疲惫的心灵须回故乡疗养，
面具卸下，
四仰八叉躺上炕头。
硬邦邦的土炕熨热脊梁，熨热前胸。
火塘一如远古。
烤红薯的香气掩藏不住，
老玉米不时爆出一朵朵雪花，
惹孩子争吵嬉笑。

心头的伤结痂了。
痂落了，

便又将故乡丢下,
冲回城里再厮杀。
故乡这时是老丑的母亲,
不愿示人。
只拥娇慵的情人,
于金碧辉煌,
于高朋满座。

何日再回故乡?
飞黄腾达不一定记起故乡,
只有身心俱伤,
形影相对时,
故乡才是最亲,
母亲才是最爱。

(选自诗集《温柔的月光》,春风文艺出版社1997年版)

马虹玲1首

马虹玲(1959—　　),女,生于广东乳源。现居乳源。

乡　情

思不完念不尽的故乡情愫
在诗里溢满了乡情……

乡情,是母亲哼着摇篮曲的奶香
乡情,是父亲耕耘的馥郁的田野
乡情,是奶奶吆喝猪般的对儿孙的呼唤声
乡情,是爷爷捏在花白胡子的一串甜甜的岁月……
乡情,是大榕树下打闹的粗野和悠闲
乡情,是小河边浣衣时流出的欢笑

乡情，是牧童悠然的眷恋，是小村姑捡在竹篮里的黄花菜
乡情，是小道辛勤的喜归，是小村飘香了四季的绿野炊烟……
乡情，是穿西装唱流行曲的新下里巴人
乡情，是半洋半土的哥儿们的潇洒
乡情，是楼房里拓宽了生活的"万元户"
乡情，是田园里流出希望的音符……

1988年4月

（选自诗集《梦染青山》，中国文联出版社2002年版）

朱海湛 组诗

朱海湛（1960— ），曾当过工农兵学警，曾任广东省作家协会理事、湛江市作家协会副主席、湛江红土诗社社长。

山里的井

山那边有山
重重的山
山里有一口井
深深的井
古老的梦想
在泉水里荡漾

梦那么混沌
漂白了几朵云彩
却洗不亮山民的眼睛
梦那么沉重
压弯了月亮的腰
却照不明山路弯弯

走过梦中的井吧

总有一天
山会绿的，泉会甜香
老去的是祖辈舔干的叹息
山外的风
终于打开梦的天窗
绿绿地透进几片亮亮的光

（选自《作品》1991年第10期）

六月的稻田

乡村的眼光
深入稻田的六月
阳光听到泥土的声音
从农民的心坎响起

那些金色的光辉
涂抹每一株稻穗
紧握镰刀的手
在稻尖上体会沉甸甸的欢喜

站在田埂这端
翻拍一亩亩风景
这时，泥土的声音
血液一般流遍我的身躯

秋末的蔗园

置身于蔗林
有一种感觉很甜蜜
流动着渴望

一把把渴望

被砍蔗刀磨利

成群的蔗妇

从不轻易表达什么

将喜悦写在脸颊

让流过的汗水涂亮

小憩时分

抬头望一望远天的霞光

勤快的砍刀伸进蔗园

冬天便感觉不到风的寒冷

（以上两首选自《未名诗人》1992年第8期）

胡红拴 组诗

　　胡红拴（1961— ），出生于河南洛阳，中国自然资源作家协会副主席、诗歌创作委员会主任，《新华文学》主编。历任中山大学、广东财经大学、广州大学等高校兼职（客座、特聘）教授。

田 歌

　　六月炎天休贪睡，锄头口上出黄金。
　　　　——摘自乳源瑶族歌谣《耕田安乐歌》

火焰般的阳光，燃烧在

瑶山之上

六月，又一个赤日炎炎

云朵羞藏，梯田弯弯

锄头长长

汗水的路，水墨铺展

溯流而上

夏虫惊醒山原
遥望李绅，凝视
禾节上的花开花落
垌田外的牛声
缓缓漫过，幸福的样子
沁人的谷香

晒 禾

瑶族民歌《日出早》有云："日头早出白石岭，水过龙头白石
洲。平地晒禾翻复晒，燕子排行把泥收……"

——题记

历日，轮回
亿万年的样子
亿万年的轮回，烈日如火
烈日如锥
烈日下，我重复着
祖宗的轮回
梯田外的小道
碰到，先祖的断骨
血脉的魂
伴着青苗，再次成熟
热的温度
当然可以催化一切
心外的物事，还有
脚下的路

在必背瑶寨的路上

一

两小时的山路
虽无"根"走得那么艰辛

汗水的藤
也会织起瑶山的氤氲
走啊，崎岖已是最简的符号
魂的舍
定在，木楼绣出的花海

二

一遍，一遍
山坡上
山，用梯田的线条
绘制山水
中国画的理念
早写在大山的教科书里
自然的艺术
哪会是一张纸可以写尽
墨团？岩石？
心的大，装进
这方默默的田畴

三

于溪流
用静的禅将鸽了放飞
意识流的流苏
染红了草木，融入
水的海
我不知此刻的方队会行进到何方
是那春花幽径，还是
大洋外的大洋
但这香醇
四海五洲
总还是，同样的吉祥
就用眼眸的花做个标记吧，也许
千百万年后的寻根
DNA的歌也会同样响起
那时，寻根的路

会变得再简单不过

弦乐，心涧鸣唱

鼓乐，脑海铿锵

2018年11月9日于乳源大瑶山必背瑶寨

注：广东省乳源瑶族自治县必背瑶寨，乃世界过山瑶之乡，过山瑶源头之所在。

放木排

> 瑶族《放木歌》有云："松柏生在高山爱听风声，芦苇生在河边爱听水声。伊人行到河边放木排，伊人贫穷放木换钱过日子。"
>
> ——题记

站在河上，唤郎

做妹的脊梁

江影悠荡

山的相片，哪有我靓

松柏的琴哟

为我弹唱吧

踏歌而行

与清江比比盛妆

山里的妹子

熟知这木排的言语

与你对视，你可知

我此时的

所思所想

2019年1月19日于赴乳源的路上

（以上四首选自诗集《彩石，古道，我的过山瑶》，中国大地出版社2019年版）

刘向东1首

刘向东（1961—　　），河北兴隆人。现为中国诗歌学会驻会副会长。

笔架山下炒冬茶

竹篱瓦舍
灵芽瑞草
冬天里的一把火
固定了芳香

摊晾
揉捻
从草从木

神农尝百草日遇七十二毒
得茶而解
你解我血管里年过半百的农药
并在暖冬里提前获取清明

独啜
对饮
品之曰趣

（选自《清远日报》2016年2月4日）

陈美华1首

陈美华（1961—　），女，笔名芳原。生于广州。曾任《南方日报》文化体育新闻部主任编辑。

祖　屋

新会，荷塘，高边
贡元巷
小洋楼
当镜头拉近
我大惊失色

你是如此荒芜
仿佛从不曾有人
关怀你衰老的外形
疲惫的内心

一块石头
直坠下不再清澈的禁地

一百年前
你是全县的骄傲
贡元巷因曾祖父而命名
报喜的鞭炮烧红了满地的杜鹃
小洋楼像新嫁娘
撩起娇羞的红盖头
袅娜玉立
村人奔走相告
传说祖宗的福荫

十二扇满洲窗
见证爷爷的降生
精美的雕花栏杆，倚过

奶奶纤美的手臂，臂上
有一只翡翠玉镯

生日宴，满月酒，红白喜事
院子里摆开无数的人生盛宴
如今
野草在合唱，疯长
粗壮的洋芋撑起翠绿的大伞
占据了百分之八十
啊不，是百分之九十的天空

披荆斩棘
才能看到你自卑的真容
手持砍刀开出路来
像拓荒者靠近了丰收的季节
靠近你古老而丰腴的土地

满月的拱门该有簪花少女在聊天吧
八角井边该有美艳的少妇在打水吧
青麻石条凳上该有孩童在嬉戏吧
小楼的花窗该传出爷爷诵读《诗经》的声音吧

如果不是战争，天灾，人祸
这儿该结出更多缱绻的果实吧

如果用颠沛流离
做你一生的注脚
还有什么词
更适合评价你无数的子孙

一缕温情在你的注视中
慢慢滋长
尽管，我们拥有同样难以言说的
悲凉

（选自诗集《你许我的未来呢》，花城出版社2018年版）

杨志学1首

杨志学（1962—　　），河南沁阳人，曾任解放军外国语学院副教授，《诗刊》编辑部主任，中国作家出版集团编审、文学与出版管理部主任，中国诗歌网负责人。曾任中国作家协会鲁迅文学奖诗歌奖评委。

清新之歌

山也清新，水也清新
清新在清新的田野里

白天清新，夜晚清新
清新在清新农民的生活里

晴也清新，雨也清新
清新在观赏者的眼睛里

冬也清新，夏也清新
清新在向往清新的想象里

昨天清新，今天清新，明天清新
清新在穿越古今的时间里

你也清新，我也清新，他也清新
清新在茫茫人海心有灵犀的追寻里

（选自《文艺报》2018年；《生态清远诗歌集》，岭南美术出版社2020年版）

黄海凤组诗

黄海凤（1961—　），女，祖籍湖南，生于浙江，曾任广东清远市作家协会副主席、市评协主席、《飞霞》主编。

农事，一个国家的名词

一

从一个名字开始
土地的眼睛离不开自己的孤独
像岩石般的甲骨文
横卧在中国式的村村寨寨

二

一只布谷鸟的留情
抒写着种了、锄头、庄稼的诗章
如今，流失的河流在哀鸣
它在哭啼自己的死亡

三

我梦着麦子的牙齿
它在吞食着大山里的月光
为舌尖上的灵魂而号叫
发现自己，骨头正在一寸一寸地腐烂

四

寻找鸟叫
像寻找一个国家的名词
在腐烂和生长的尽头
阳光的乳香，回到了那块稻田

村　庄

一

转身，再转身
村庄是几朵乌云
散开时，有异样般的疼痛
聚拢时，有勾魂式的张望

二

突如其来，抑或是寒流
影子以光的速度闪过
只不过这炊烟之下
你是颤抖的嘴唇

三

如泣如诉，我听不清播音员的语音
沿途的站名消失在黑夜
你知道，那些纸片上的村庄
就紧紧握在你手心

（以上两首选自《清远作家》2016年第4期）

赶赴歌堂

金秋十月
是瑶家赶赴歌堂的日子
弹着丰收的歌谣
唱着心底的爱情

这时的歌喉情意绵绵
声音在喜悦的路上闪烁

每个尾音都掀动云朵
每句唱腔都饱含向往

这时的舞姿韵律盈盈
步履在青春的林间飞翔
跳跃的姿态在低回
顾盼的眼神在游移

金秋十月
是莎腰妹歌唱爱情的日子

（选自诗集《聆听清远》，花城出版社2004年版）

成春 组诗

成春（1961—　），生于广东连州，曾任连南县文联主席、清远市作家协会副主席。系中国散文诗学会常务理事，中外散文诗学会广东分会副主席。

麻雀·稻田

麻雀从不欣赏种稻人的劳动
也不陶醉稻花的清香

习惯不劳而获
这名副其实的"老家贼"
无须搏击长空
他知道稻穗何时成熟
只需练习如何向稻田俯冲
和在稻穗上站得稳当

不管种稻人如何憎恨
无论是装模作样的稻草人

还是隐蔽的捕鸟大网
不愿忍饥挨饿的禾雀
甚至不惜用生命冒险

或许我们该少些恼怒
身背骂名的麻雀
其实只为生存而战

老屋·石巷

匆匆的脚步
沉思的目光
六色的身影粉墨登场
惯看春风秋月的老屋石巷
宠辱不惊
一脸坦然

叽叽，啾啾
燕子的声声呼唤
让人神往那曾经生动
和温暖的屋梁
老屋的主人换了又换
传说的爱恨只剩残篇
有人说活着就是幸存
除了随缘自适
依然活着的老屋和石巷
是否在坚守一种思念

蝴蝶·菜地

菜地紧靠人间烟火

比空空的天空更多新鲜
那担水浇菜的村姑
比菜花还好看

蝴蝶为菜花的美丽舞蹈
蜂儿却为它们歌唱
醉入花丛的蝴蝶
也在不知不觉中悄然开放

蝴蝶没有想过高飞
它知道那青葱的菜地
花儿总会开出五彩时光

花样的蝴蝶四处寻找美丽
却偏偏忘了
把目光
投在自己身上

（以上三首选自《星星》诗刊2014年8月上旬刊）

邓妙蓉1首

邓妙蓉（1961—　），女，生于韶关。曾任《粤北青年报》副主编，后供职于铭源基金驻韶关办事处。

一对孤儿

从小失去父母
叔叔把他们扯养大
他们读懂了来之不易的课本
他们从学校捧回沉甸甸的奖状

黄昏，是牧童
撑起金黄色的灯盏
村口的水井，泉眼
不停息地冒出清水
这就是动力
这就是源泉

他们渐渐地读懂了叔叔
倔强的背影
读懂了田野
散落的星辰

向客人递上热腾腾的茶水
给旅客道一声"拜拜"
给小鸟弹一首
命运交响曲
让大山与世界
联网

他们不是孤儿
他们拥有更多的
关爱

（选自诗集《爱与生命》，中国文联出版社2002年版）

戚伟明2首

戚伟明（1961—　），生于广东湛江。现居湛江。

夕阳下的马六良村

轻风信马由缰　　跑遍每一条简洁的村道

晚霞的鬃影，给村屋和原野
驮来最幽静的一抹金黄
夕阳下，马六良村多像一匹安静的马

山坡上两座猪圈，是乡村的另一颗心脏吗
循环经济的脉搏声哟，每天
响遍乡间的一山一水、一草一木
往日的落后猪粪一样发酵了，今天的沼渣
跃过水塘所有鱼虾的温饱线，哗啦啦的沼液
早已淌过贫穷，爬上致富的根茎
在新生活的枝头结果藏蜜
那火苗蓝花花的沼气，嘣地
就开遍每家每户每个心窝的炉灶
乡村古老的额头，每晚都亮起
新文化楼迷人的灯光

村口篮球场上那群来回奔跑的身影
仿佛马不停蹄在追赶又 个季节的丰收
哦，是哨音，是蹄声，还是我们激动满腔的
心跳声哟，荡漾着这美丽的乡村风光
夕阳下，马六良村多像一匹充满活力的马

（选自《湛江晚报》2006年8月14日）

八　月

八月　乡村的背影金光闪闪
八月　乡村黝黑的脸
堆起一碗碗白花花的米饭

外公泪光迷蒙的眼神
望望我们　又望望金灿灿的稻子
喜悦的咳声　穿透

我们闪亮的吆喝声　此起彼伏
山鸣谷应

外公端起海碗的双手　抖动着
酝酿一年的汗水　多少日子的
香醇　从一粒稻谷中溢出
外公稻穗一样弯下的腰　承受着
金色无边的晒谷场　乡村的
八月　金光闪闪

而我们还未蜕掉八月的外壳
像一把淘气的弹弓　神不守舍
瞄瞄来紧的冬季　瞄瞄不远的春天

八月　循着一声金色的鸟语　乡村的
背影　蹑手蹑脚　贼也似的
潜入茂密的甘蔗林……

（选自《湛江乡情》2009年8月号）

周伟2首

周伟（1961—　），生于韶关。曾在曲江法院工作，系曲江区作家协会主席。

烟农的困惑

春寒　连绵的阴雨
一针针扎在嫩绿的烟苗上
刺得他们很疼很疼

种了三趟补了三回

心　渐渐返绿了
轻抚着高价买来的希望
倍感借贷的沉重
毕竟　上头的政策好呵
热情随烟价高涨了

烟垄上小憩　嗅着
青涩涩的长势
眼里　漾出湿漉漉的阳光
高价的"优质化肥"
欺骗了烟农的憨厚
掺假的"进口农药"
扼杀了　良知
眼巴巴看着摘烟季节的来临
在墟镇上逛了又逛
就是买不下烤烟的
高价煤炭

都说种烟的发了
他们还是默默地
咽下去　咽下去
给来访的记者　递上
一支刚买来的香烟
唉　这可真的发（霉）了
呛口　刺鼻
说不出是啥滋味

（选自作者与罗瑞玲合著诗集《诗之情侣》，广东旅游出版社1990年版）

守夜的老农

默默蹲在田垄
任纸烟从指间燃到心头

面对禾苗伸出无数只手
田地裂开无数张口
抽泣呐喊
他欲哭无泪

他无奈闷闷地守望着
脸色禾苗般焦黄
额下的皱纹土地般粗深
缭绕的烟雾
驱不散如霜的月色

一种纯粹的至深的感情
与他息息相连
他的忧虑就是土地的忧虑
水稻的命运就是他的命运
他厮守着
无望地守望着

梦里漫出刻骨铭心的水
离他很远很远
这时候丰实的收获
蹲成一个虔诚的等待

（选自诗集《桑的故园》，中国文联出版社2000年版）

庞培1首

庞培（1962—　　），江苏江阴人。现居江苏江阴。

路过广东佛冈县

窗外的甘蔗田嘎吱嘎吱
在大巴的嘴巴里响

沿途的树荫村庄
耀眼多汁
这是我记忆中
童年清远的味道
成片的成片的甘蔗林
为我存贮岁月
甘甜
蹉跎的奥秘
清远味道

（选自诗集《生态清远诗歌集》，岭南美术出版社2020年版）

熊育群 1首

熊育群（1962— ），生于湖南汨罗，曾任《羊城晚报》文艺部副主任、广东文学院院长、广东省作家协会副主席、中国作家协会散文委员会副主任。

另一种农活

鸡还在凌晨打鸣
黎明前　木质农具
遁入记忆的黑暗
犁铧的光　分明还
飘浮在温热的土地之上
一朝醒来　千年不变的动作
也已失传
一切随着那条水牛走出了家门

卖牛的那个日子
低头看惯土地的眼睛
望了望肩胛上的天
生活从此不再弯腰

晨曦里　睁开眼睛
是天天长高的荔枝树
绿了山脚　也绿了山坡
与山那边的海
同样波涛起伏
生活就在这样的海域成长

什么时候学会了吆喝
荔枝干摆在透明的柜台
柜台外是上山的游人
山顶上一棵荔枝红
种树人来自遥远的中南海
别样的风景　是自己的
家乡　一骑红尘
自高力士故乡高州扬蹄
牵出千年不散的因缘
妃子笑在你怯生生的
吆喝里　变得又糯又香

（选自诗集《我的一生在我之外》，花城出版社2018年版）

赵金钟2首

赵金钟(1962—　　)，河南光山人，岭南师范学院教授，曾任岭南师范学院文学与传媒学院院长，广东省中国当代文学学会副会长，湛江市文艺评论家协会主席。

故　乡

杂草疯长的季节
父亲在坟墓享受清福

母亲在堂前煎熬岁月

就像螳螂吃掉她的新郎
因为爱我要吃进故乡
让它的白云做我的容颜
让它的炊烟做我的黑发

我便是它额头一束
永远闪着的光亮

2008年12月

牛

我说牛啊，你太过用力
犁疼了历史，也把自己犁进了书里
你看那浩瀚的大地
哪一块土没有你的汗
哪一片云没有你的影

自从有了你
铁不再生锈
田不再龟裂
地不再荒芜
你是英雄，用角和蹄
磨出了繁华
让一张张苦脸扯出了笑意

你犁，你犁——
在从不间断的喝彩声中
你把自己犁成了记忆
在江南，在漠北
在猫和狗的追逐中

在清明时节的雨雾里
层层传递

这牛年，我又想起了你
那一番厚重，让我不能呼吸

2021年2月

（以上两首选自诗集《燕岭诗草》，暨南大学出版社2022年版）

王远洋 2首

王远洋（1962—　　），河南新县人，深圳作家协会理事。

赶会的姑娘

三月三在野滩子铺上了月光
仿佛星星点点的小花飘摇起五颜六色的喧嚷
庙会上最惹人注意的姑娘们花儿般的笑脸
挤呀闹呀碰出串串雨珠的脆响

笑脸和笑脸之间
是旗幌招展的白布篷
是白布篷下摆满的古老与新鲜
那新鲜吸引多少山径般弯弯曲曲的目光
她们在惊异的喜悦中变成美丽的小鸟
于是有山喜鹊开始吱吱喳喳
有黄鹂鸟低声婉转歌唱
有野鸽子窜来窜去
有金翅雀炫耀地抖着花翅膀
这些从村庄的瞳孔从泥窝窝飞出来的土地的女儿
很快地便在时髦衣衫和遮阳帽的飘舞里

很快地便在小伙子们火辣辣撩人的瞥视里
带着一股股旋风加入了种种情调的无伴奏合唱

她们在雨珠中被春天搔痒
搔痒了早已悄悄萌动的愿望
不愿再是土坷垃憨模样呆头又呆脑
不愿再是小泥鳅钻在田沟沟
不愿再是苦菜花，践还在摇窝时订下的婚约
像奶奶、母亲的命运悲惨又凄惶
这一切正如她们不喜欢那坍塌多少年的庙宇
而喜爱多彩的新生活铺展在庙会上
怪不得全都一大早就踩弯一条条田塍
翻越道道山梁乐不可支地赶来

三月三在野滩子铺上了春光
星星点点的小花飘摇起五颜六色的喧嚷
当姑娘们装满新的心事儿点亮新的追求
蒙蒙细雨里庙会却在展销太阳

（选自《广东省作家协会五十年（1953—2003）文选诗歌卷》，花城出版社
2003年版）

翁里村

一大块青绿的斜坡
展开一把折扇，中间点缀着
错落有致的灰黑色农舍
像是丹青高手的水墨画
原木墙、千根树桩支起的
石片屋顶精巧玲珑
村边疏疏落落几棵老桃树
焦墨般勾勒的虬曲枝条
刚刚绽放猩红的花蕊

忽然，不知是炊烟还是岚雾起了
画面变得朦胧，隐隐约约
有几声狗吠鸡鸣
却叫不醒深谷的睡梦

当云雾里透出一线阳光
把绿油油的青稞地涂抹得金黄
转而又成了湿画的水彩
光线明暗交替
色彩瞬息万变

像变色龙—光影在斜坡
和层层叠叠的屋脊
爬行移动……

似乎一阵大风就能刮走
忘了滑坡和泥石流
斜坡上贫寒的村子，如同
那个荒草丛里劳作疲倦的怒族女孩
此刻是多么静美……

（选自《诗刊》2019年2月上半月刊）

赵婧 2首

赵婧（1962— ），女，河南永城人。曾任深圳市作家协会副秘书长。

国 家

近70岁的姨说
国家每个月给我60元钱

国家看病给我报90%
国家把路修到了家门口
国家给农田补助
2012年8月
河南一个叫丁楼的村庄
我第一次听国家的使用
频率那么高
尽管姨的儿媳妇
变着法子要钱
让姨拔凉亲情的脆弱
尽管姨与二姥姥家纠葛
老死不相往来
让我左右为难
这一点也不妨碍姨说起国家
真实的心存感激

姨带我看了她家的豆子
在一片豆子中
姨的豆子特别葳蕤
对任何人来说
心存感激
才会天大地大
换个角度看国家
不是宏观也不是微观
就是小村里
姨家夯实小日子的
那份满足

（选自诗集《面朝大海》，海天出版社2012年版）

与你走过乡村

是这样的八月
陈　与你走过乡村

当轻轻战栗的树摇响
绿叶柔柔诉说
草垛有甜甜的氛围
伸向我并不善言语的嘴唇
我说就让我独处一会儿
这种感验是与悲怆一起来的
卡在眼角始终没流出来
我才顿悟
以往流出来的是多么的浅薄

如果欢欣总那么轻柔
或将永远怀念一棵树
陈　我大了
悲怆让我感到真实

一种乳香
来自地灵深处
生长玉米麦穗和菜香
生长我和你一同走过乡村的
朴素的心怀

别劝我再写诗了
好吗　陈
有一颗果子我不敢碰
坠落总让我联想悲剧
就这样不写诗
像阳光每天漫上我的阳台
一点一点
温暖人生

（选自《广东青年诗选》，花城出版社1995年版）

巫国明 1首

巫国明（1962—　　），增城人，曾任增城文联主席兼作家协会主席。

秋　收

从车厢撞落
一头年迈的水牛
鲜血染红的腿
颤抖着，支起身体的沉重

太阳用白云遮上双眼
牛一拐一拐走下村道
它跪倒在
初熟的稻穗旁

它沉默地喘着粗气
尽力扩张鼻孔
让稻田金黄的气息
风箱一样进进出出
有一会，它浑浊的泪水顺着眼角
滴落，慢慢钻进泥土

来自屠场的运牛车坏在泥路上
骂骂咧咧的年轻小个子司机
正毛手毛脚
更换爆胎的轮子

在牛被轭压出油亮老茧的脖子上
一只老八哥，轻轻
降落
运牛车叼着老牛重新上路时
风在秋天成熟的原野上

叼走了
大地的骨头

（选自《珠三角诗人诗选》，九州出版社2010年版）

百定安1首

百定安（1962— ），河南洛阳人。现在广东东莞工作。

半碗米饭

半碗白花花的米饭被人遗弃在餐桌上开始发暗
我把它们复原成一片稻田
哗哗作响的头颅，广袤的绿色

它们成长的全部历史——
抛秧　插秧　养护直至收获
由小到大　由不成熟到成熟
快乐的镰刀飞舞　脱粒　风干　收藏　运输
走进饭碗和身体
成为结结实实的一部分

而其中的半碗　被遗弃在一张豪华餐桌上
饱满的身体开始萎缩　像一群洁白的弃儿
倒掉　或者喂猪和其他禽物
如今农民的儿子越来越少
稻田越来越少
读过稻米全部历史的人越来越少
珍惜汗水和泪水的越来越少
能够留下来而不被倒掉的　越来越少

（选自《在路上——东莞青年诗人诗选》，大众文艺出版社2009年版）

罗瑞玲 2首

罗瑞玲（1962—　），女，广东曲江人，在曲江文联从事文学编辑工作。

失眠的村庄

天一黑，村庄就睡了，汉子们怎么也睡不着
圩镇的录像太远
村里又没有电影
进山夜迷蒙汉子的心也迷蒙
聚在村头的榕树下，抽着喇叭筒，喝着水酒
谈城里的女人
谈喷着香雾的舞厅
交流着新的烤烟技术
山外的信息像种子
播进汉子们拂着春风的心田
村庄失眠了
汉子们也失眠了

吸吮喇叭筒的日子

祖祖辈辈守着黄烟过日子
祖祖辈辈都安分地卷着喇叭筒
如今烟叶挣大钱了
大车小车都抽起烟来
突突地拼命往外拉
他们叼着喇叭筒
已很舒心、很满足了
外面人递来的滤嘴头他们新奇得爱不释手
吸着吐着
赞叹这烟的纯香

却不知道这精制的烟
就是从自己汗水里长出来的
他们天天抽的是等外级
年年上交的却是一级的虔诚

（以上两首选自诗集《芦溪初记》，羊城晚报出版社2015年版）

王建明2首

税赋谣

感于父老乡亲感激国家免征农业税的家常唠叨；谨以此诗，把农民幸福的心声，倾诉给亲爱的党、亲爱的祖国。

——题记

关于税
我们有太多的纠结
关于税
我们有太多的情结

税
是硬邦邦、沉甸甸的东西
曾经刻在
我们祖祖辈辈的债簿上
它驾着铁蹄挥着长戟
狂风般扫过门前
留下
路野冻死骨
在寒风中忍听朱门欢歌
几度揭竿而起"救星"横空
可硝烟散尽
圆满的依旧是
皇家的美梦

公子王孙的锦袍
怡养起邪彩的尊严
堆砌起
圆明园的穷奢
阿房宫的血砖泪瓦
……

世事沧桑，谁承想
匍匐于地的子民
在那颗
闪如北斗的红五星引导下
撑起一片新天
从此，税的河流
携着岁月的河流
流出新的歌谣——
在老农的心里
当一粒谷子发芽
她孕育的谷穗
有几粒
会乘着税的翅膀
飞挂在共和国的国徽上
会驾着税的彩流
注入共和国的国旗
这些芸芸子民
千百年无数次遭遇国家遗弃
千百年无数次对国家失望
又千百年第一次
被那面血红的旗帜唤醒
正含着虔诚的泪水
蚕茧般地结出
对国家的朴素理解和心愿
在暖红的心税之外
还赶着羊群驮着大米
自豪地踏过天安门广场
将灰死而新生的心送进中南海
他们知道

有共和国就有自己的幸福
——他们
以千百年苦难熬成的心得
撇开深奥的逻辑
达到这最简单又最高深的心智：
有共和国
就有自己的幸福！
直到五十年后的一天，
直到五千年后的今天
一片赤子，举起
南湖小船上铭刻的誓言
开天辟地
把农业税扔进历史博物馆
这些幸福的老农
仍旧怀揣着
这颗朴素的家国之心
抚摸那温暖的税票
惶恐、落寞、惊喜、从容、庄严
在五千年血泪
与五十年辉煌的交响中
交织，回响

老农的心曲
回荡于我们心窝
让我们如同想起母亲般地
想起我们的国家
满怀着幸福、尊严、从容
我们自由而自豪地开着私家车
驶过无惊无扰的每一间店场
驶过黎明前被清扫干净的马路
驶上国家的恢宏的立交高速路
我们向郊外的山川森林飞驰
却深情回眸那渐渐远去的
都市的公园、广场、桥梁，以及
那维护着我们幸福、自由、尊严的

在蔚蓝的天空下肆意飘扬的
五星红旗
如同沧桑的老农
珍怀自己点滴捐缴的家国之心
我们咬着历史的接点
同怀老农之心
像献上质朴的谷穗一样
向国家汇聚着
点滴朴素的心血和心愿
在老农的新宅上
构建新的
家国之梦

注：①五十年后的一天：指1949年中华人民共和国成立至免征农业税时历经五十多年。

今天，我报名去扶贫①

今天，我报名去扶贫
去拯救贫困的乡村
也要
拯救我自己
总觉得自己那么完美
在神圣的岗职上
流尽了血汗
几十年，年复一年
一篇又一篇地汇报、总结
累加着骄人的成绩
添加了一道又一道光环
打造着无可挑剔的"完人"
打造着"功臣"的尊严
打造着居高临下的视角
打造着冷冷的硬气

谁承想，某一天
一身"铠甲"，却被
来自偏远地区的一则消息
击倒在地

童年的记忆早已陌生
遥远的蛙声渐渐响起
早已不习惯流泪的眼眶
又重回温热和潮湿
血本无归的股市
和怦怦乱跳的胸膛
有了久违的激荡
我决定去扶贫，把自己
揉进乡村多情的泥土
给贫困
长一片绿色的希望
让温暖的血
重新软化僵硬的血管

今天，我报名去扶贫我确实
要去拯救乡村的贫困
但也是
要拯救城市的贫血
这里的人们
泡在坚固豪华的建筑里
泡在满意的GDP里
泡在一年年的增长速度里
泡在漫天的广场舞里
泡在悠然的钓鱼竿里
他们醉醺醺的心
在酒足饭饱之余
又常泡在
鸡蛋里挑骨头的
闲泄的牢骚里
他们不知道
华光一角的背阴处

结着一团团坚冰
他们不知道
有拳拳赤子
忧心如焚日夜构想
他们是城市的人群
本该为切身的成绩而欢呼
本该无忧无虑幸福无比
因为，他们拥有
共和国的辉煌
——但是，共和国
要把城市和乡村
要把每一位百姓
放在幸福的天平上
为着深沉的责任
也为着一点警醒
我，报名去乡村扶贫
我要第一时间
去叩开一扇刚破旧的门
然后发一篇报道回城
让城里的人们
少一点挑剔
把幸福
体会得深刻一点

今天，我报名去扶贫
我要去扶起
山旮旯里的家国梦想
也让山里期待的目光
扶住我的心
扶我走出
心灵的贫困线……

注：①2019年，作者以57岁的"在职高龄"，不顾自己不会开车
的交通困难，依然报名参加扶贫工作队，这一诗就是当时所写。
（以上两首选自《神州乡土诗人》2022年第4期）

陈志强2首

陈志强（1962—　　），韶关始兴县人。始兴县作家协会主席，始兴县文艺评论家协会主席。

石下古村

存储着村庄五百年的信息
记录着村庄兴盛的悲欢离合
演绎粤北客家人的历史变迁
在现代辞典中如何定义
碰撞的文化在遥远的迁徙中交汇
走进村庄如同走进历史展区
阅读着客家人坚毅而真切的故事
品味着客家人悠远而醇香的米酒

走进石下　犹如穿越时空
功名石下的泥土仍散发芬香
曾经的荣耀只在这笔挺的石柱
展示着　让后人顶礼膜拜
斑驳的红得褪色的墙裙漆
昭示着昔日的辉煌与傲骄

只有祠堂门口的大池塘
年年注入春水　荡漾着岁月
沐着太阳　映着月亮
鱼儿在水中吞噬着星空
撒网下去　捞起来
湿漉漉的村史与故事

（选自《清远日报》2016年）

周所古墟

广东韶关市始兴县城南周所古墟，典型的客家明清建筑，村墟面积庞大，内有店铺、庵寺、客栈、酒肆、戏台、宝塔、当铺等，是广东挂牌的古村落，曾盛极一方。

——题记

所有的美丽故事
都是从美丽的早晨开始
快乐的一天，就是赴墟
赴墟，乡里人的生活大舞台

我担挑着稻菽、薯芋
你推拉着香菇、木耳
他扛着山货、木炭、草药
从四乡八邻赶来
打铁铺前挑农器
篾匠摊里买竹具
赴墟，赴墟，赴周所墟
吆喝声，叫卖声，人声鼎沸
回荡在粤北粮仓墨江平原上
充满纵横阡陌人间烟火
写满客家人的豪爽豪情
一碗醇香农家米酒下肚
脸红脖粗搅出一番风雨
绘就一幅众生浮图长卷

交易互通，物产互换
或斤斤计较，分毫必争
或憨爽友情，半卖半送
只求在墟日中敞亮露脸
穿梭于索粉麻糍食摊
酒肆茶楼成了作媒相亲

最好传信递声的闲侃地方
打逗趣，相互算计
演绎多少经典传奇故事
成为乡野茶余饭后的笑话

一轮明月从清化河上升起
静谧的冷光洒在墟头街尾
喧闹一天的村墟吸收着
沾满露珠的湿漉漉的往事

（选自《季风》杂志2021年）

赵翔辉1首

赵翔辉（1962—　　），生于连南，瑶族，连南县人大副处级干部。

我们随母亲姓

过山瑶（瑶族的一个分支），人称"东方吉卜赛"，男到女方落户的现象比比皆是，且男到女方落户所生育的第一个男孩必须随母亲的姓。

我们随母亲的姓
我们的名字很温暖
温暖得母亲娘家人很光彩
特别是母亲的弟弟——我的舅舅很威风
他不停地用他的长短筒
向跟他同姓的外甥指指点点

我们随母亲的姓
我们的名字很温暖

温暖得老母亲老掉牙
即便在下雪的日子
只要不停地喊我们的名字
她甚至不用围着灶门烤火取暖
人还挺精神

我们随母亲的姓
我们的名字很温暖
温暖得家里的大妹子也随了过来
她的儿子随她姓后又随了孩子他父亲的姓
她想象着
几十年或是一百年以后
铺天而来的复姓
会使亲情厚如大山

（选自《清远日报》2004年10月19日）

华海组诗

华海（1963—　　），原名戚华海，江苏扬州人，现为中共清远市委宣传部副部长、清远市文明办主任。

捏着农妇芳嫂干瘪的稻穗

一

捏着她干瘪的稻穗
也就捏着她干瘪的眼神
只有走进她的稻田
用手摸捏
才捏出她钱袋一样的干瘪
这是公元2007年8月8日上午农妇芳嫂的

稻田，她面对我和我带来的
一个上级抗旱检查组
反复念叨着一句：
我这几亩稻子……

骄阳似火，真正火烧火燎的阳光
在芳嫂的稻田里，枯白的稻秆
稻叶干瘪的稻穗
下面是斑驳交错的裂缝
这土地干渴的嘴唇，芳嫂骨肉里的疼痛
意识深处无声的喊叫

让8月8日的上午在这一刻凝固
随后慢慢散发出焦煳的气味
于是，乡干部说：抽水
但我不忍心面对芳嫂
面对芳嫂深陷眼窝里那仅有的一点求助
像我姐姐一样又黑又瘦又小的芳嫂
我不忍心告诉她
早过了扬花抽穗的时节
抽水也是白抽
这一刻我掉过头去
我不忍心面对芳嫂干瘪的稻穗和她
滴滴干瘪的眼泪

二

所有的人都抬起头：问天
老天，三十多天不下一滴雨
老天，四十摄氏度的酷热
老天，你犯了什么病

老天犯了什么病
农妇芳嫂不懂
她越来越不懂越来越干旱酷热的天气
她只懂那句老话：

看天吃饭
老天犯了什么病
农妇芳嫂不懂

什么负高压持续稳定
雨带无法南下，台风胎死腹中
这是气象部门的诊断书
芳嫂不懂，她还是只懂那句：
看天吃饭

所有的人都抬起头：问天
但没有一个人（包括那些不在场的
乱砍树木的人，开山放炮的人
排放污水、废气的人，灯红酒绿里纸醉金迷的人
空调房里喝一杯冰咖啡的人
在会议报告政绩数字里
志得意满的人……可能还包括
正在写不疼不痒、云遮雾绕诗歌的诗人……）
没有一个人低头
扪心自问：
我与天
我与农妇芳嫂的稻田
有何关联？

三

捏着农妇芳嫂干瘪的稻穗
其实，我就捏着人，所有人的
干瘪眼神
和一串串干瘪的
话语

2007年8月12日

（选自诗集《静福山》，中国戏剧出版社2011年版）

稻草人女孩

王大爷也时髦
他给稻草人穿上连衣裙
没有儿孙的王大爷
把稻草人叫作孙女
稻草人孙女拿一根竹竿
守在一亩三分地里
守着那些露出金黄色的稻子
风吹过来，她就跳舞
逗得大爷嘿嘿笑

你别说，大爷的孙女真灵
她摆摆手，麻雀飞走
她摇摇竹竿，野兔止步
大爷说，晚上她还唱小曲呢
别人不信，大爷就嘿嘿笑

稻草人孙女，在田野的舞台上
演戏，王大爷是唯一的观众
多少往事和遭过的罪
粉墨登场，风一吹就散了
一辈子真快，有什么是过不去的呢？

后来，大爷的地被征了
稻草人孙女就守着大爷的草屋
再后来，大爷也走了
稻草人很孤单，连鸟雀也不来
她成了被遗忘的小女孩

故乡的小路已沉默寡言

去年，我回去
那条路，像一位独居于乡野的老人
已不习惯说话
当我试图询问别后景况
他只是摆摆手，茅草也在风中摇头

一个下午，去了母亲的墓地
还遇到两位老人和一个孩子
老人不记得我
孩子不认识我

一条老黑狗不停地汪汪叫
我是陌生人

村里的地十年前被征了
在上面建的工厂停了
地也就荒了，这是土生后来告诉我的
他住在镇上桃花源小区

故乡的事越来越少，还有
一条路连着，它不说话，后面
连着一个巨大的空白
我依然相信，童年的我还住在那里

（以上两首选自诗集《蓝之岛》，岭南美术人民出版社2020年版）

惊　蛰

一

一声春雷，惊醒冬眠于地下的声音
雨滴从天上落下来，亮晶晶的
小虫儿从草地爬到线装书上
它是一个农历节气的名字

二

惊醒我的雷声，带着家乡口音
我还听出草芽、竹笋钻出泥土的欢叫
一首诗在桃花上放开喉咙
城里人还有谁听到？

（选自诗集《静福山》，中国戏剧出版社2011年版）

陈陟云1首

陈陟云（1963—　　），广东茂名人，法学学士，中共党员。曾任广东省肇庆市中级人民法院党组书记、院长。作品曾在《诗刊》《花城》《作家》等刊物发表，已出版诗集《燕园三叶集》（合集）、《在河流消逝的地方》《陈陟云诗三十三首及两种解读》（合著）、《梦呓：难以言达之岸》《黄昏之前》，作品入选《2007中国最佳诗歌》《2008中国诗歌年选》《大诗歌》等多种诗歌选集。

把水点燃

把水点燃，让西湖一样柔润的肌肤
每一个毛孔都发出召唤
村庄隐秘而遥远

却在瞬间抵达
村庄是水的故乡，把水点燃了
妖怪便在村中出现
妖怪是插在我胸口的一把剑
往里戳去，一剑致命
拔出，血流如注
把水点燃，然后，注定死于水中

（选自《上海文学》2010年12月号）

曾新友 组诗

曾新友（1963— ），湖南人，曾任清远日报社地方新闻部主任，现系广东岭南诗社副社长、清远诗社社长。

游龙塘集美乐园

一条水流搭起乐园
孩子的活力把水上项目"玩欢"
农耕区的体验流着自己的热汗
舒心一股接地气的清爽

水田里收割优质稻
八角亭摘来鹰嘴桃
观景台望向嫩绿的桑椹苗
灶台的炭火浓香着烧烤的味道
脸上挂着生活的甜美
嘴角拉长满足的欢笑
游泳池、足球场的"体力活"
涌动集体兴致的高潮

穿梭的雏鸟，田头的白鹭
标出环境幽雅的符号
斑鸠与喜鹊亮起音阶
鲜花与蝴蝶攀比美色
田园的气息，植根割舍不了的情结
拓展欢乐的视野

（选自《中国矿业报》2022年6月24日）

初识清新岗塝村

静得下心的是池塘
撩得动眼的是水鸟
谈得拢话的是木屋
提得起神的是小桥
入得了诗的是飘香的桂枝
树上的青枣挂着清甜的话题
蜂箱里的巢穴酿造日子
门梁上贴着张扬的喜庆
几副春联明媚心机
持续的雨按动水面的键盘
用意境弹奏心曲
几碗擂茶纯朴交往的语气
新建的楼房把破旧压了一地
百亩新水稻的计划种植畅想
"非遗"的陶瓷窑兴致着引入课室
学生制作和把玩古趣
火红的窑炉燃烧创新的构思
时代的熔炉炼化新的技艺

（选自《神州乡土诗人》2022年第1期）

走进虎尾村

打开记忆里秀美的闸门
寻找童年留下乐趣的根
拓宽的路面拉直了心里的行程
新建的楼房延伸青山秀水的意境
城里的生活标准下了乡
乡里的淳朴一直想输进城
高山梯田
给天空平放的镜子
自然，澄明
空旷的心里倒装日月星辰
柔情晃荡
磁住千里来朝的眼神
春天犁开整齐诗行
夏天怀抱绿色锦缎
秋天收获大地金黄
冬天流淌碧水蓝天

在时间的渡口
阡陌连成线条
牵引山外的神经
虫鸟竞赛声音
啼醒山里的早晨

一条心灵的秘密通道
连同
猎奇的足印
踩着细小山路的腰身蛇行
与阳光一起玩耍
给精神受孕

（选自《清远历代乡土诗选》，宁夏人民出版社2016年版）

冯春华2首

冯春华（1963—　），笔名秋实。广东海康（今雷州市）人，生于粤北，现为五月诗社社长，韶关市作家协会副主席，《韶关日报》编委。

石头上的人

玉米南瓜稀饭
将石板烤出一层灰烟
胃的蠕动
早已习惯于这种磨砺

汉子们谈论石头谈论水
让犁绳在旁边无话可说
女人们用洗过碗的浊水
浇灌着屋后的瓜秧
老牛卧着静望夜空
星星默默无言
粗鲁的咀嚼声
夹杂着劳作的艰辛
庄稼、种子、化肥、打井、烧石灰的话题
忙碌地穿梭于笑声之中
月至山顶
预示着青蛙与薯酒呼噜的共鸣
女人于油灯下
缝补着明日的希望

（选自1992年7月8日《清远报》）

移　民

在记忆的田野里

生存了很久
忽然要将故乡收进包裹
在一个陌生的山坡
重建我们的家

我不愿走
深山里的家很贫穷
命运并不像季节那样轮回
从父亲手中接过艰辛
栽种希望
让未来的子孙们
耕同样的地，播同样的种子

高速公路改变了一切
告别那些感情的村落
我们必须迁移
没有悲伤只有泪
一切平静得令人心悸
淅淅沥沥的心
被脚步声踹得好痛

尽管茅屋换成砖瓦
锄头换成耕牛
我依然在田垄吹起我的水烟
回想山谷里的稻田
在镰刀下袒露成熟的丰满

我们走了
在深山没有风景的地方
让京珠高速公路
制造新的景点
让移民新村的炊烟
成为高速公路上的一个
上落站

（选自诗集《相逢在帽子峰下》，中国文联出版社2000年版）

赵绪奎 2首

赵绪奎（1963—   ），湖南澧县人。曾在广州军区政治部、文化部任职，上校军衔。

斜阳与村庄的抒情

以村庄的方式
接受你的素描
斜阳
你最后的一笔可是点睛

炊烟着了新衣
猫狗添了居所
鸡鸭有了子孙
传宗接代的
是丰收之后
辛劳的烟筒

点睛就要点上小楼
点睛就要点上谷垛
点上门联的笑声与对话的富贵
燕子是阳光的载体
正把一幅粉红色香味的画
引向深入
观赏的祖辈你认识
观赏的父辈你认识
只是你不知该用哪种颜色
涂抹改革劳作的我们

其实画与不画
你都是妙手
每个村民心中
都有你灿烂新颖的构思

（选自《星星诗刊》1993年11月号）

抚摸庄稼的女性

站在田头
任你随手一挥
便有音乐响起
多声部，多声部
哪一曲不醉透我们的心

呵，母亲
抚摸庄稼，与抚摸
庄稼似的儿女
这两份上苍赐予你的工作
你干得那么出神入化

笑是阳光
泪是雨露
日见苗壮的禾苗
和走遍天下的儿女
被你教养得旱涝保收
面对花枝招展的庄稼
你"虚荣"的脸上
多么满足

今天你便站在田头
看守护田园的庄稼与守护国土的儿女
依次回到你的怀中

谷雨，谷雨
那也是专程下给你的呵
我的母亲

（选自《华夏诗报》总第72期）

薛广明 2首

薛广明（1963—　），广东五华人，现居广州。射门诗社负责人之一。

乡村九月

九月天空无云，风筝高高
九月里，农民坐在门前
看田里的禾苗抽穗，黄牛吃草
偶尔也一瞥那大路上
成双成对的姑娘小伙
九月秋天到来，老树落叶
在这个叫作农闲的季节
乡村变得懒懒洋洋
青蝉噪噪，小狗吠吠
九月是孕育的好日子
稻谷正在饱满
我的女人肚子一天天变大
如同我的诗歌，培植在乡村的沃土之中
夜夜有拔节的声音，蹦出诗句
九月的荣光和理想属于农民
九月的诗歌和快乐属于我

镰　刀

镰刀，带着甜铁味的镰刀
在秋天我们所拥有的一弯新月
农民用你收割稻谷和历史
我用你收割阳光和诗歌
镰刀，你的齿锋利而亲切
当我用手抚向你

我感到了丰收的快乐

在这个秋高气爽的季节
镰刀，我和你一起深入田野
去接受土地之神的馈赠
感谢阳光，感谢雨水
哺育我们和禾苗的成长
镰刀，也让你收割我的歌声
把欢乐撒向田野
让日子充满音乐

（以上两首选自诗集《最初的金黄》，花城出版社1992年版）

杨振林1首

杨振林（1963—　　），生于湖北，广东省作家协会会员，现系清远市戏剧曲艺家协会主席。已出版诗集、歌曲集多部，作词的歌曲多次获省级以上奖。

我携着新娘走在故乡的田埂上

我携着新娘走在故乡的田埂上
田埂窄小还是旧时模样
沿着田埂我绕到少年时的学堂
泥砖屋不见了，只有老槐树还在清香
我的老师都成了传说，书声依旧琅琅
沿着田埂不问路，我走到了我的村庄
小池塘里水老鼠可是当年的那一家子
见我归来都浮出水面不躲藏
老人们认不出当年的小黑子了
儿时的朋友盯着我呼唤小名抓过行囊
我一口地道的黄陂土话让村头喜气洋洋

271

我携着新娘走到童年的荷塘
给她说我在这里过家家接过许多小新娘
我给小新娘摘荷花、剥莲蓬、踩藕带
睡莲最好看，我忍着刺痛赤脚走到水中央
牛蚂蟥吊在小蛋蛋上，我一手掐睡莲，一手扯蚂蟥
我的新娘笑弯了腰，要我带她去看当年的新娘
七月的荷塘花儿已渐渐归去，莲子饱满
认准荷花，我摸出一支莲藕六节长
荷塘的主人笑着帮我洗干净递给我的新娘
沿着田埂我走到童年的小河旁
在那里我和伙伴钓过七斤重的大黑鱼
大黑鱼和我们拔河，黑鱼被拔上了岸
在古老的抽水站旁我扯起一把水草
一只举螯的土龙虾跌落在我脚下
儿时贪吃我在这里抽矛刺
一条黄花蛇慢慢地爬过我的脚背
可惜这时节没有矛刺，我的新娘没得品尝
我偕着新娘走在故乡有田埂上
走过一村又一村探望我的朋友、我的师长
天天在亲切的风景里徜徉
我的新娘笑我坐在沙发上看电视还打瞌睡
回到家乡不知疲倦一个劲地逛

我偕着新娘走在故乡的田埂上
这里远离城市，只有田埂和半条大路通向远方
九头鸟生长的地方农人有无上智慧呵
村庄没有噪音，没有污染流水清清
水塘里的鲩鱼不上十斤不撒网
稻床上的石碾还在歌唱
我的故乡是一片净土呵
青皮豆、黄花菜、雪里蕻红菜薹梦里清甜
田野上空气永远醇香

（选自诗集《云水清远》羊城晚报出版社2013年版）

李陆明 1首

李陆明（1963—　　），湛江人，红土诗社社长，现居深圳。

雷氏家族

土理精会搞风搞雨么
那夜村民们聚集在晒场
敲锣打鼓放鞭炮高举神牌
折腾一夜，骚动不安的一夜

仿佛电闪滤过的轰鸣
那么真实地展现
浩浩荡荡，悲悲壮壮
一个苦行的家族
一群穿越雨雾而来
带着风雷之声的人啊
在南半岛刀耕火种的丘原
顽强地
生生
息息
风暴年年横扫
南海大潮年年暴涨
雷闪一次次
在苍穹描画狰狞古意
淹没村庄的海潮退去时
有男尸、女尸跌宕沉浮

灾难是暂时的
灾难的季节
却永远如期而至啊

去割禾开荒、去挖掘虾塘

去合资横联，去纵横闯荡
活着总得越活越好
……

活着总得有奔头
雷氏家族咧开厚嘴唇
让暗黄的大门牙闪光
心思躁动，脚步咚咚

就这样走出封闭世纪
好像打开了千年魔瓶
可畏的撼动啊
该怎样膜拜先祖英灵
游神啊，祭典啊，画符啊
让土狸精见土狸精去吧
有神祇击鼓以舞
在九重天之上
烛光亮闪
香火不断，不会断
心有明天的潮涌
雷祖永不安宁
雷氏家族永不安宁

（选自诗集《红蓝处女地》，花城出版社1990年版）

刘晓虹 2首

刘晓虹（1963—　），女，在始兴县人民法院工作。

乡村的记忆

乡村数百年的印迹
或浓或淡

带着诱惑和委婉
悄悄行走在梦里

小巷里的清幽
在日子的变迁里缠醉
我仍然记得
即将迈入城市的期待
没忘记进入城市的喜悦与新奇

乡村的清晨伴着鸡鸣鸟叫而来
唤醒沉睡的人们迎接新的晨曦
池塘的鸭子挥舞着翅膀欢呼新的一天

漫步河边
薄雾笼罩在河面上
像是一条无尽的白色飘带
夕阳调皮地不愿回家
落日里，村民从田里归来
满身的疲惫却谈笑风生

记忆中乡村夜晚是漆黑而安静
没有霓虹灯的闪烁
没有汽车的喧嚣
也没有那么多夜不归家的人
池塘蛙声一片
蛐蛐也在窃窃私语
最热闹的是稍微有些动静
一家犬吠
满村狗叫

月亮下的涓涓细流在咚咚作响
所有的声音都在歌唱美好的夜晚
炊烟是属于乡村的
炊烟在乡村有着独特的含义
炊烟代表生命

出门的人在绝望时看到炊烟
那是家的牵挂

露珠喂养的布谷鸟
它的叫声把天空叫成了暖色
乡村是有色彩的
春天的乡村是一眼望不到边际的绿色
夏季是五颜六色的
秋天的乡村是一片金黄

城市就像是海洋
弄潮儿带着梦想不知疲倦地拼搏
经历着海浪无情地拍打
乡村就是海港
让身心疲惫的弄潮儿有个远方的归属

希望与痛苦在烟雾里行走
死亡与降生在吹打声里行走
酿成怀念四起

（选自《韶关日报》2018年9月6日；诗集《风记得一朵花的香》，团结出版社2020年版）

丰收的短信

暴雨即将来临
稻穗在黑暗里傲视那闪电的撕扯
经历无数次的暴雨、阳光、闪电
告别了青涩
忍受了一次次拔节的痛

叽叽喳喳的麻雀们聚在一起
把夏的收获吵醒

迎来满目金黄
季节的问候如穿梭的麻雀
徜徉在一片久违的晴空

久违的丰收季节
农民在等待
麻雀在等待
鸭鹅虫兽在等待
金黄色的稻浪
灸红了收割农民的眼
贪婪而又灵巧的小麻雀
在稻田里嬉戏觅食
不知疲倦的蝉不管不顾地大声嘶鸣
好像在说丰收与它无关

田鼠虽然只是偷偷摸摸的样子
但也夹杂着从容不迫
不紧不慢往窝里搬粮食
黄鼠狼从田野附近的树林里窜出来
希冀能逮上一只发愣的小鸟

欢乐的生灵
签收一条条来自心灵的短信
让这个季节
洒满无数人与自然的絮语
依稀听到一群麻雀在说
我们不是小小鸟
我们是大自然的一员

（选自《韶关日报》2019年8月13日；诗集《风记得一朵花的香》，团结出
版社2020年版）

老刀1首

老刀（1964—   ），原名万里平，湖南株洲人，在广州市公安系统工作。广东省作家协会理事、诗歌创作委员会委员。

关于母亲周利华

一

母亲说她什么都不理
她要去广州和她的大儿子一起过日子
万里涛心里明白，母亲是在生他媳妇的气
当万里涛把火车票放到母亲手上
她的脸黑了下来，母亲一声不吭走出柴门
在菜园转了一个圈，用手背摸了摸白菜帮子
径直来到一棵橘子树前
撒上一把谷子，母亲久久地站在鸡鸭的中间
万里涛连夜赶到山外去退车票
母亲才肯回到屋里

二

每次回到猴冲
放下行李，我总是先到后山坡上的
楠竹林里闭一会儿眼睛
我喜欢竹叶和一些小植物腐烂的气息
我爱静听头顶上竹叶和竹叶相拥的回声
这时一只斑鸠从竹林深处扑翅惊飞
整个山坡在一身冷汗里微微战栗

母亲知道我回来了
脚上挂泥，三步并成两步赶回家中
她说今天有意多下了一把米
早上煮饭时灶膛里的火就发出了笑声
又衰老了一些的母亲

赤着脚柚子一样笑着
白发上别着一小块金色的泥浆

三

在樟桥村
一说起我母亲就流泪
一个十岁的孩子，赤脚割过风雨寒霜
每天早上要备好一筐草才能去读书
那头犄角快抱成一团的老水牛呵
如果在我割的草中，你嚼到了一些泥块
祈求你能够原谅，我割草的时候经常看不见
其实，在天亮之前我也嚼过一把草
如今伤口还敷在我的指上

四

易树得要盖房了
找到万里涛要借1000块钱，没有
第二天，母亲硬是将积累了59年的私房钱
以万里涛的名义送到了易树得手中
家里却连煤也舍不得烧
煮饭用的一直是油茶树的叶子
母亲做饭的样子几十年没变
翻几下菜，就转过身去添树叶
将头埋进浓烟滚滚的灶口
看母亲做饭，我不断擦眼睛
母亲的泪已被熏干，她清贫的脸上
除了几星烟尘，溢满了幸福的笑容

五

天已经黑了下来，我们在屋子里围着熊熊的炉火
忘了母亲和大白菜还在雪地里
突然一声啪———一粒火星从火里
追了出来，一圈人都站了起来，各自抖着裤管
炉火到了要用铁钳划动，邻居走了
母亲从厨房忙完进来，填补在空位上

温暖的火光，从母亲的脸上越走越远
母亲低着头，在自己的膝上
睡着了

六

假期临近，我陆续地收拾行李
母亲就开始不吃饭暗暗流泪

必须启程了，我背着行李
母亲默默跟在后面
不再说话，送到生产队不再关牛的
牛栏屋前，母亲扭过身去

（选自诗集《眼睛飞在翅膀的前方》，中国戏剧出版社2006年版）

西篱 组诗

西篱（1964— ），女，本名周西篱。祖籍重庆，生于贵州。历任贵阳市文联《花溪》编辑，广东省文联《广东文艺界》执行副主编，现系广东省作家协会创研部主任。

乡村夜

那唯一的灯光
也许正是一个痛苦的人
在疾病中挣扎
或许是母亲
将带给沉默的大地
又一个生命
我们轻轻走去
鹳鸟①已消失在屋脊后

静寂的街巷
闪烁在奇异的月光里

注：①鹳鸟：据北欧民间传说，孩子是鹳鸟送来的。

稻草人

稻草人在哪儿啊
稻草人
我要与你再见了！

那一片香香的田土
留给你了
除了你
谁更有权利
拥有果实累累的领地

稻草人在哪儿呀
我将乘什么样的车
我的马儿
已经疲惫
领我走的人昂首挺胸
道路发亮
远远地发亮

（以上两首选自诗集《随水而来》，华南理工大学出版社2022年版）

你的村装已存放多年……

你的兄弟，必须
从喧嚣的人群里

辨认出他们
目光坦率
肤色发黑
他们将向你馈赠
你所怀念的泥土的香味
他们如此健康
那些阳光暖暖的山冈
他们每日经过
在山坳里牧羊
这种强烈的乡愁将迫使你
击碎所有玻璃
所有网络，来
打开那只箱子，你的村装
已存放多年

鸟群的翅膀反复扇动

这儿没有计算
或是猜忌
太阳也从来不会
被人利用
你的芳香便是一切的芳香
你的生命便是一切的生命
天空以大地为形
大地以阳光为心
在这儿
你展示了含笑的眼睛

鸟群的翅膀反复扇动
在金色的稻浪上空
回荡着圣者沉着的声音

他是一切伟大和智慧的总和
他关注的孩子
是雨水一样的花朵
谷粒一样的宁静

（以上两首选自诗集《一朵玫瑰》，天马图书有限公司1992年版）

唐成茂 组诗

唐成茂（1964—　），出生于四川省中江县，现居深圳，广东省作家协会诗歌创作委员会副主任，国际汉语诗歌协会副社长，中国诗歌万里行组委会副主任，《大河诗刊》执行主编，四川省传媒大学客座教授。

村姑的花布衫薄得透出光亮

村姑手拿一件小布衫　一个晴朗的上午在村姑手里轻扬
小布衫从左手移到右手　就有不少时光和目光　在手臂上移动
小布衫移不动的　是村姑的感情
村姑的感情可以　熔化坚硬的钻石　顽劣的大山

村姑的小布衫压在箱底　许多散发檀香味的故事　被神秘地埋没
村姑用核桃树晾晒小布衫　核桃树的枝丫　把憧憬指向天空
晾晒在核桃树上的小布衫　蓝底碎花　留有贴身的温情
如一只青鸟　在天空中舞动翅膀　带着美丽低飞
村姑的小布衫扑棱扑棱　把一家人的梦想　轻轻带出村庄

村姑的花布衫　薄得透出光亮　柔得摸得到希望
因为一次次在民俗中洗涤
清澈得如我村庄的品质
我村庄的所有少女　都有一件压箱底的花布衫
穿着花布衫　她们飘动在城里　会温暖春日的阳光　净化都市的人格

有一种光亮　发自衣服里的民族
折射村庄神奇的传说和传统
让城里赤裸前胸的红尘女子　永远黯淡和渺小
这是村姑花布衫未竟的使命

稻谷也有生辰和谱系

稻谷也有生辰和谱系　能和稻谷说话的人身上流淌着土地的血液

垂垂稻谷把秋天　重重地拉下
我怀里的稻谷优雅而妩媚
稻谷如我的女人　把情和爱撒了一地
垂垂的稻谷金黄　丰满　多情而动人　为秋天贴身编织金黄的
憧憬
在稻粒儿的背面是　和风送来的梦想
我从身后抱紧修长的稻子　让这个季节温柔和橙黄
让漫山遍野撒满金银细软　和似水柔情

眼前的六角云轻轻飘过　啪啪敲打　稻谷黄澄澄的年华
就像多情的稻穗用软软的长辫　痒痒地拂我
布谷鸟多愁善感　慢慢咀嚼丰收的长句
五指过滤的阳光　给稻穗般殷实的日子　镀上金身
稻田把我的乡情亲情爱情连成一片
晒谷场上我是幸福的雀鸟　义无反顾地偷食
羞答答的谷粒　软绵绵的爱情

在开门见山的乡村

身子让过彩云　一个劲亲近炊烟
向着禅声里的乡村　双手合十
我的身世　我的都市和心绪　都藏在掌心

所有的期待都有青草味
所有玲珑的时光
都有禅意

寂寞的钟声　敲打　花瓣一样的
客船
太多尘俗纷扰的　过去
都随波浪退去
每天早晨见到　干干净净的朝阳
每天晚上一关门　太多的名利　被关在门外
自从进了小城　辗转于都市　就有一扇门
挡着我　乡村的简朴和简单
再没进门

这是奢华的都市　我住的别墅　贵过名节
欲望是条看不见的蛇　藏在生活的末梢
让人生　跌跌撞撞
爬不起来

在乡下　在雨中　在史书里　在麻柳树旁
每一个故事　都慈眉善目
山可能较陡　心平铺直叙　每个人讲话都
开门见山
开门见到黛青的群山　憨头憨脑的画眉　没有一点尘埃的
关怀
心中没有污垢　天下都是爱意

（以上三首选自诗集《肩膀上的春天》，时代文艺出版社2014年版）

东荡子2首

东荡子（1964—2013），本名吴波，生于湖南沅江市南大膳镇，去世前曾在
《增城日报》任职。

故乡以远

我在四月的水边建造屋顶
四月的最后几天，我已经挣脱
那些梁木，空中运来的骨骼
我就要挣脱那些大小的沙子、卵石
到发生爱情的山中，废弃誓言
的山中，山雾弥漫的小村里
从小村里，接回我心爱的人

四月底前往
五月底到达
六月底，正值火夏，爱人陪我回到水乡

也许我是盲目地前往，宫殿落成
爱人就在四月的最后几天离开了村庄
也许我就永远四野流浪，成为流浪的王子
远离水边，放弃青春的歌唱

那么我就只有默默地行走
走遍每一座城镇和偏远的村庄
在每一个夜里我都要梦见一个新的方位
除了那四月的水边，幸福的水边

水边啊，是我和爱人永居的地方
树根在叶片里安眠
树身在叶片里生长
爱人坐在屋顶，爱人用一片瓦盖好

新修的粮仓

（选自诗集《不爱之间》，文化艺术出版社1990年版）

有一种草叫稗子

有一种草叫稗子，也叫秧虱
它结的籽，要用来酿酒，还味道醇美
但在我的家乡，无论稗子还是秧虱，你都不能叫
你一开口，立刻就有人把它从稻田里拔掉
它生长健旺，比禾苗高
它的籽粒却比稻谷小
可在插田的时候，你分不清它是稗子，还是禾苗

2013年4月4日于九雨楼

（选自《东荡子的诗》，暨南大学出版社2014年版）

唐小桃 组诗

唐小桃（1964—　），女，瑶族，广东连山县人。广东省作家协会诗歌创作委员会委员。曾任清新区文联主席、清远市作家协会主席、清远市文联副主席。

长鼓鸣集山越的后代

　　——荒蛮的美丽传说：伏羲兄妹的结合繁衍了散落南岭各地的瑶族，成就了美国、加拿大以及东南亚各国众多的瑶族游子。

一声长鼓
击醒古瑶山苍茫的记忆

大风节拍
源于"山越",形于"武陵蛮"
从"洞庭"出发,遍布南国

长鼓鸣集,瑶族的耍歌堂
今天,漂洋过海的游子归来
长鼓咚咚,热爱的节律
它不仅属于福地粤北瑶寨
还有美国、加拿大

从石缝丛中萌生的鼓声
孤傲、坚毅
让你讶异、扼腕
太阳也竖起耳朵倾听

山做肋骨,水做血肉
伏羲兄妹结合
那些繁衍和散落在南岭的情歌
今天阿贵和莎腰妹再垒对歌台
一声牛角,辽阔喧嚣
一出山歌,渲染灿烂
桃花开出,千里之外

(选自《花城》2011年第6期)

跳长鼓舞的女孩

跳长鼓舞的女孩
你是阿哥魂牵的期待

发髻间的雉鸡羽毛飘飞起来
脖子中的银项链圈闪亮起来
绣花的裙裾旋起来

裙裾的山岚古韵啊，高高地
卷起来
你打着绣花绷带的长腿是
一种诱惑

一对鸳鸯长鼓
把花朵从篝火里敲出来
把卡在阿哥喉咙里
跃跃欲试的火星敲出来吧
"嘿！"他吆喝了一声
把你带到幸福的天边……

（《选自中国乡土诗人》2014年第一辑）

牛一直吃着我记忆中的草

牛一直吃着我记忆中的草
那些春天里带着露珠
冬天的冰雪下还冒绿的草
那些远离村庄，在城市的忆记里
柔软缠绕我的草……

牛吃了童年的草，再吃少年的草
在时间的长河里，不时回过头来吃
吃着吃着
牛的脊背就朦胧起来……

"哥哥，可不可以亲吻我
像牛嚼啃新叶一般"

可是，冬天的山村里
下着雪，牛嚼啃着风干的草
不再像记忆中的轻吻

牛，只在长长地哞叫一声
春天的那些草
又在我的头顶，疯长起来

（选自2011年第6期《花城》；入选2014年作家出版社出版，中国作家协会
主编的《新时期中国少数民族文学作品选集·瑶族卷》）

翡翠绿洲上的故乡

这是梦里的故乡
飞鸟和蝴蝶追逐的家园
长鼓传颂千年的瑶寨
牛铃舞动永远的壮乡

峰林百里，雨神撩开云层叠翠
翡翠镶嵌出一个绿洲
森林造就了一座氧吧
绿色吹动着绿色仙风
打开了山水清亮的窗
歌舞的风情，大美的乐土
是壮、瑶、汉族人民亲密的家！

——来，吹响瑶王的号角
相约十月十六盘王节
四海汇聚，狂舞盛会洒歌堂
龙犬旗下，先生公咏颂日月星辰
虔诚的还愿是瑶山永远的盛典

——来，相聚七月七壮家戏水节
"七月香"是一个民族的圣节
踏着七彩云霞，吉水河上含情礼福
狂欢的边城，溢满吉祥

——来，跳一曲瑶山的舞曲

喝一碗壮家的米酒吧

壮瑶风情浸染的山水旷美而秀丽呵

大明瑶妃也魂归她不曾丢失的故乡

青山、绿水、篝火、热酒、歌舞、爱情

五千年的风情是一个化不开的梦呵

鼓一路，歌一生，醉一世，情未了……

（选自诗文集《岭南绿洲》，四川民族出版社2020年版）

洪江1首

洪江（1964—　　），广东遂溪人，现居深圳。

村　夜

每一个赤条条的夜

都是爷爷的故事

爷爷的白胡子里

有时走出狼，有时窜出豹

小村在奶奶的蒲扇上一扑一扑

一个惊险紧扣着一个惊险

所有的星星都提起心

只睁着小小的眼睛

望着爷爷，望成惊叹

白天的兴致全放牧到山坡上了

追随露珠凝成的早晨

沿着新奇远去

今夜，爷爷的故事

能否在被窝里熟睡？
奶奶使劲地扇呀扇
月亮闭起眼睛睡着了
不知躺在谁的怀里……

（选自诗集《红蓝处女地》，花城出版社1990年版）

邓维善 组诗

邓维善（1964—　），广东仁化人。现在清远市社科联工作。任清远市作家协会副主席、清远诗社副社长。

农　人

农人打一个哈欠
走出村庄
天就亮了
站在太阳底下
总有许多耀眼的希望
比如说将稻子晒黄
冬天就不会挨冷受饿

牵着自己心爱的牛
走过田埂
最喜欢唱那种
没有粉饰的歌
自然得就像风吹着树叶
充满轻快舒畅的风景

高高地举起鞭子
却舍不得抽打走得

缓慢的牛
想一想牛
扯不来电视机
拖不赢拖拉机
欲弃牛而去

望一眼企盼的土地
打一个寒战
又与牛一起走进
那世世代代都脱不了的根

村　庄

依山起墙盖瓦
傍水育苗种稻
远远望夫
有袅袅炊烟升起

牧童吹响的笛音
引来成群的牛羊
晚霞归家的路上
一条长长的队列
摇着劳作的余音
从山头拖到山脚
狗的狂吠
将夜晚惊醒
谁会深夜造访村庄
谁会来搅乱村庄的宁静
村里人心里醒着
不做亏心事
不怕鬼敲门
过客的歹意收敛了

村里的年轻人
都到城里打工去了
老农牵着牛走在田埂
寂静里藏着忧伤
老农不能耕作时
谁来耕耘这片土地

打工的后生
从城里回来了
带回优良的种子
承包村后的荒山

老农的忧伤
从眼角的皱纹里
一条条散去
炊烟也慢慢消失

稻草人

遗弃的稻草
被人扎在一起
穿上衣服，戴上帽子
俨然一个武士

没有血没有肉
别在身上的棍子
就是一支猎枪
吓退胆小的鼠、惊恐的鸟

没有骨头
却站在制高点上
守望一片稻田
被老鼠麻雀侵占吞食

责任与你无关
空负主人的信任
你又不损失什么

（以上三首选自《清远历代乡土诗选》，宁夏人民出版社2016年版）

陈露1首

陈露（1964—　），男，清远市清新区人，现系清新区文化馆馆长、清新区文联副主席、清远市作家协会副主席。

在田野与历史之间穿行

一曲自远古传来的编钟律音
在时间的前行中逶迤回旋
马蹄得得，沙场厮杀，呐喊鼓鸣，血染芳草
有道是王者的风流百姓的血
血成河，河流滋养了肥沃的平原
血成河，河流刺绣了美丽的山水
血成河，河流浸透了坚冰与溶岩

风，不知从何处角落
缓缓、迟迟、盈盈
夹着历史与时间的硝烟
开始播撒花草的种子
野地牛羊成为六畜的家禽
贫贱夫妻为一只羊的诞生而殷喜
小村落里为稻谷或者大麦的丰收而舞蹈
巫师向太阳祈祷，众生下跪

月夜银色洒遍大地
生命的媾和与浇灌

神祇诞生了
迷路的荒野里找到村落回家的路
那村东头的大榕树呵，正屹立繁茂呢
那村西头的石板桥呵，有晚归的农人
孩童嬉戏村前的小河
光光的身子是天地的精华

我在田野行走
一脚深一脚浅
每一片土地，每一条村落，每一座山，每一条河
仿佛神祇的告诫
有弹唱的歌谣，有流传千年的故事
让我小心翼翼
让我倾听花草拔节的声音
让我愚蠢的脑袋贴近智慧的圣言
让我的身心在历史的行旅中获得力量

远处传来喧嚣的鼓鸣与乡间的丝竹管乐
那是一个盛大的仪式正在进行
端庄而肃穆地行进中
有些诡秘，有些神化，有些不可侵犯
令人恐惧的傩面舞蹈
仿佛是历史的狰狞面目
炎帝与黄帝的战争
开疆辟土，缔造中华民族
四海之内，万民认祖归宗
人在天地间
此刻，竟是如此渺小与猥琐
此刻，是如此的伟大与崇高

踩在田野上的我，在历史间穿行
依旧，一脚深一脚浅

（选自诗集《云水清远》，羊城晚报出版社2013年版）

郑凤英1首

郑凤英（1964—　　），女，生于广东韶关，现居韶关。

打手鼓的瑶族姑娘

穿过透明的云层
宁静的山谷
响起轰隆隆的回音
莫不是瀑布的倾诉
莫不是岩石的坠落
山在久久地思索
水在苦苦地猜想

多少年来
冷落的荒山被阴影笼罩
涌动的生命
积蓄着满腔的热流
瑶山开始歌唱了

咚咚的手鼓对和着
拍打嘶叫和无休止的蹬脚
像无数对追逐的蝴蝶
摇摆扭曲着柔软的腰肢

可曾留意
手鼓的悲悲切切
抑制不住生命的喉咙
历史长河
愤怒的波涛汹涌
冲刷着贫穷与愚昧
看儿孙们
接过长辈的手鼓

抡起所有的臂膀
用力地敲打，敲打
原始与粗野的山风
长羽毛和黑色假面震落
粗糙的土地印上了嫩绿的标志

树叶也在这里安宁地呼吸
青竹在悄悄拔节

敲打手鼓的瑶家姑娘
灵巧的双手
演奏文明的序曲
明亮的双眼
传递着爱的信息
巍巍瑶山　响起了
新生活的和弦

（选自诗集《霞色的提琴》，春风文艺出版社1997年版）

龚学明2首

龚学明（1964—　），江苏昆山人。现为江苏《扬子晚报》《诗风》副刊主编。

九龙小镇

农人：俚语陌生，他们劳动时
爱说话，仿佛红土需要相熟地
唤醒——它们在锄头的频率中
纷纷翻身，露出与12月无关的
肥沃

大山：它们都有急促的心情
从地平线跃起，突然静止于
更强大的命令；笔直的线条
倾斜或垂直，与人类的情感
惯于缓缓变化，多么不同

诗人：不止于游客。在时间
过客的安排中，也忙于探寻
既成的秘密；所谓的美丽
只是忘记苦痛后的呓语
看到的不同，只会打破短暂的
安逸，而进入不可知的远观

其他：鬼针草不是遗忘，密布的
白色碎花让风景休息；朱槿
在人造的排列中有喜悦感；在
广阔的空间，鸟被忽略
这是在南国的英德，芦苇
一样高举，没有白色的愤怒

英德的中午

穿紫红衣的农妇忙于摘菜
孩子们在田塍上走向远处
蔬菜或墨绿，或淡青
刚经历一次细雨的轻语

我们走出洞天仙境
碧绿的水下埋着地质的心事
孩子们在突兀的山前平静
稻茬残留时光，不说镰刀无情

（以上两首选自诗集《四海诗萃》，四川民族出版社2019年版）

江湖海2首

江湖海（1964—　），原名刘腾云，湖南人，现居广东惠州。现任广东省作家协会诗歌创作委员会委员，惠州市作家协会副主席，惠州市诗歌学会会长。

拾　穗

拾穗的孩子，倦睡田埂
在父亲与老水牛很深的脚印边
怀着人所不知的幸福
梦见泉水与在泉边濯足的妈妈
天空淡蓝地弯下腰来
美丽的野鸽子
从容吃掉他篮里的谷穗
为他守住，从山腰徐徐滑落的太阳
在如洗的空旷里
馨香将他柔柔覆盖
没有蝙蝠，甚至没有虫鸣
拾穗的孩子，常常一声不响
很晚才回到家中

1984年7月16日

田　园

九个太阳汲水
九个太阳摄走植物的魂魄
禾苗还没到花期
竟被粗壮的阳光轮番施暴
禾苗的腰弯下来，再弯下来
娇嫩的容颜凋零

禾苗没有叫喊
禾苗身边的泥土
咧开一百张嘴、一千张嘴喊冤
也是百口莫辩、暗哑失声

1986年5月13日

（以上两首选自诗集《喜剧》，银河出版社2007年版）

谭子1首

谭子（1964—　　），女，本名谭艳平，湖南常德人，清远市作家协会理事。

回　归

老屋，你一直在我心里
今天我终于再次回到你的怀抱

漫步在绿油油的菜园
想遇到年少的自己
想听到祖母唤我的小名
想看到父亲探祖母的身影

远走他乡多年
只有故乡开遍我思念的花
沉默的白菜，摇曳的花朵
飘荡的白云，起伏的云雾
有我的青春，是我的牵挂
有我的追求，是我的忧愁
哼起久远的歌谣
眼眶不禁湿润

老屋里生根
老屋里发芽
山山水水将我养大
我用歌声
让思念染红天边的云霞

我回归，我的老屋
我回归，我的至亲
我回归，我的山山水水

（选自诗集《秋读春光》，团结出版社2020年版）

张宗君1首

张宗君（1964—　），出生于广东南雄。目前任职于韶关市财政局。韶关五月诗社网络部部长。

天旱人灾

30年了
30年只记得GDP
30年忘记清理河床
30年忘记挖掘渠道
30年忘记修补山塘
虽然后羿已经把九个太阳
射烂了
山河干枯的日子
还是要来

温柔的水终于残酷起来
从来雨水充沛的西南大地

如今行走百里

也找不到水的影子

河死了，渠死了，山塘也死了

农作物枯萎了

眼泪干涸了

田垄上长满了黯淡的眼神和呻吟

成亩成亩的悲愤

把万里原野撕得支离破碎

喜欢仰望星空的老人

也不得不把头低下

只是悲天悯人的姿势

却再感动不了这片龟裂的土地

河贝和鱼儿们最后的愤怒

被龟裂的泥土包裹着

他们露出泥土外的鼓鼓圆目

在说……

人类呀，就算你现在想濯洗心灵

黄泥水也没有了……

（选自诗集《网络一楼明月》，广东旅游出版社2011年版）

李学田 1首

李学田（1964—　　），广东仁化县人，现为仁化县作家协会常务副主席。

大井古村

一棵一棵的古树
拥抱着绿色的岁月
向蓝天白云
讲述着古村美丽动人的故事

老房子早已退隐在历史的尘埃
遗留的古祠在述说村庄几百年的沧桑
古井依然清澈，留一泓清泉滋润
干枯的念想
村头古桥，依然驻守
溪流叮咚、翠竹相映的风景
弯弯曲曲的村道
告别了尘土飞扬的日子
一栋栋漂亮新潮的楼房
崛起在曾经荒芜的土地
和民宿新居一起
抒写乡村振兴的篇章

不再羡慕城里人的生活
古村在一天天变美
池塘的荷花映着村庄的笑脸
公园的鲜花四季常开
绿草地蝶蜂飞舞
周边田野的稻香果香沁人心脾
池塘边的榕树与鱼儿嬉戏同乐
村前林荫下，老幼神情怡乐
笑语盈盈
文明的清风，吹拂着
每一颗纯朴透明的心灵

村庄的蝶变
引来旅游观光的浪潮
魅力古村的故事
被城里人
讲述得有声有色

（选自《特区文学》2022年第5期·下）

李代权2首

李代权（1964—　），生于贵州剑河，系广东省特级教师，清远市文艺评论家协会主席、清远诗社副社长。

瑶寨抒怀

挽着山风柔柔的手
云的意境
雾的叙说
随梦飘远
唯千年瑶寨
像时空穿越的帆船
停靠在逶迤绵延的山巅
泊在我的心田

踏上瑶寨古老的石板路
神奇浮上心头
石板路拾级而上，枝蔓横生
如一棵枝干粗糙的大树
古老的瑶屋硕果般坐落在繁密的枝间
往上连着天
往下倚着谷
左边是浓雾
右边是薄雾
瑶寨飘然如仙
我从这座古老建筑的门前穿过去
从那栋装饰风格现代的阁楼走出来
几步之间就穿越千年

长鼓欢快的节奏
瑶妹张扬的舞步
游人陶醉歌堂的欢呼
越过千年瑶寨的山梁

在兀立万年的群峰间回响
在我的心中激荡……

南岗长鼓舞

咚咚咚
耍歌堂的长鼓在神话中敲响
冬比击鼓声啸
十三妹舞步翩然
快乐在瑶山传承

南岗瑶寨
瑶家的桃花源
耍歌堂的日子
借助长鼓和舞步
让快乐淋漓尽致，荡魄销魂
咚咚咚
在高高的山梁上
舞步踏着鼓点，欢快了千年

一架长鼓
就像一面旗帜
长鼓咚咚敲击
欢快的激情在歌堂坪点燃
沙腰妹亮出苗条的身段
翩翩起舞
红绣衣裙，多彩头饰
美丽绝伦
咚咚咚
鼓点响亮，舞步翩跹
敲出瑶山的欢畅
舞出瑶寨的风情

（以上两首选自《清远作家》2016年第4期）

覃森生 1首

覃森生（1964— ），壮族，广东连山人，现系广东连山县委组织部三级调研员，连山县文联副主席。

寂寞的村庄

我的村庄
是静静躺在远山怀抱那片稻田
年复一年，一辈又一辈
像翻阅一本万年老皇历
周而复始地翻开朱砂红的封面
播下翠绿良辰，又收获金黄吉日

我的村庄守在长满苦竹的河边
像那棵藤蔓缠绕的庞大野栗树
挂满风雨蚀痕，也挂满许下的愿望
默默在不经意的角落盘根错节
倾听候鸟带来三言两语的问候
在渐变节奏中用不变的氛围
填补着岁月和生命的缝隙

我的村庄夜深人静走近我梦境时
喊我乳名的乡亲早已容颜模糊
只是声音依然催我心碎落泪

我的村庄实在太小
早已装不下年轮碾压和心的放飞
却无奈被拴在蜿蜒曲折的山路尽头
一头系着寂寞，一头牵着思念

（选自《生态文化》2021年第6期）

曾纪勇 1首

曾纪勇（1964—　　），江西人，曾任清远市评论家协会主席，现系清城区文联主席。已在《红岩》《作品》《四川文学》《广州文艺》《中国乡土诗人》等报刊发表诗作近百首。著有诗集《马祖岩山》。

瑶族篝火晚会

红脸蛋
红头巾
红腰带
在篝火映照中欢跳
点燃情歌对唱
灿烂的甜蜜在阁楼中洋溢

竹竿
弹奏大地
欢跳的人
成为明快的音符
空灵的旋律，带着
米酒的醇香
在原野
悠
扬……

（选自《清远历代乡土诗选》，宁夏人民出版社2016年版）

卢卫平组诗

卢卫平（1965—　），生于湖北红安，现居珠海。曾任珠海市文联文艺部副主任，系广东省作家协会主席团委员、广东省作家协会诗歌创作委员会副主任，珠海市作家协会主席。

喉结上的故乡

故乡的嗓门大
故乡有一半时间
在啃着粗粮
故乡的大老爷们
都有大大的喉结
我在变声期来临的
那个凉凉的秋天
离开了故乡
我在城里小声说话
一日三餐吃着细粮
前不久，故乡人驮着一袋红薯
坐两天两夜火车
只为看我一眼
他们说我什么都变了
方言里也夹着普通话
只是喉结还是故乡一样大
我告诉故乡人
这么多年了我在城里
一直是一边吃晚饭
一边看天气预报
故乡常常在这时哽在我喉间
难以下咽

（选自《诗刊》1999年第4期）

土 地

土地让我一生劳累
土地在我脊背快伸不直时
长出高高的高粱
我在即将诅咒时唱起了颂歌
土地是我厮守了一辈子的婆娘
说不出爱但无法割舍
土地用一棵树牵挂我——活着就要扎根
土地用一根草抚慰我——再卑微
也要抬头看天，笑对风云
爱恨交加的土地，让我受苦受难的土地
当岁月遗弃我时
土地最终将我收留，让我的骨头
点亮磷火，这就是一个乡下人
一生的光芒

母亲不知道自己死了

——母亲三周年祭

母亲不知道自己死了
死了的母亲比活着时更牵挂我
刚入秋就让我记着穿她亲手缝制的棉袄
刚天黑就在我耳边唠叨吃饱了不想家
死了的母亲比活着时走得远千万倍
我到了异国他乡
母亲都能走着田埂一样的小路找到我
都能在我梦的古树下坐着
陪我到天亮
死了的母亲比活着更让我崇敬

活着的母亲不识字
死了的母亲能在纸钱一样燃烧的诗集中
读懂我的每一首诗
母亲不知道自己死了
母亲不相信自己会死
一辈子没离开过乡村的母亲
不知道自己已死了三年的母亲
在活着的时候说
只要儿女们好好活着
她的死就是换个地方再活一生

在海边听到家乡发大水

我带着女儿在海边散步
手机响了
是父亲打来的
这是父亲第一次打我的手机
父亲说家乡大水
有五个人被冲走
其中四个是我认识的
我不认识的是一个三岁男孩
上百间砖瓦房
乡亲们祖孙三代的积攒
转眼之间成为泡影
父亲呜咽声中的大水
沿倒水河到长江后
最多三天就会流入大海
大海多美啊
面对女儿的赞美
我像台风过后的老渔夫一样沉默
我要不要告诉女儿老家大水
我要不要对女儿说
海水的蓝色里有多少人间的苦难

周末的晚报上
如果再有在海边
发现无名尸的消息
我一定要去辨认
看看是不是我的乡亲

（以上三首选自《第三届华文青年诗人获奖作品》，漓江出版社2006年版）

梁永利 组诗

梁永利（1965—　　），广东雷州人，现为《湛江文学》杂志主编。

秋后台风

温柔的风暴，在秋后并不少见
香蕉林以空洞的甜，锁住
反季节的工具。一片西瓜大棚
一块高位虾池的抽水泵
被淋湿的稻草人看管着

稻草人手舞足蹈，它叫出黑鹭的饥渴
它诱惑防风者省去若干条注意事项
红树下，滩涂鱼大肆集结，趁波光未亮
举行了多场受孕活动

据报道，五级以上的台风
摧毁的，损失的都是一种估算
出没秋后的白鹭，从不忘却
掂量黄花风铃枯萎的尺度

（选自《特区文学》2022年第9期）

吴村片断

老区吴村，一抹绿漂浮
远远的，或许会搭在牛背上

从通明河走过
一曲残桥连着山坡
朝南而下，海水紧靠着春燕的啁啾
鱼唇也品出了薄薄的幻影

挨家挨户土罐的鱼腥
煎熬年少的心事
大刀、木棒冲出田埂
那打鬼子不怕翻船的日子
一位唐将军锁住河关

吴村的老共产
裤腿卷着鱼腥上山坡
种青椒、挖土豆
一样好把式两份心
号子不叫时，他们就是宗祠里
起早摸黑的飞虫

后来，通明河平静了
水陂边经常走动一群老人
沿岸的唐瓷宋器加重吴村的分量
老人说，河涸了
出门的吴村人才听到
春水里的歌声

老区吴村，建起了一座公园
凤尾竹下的书声很稀

村里的孩子爱上通明河的泥巴
弯弯的曲径变成了作坊
吴村是制陶的好坯
在村寨驻扎下的客人
都染了吴村的气息

（选自诗集《湛江现代诗选》，太白文艺出版社2008年版）

月光下的草垛

细碎的月光
温情在乡间弥漫
以少女的肤色
安详草垛的神态
秋后，静坐晒场
听出蟋蟀织唱思念
童趣慢慢肥硕
所有草垛孵暖乡音
幼小的家，在几捆禾秸之内
居然等待
传说中的夜归人

就这样
草垛成了少女爱情的包袱
细碎的月光成了离乡的盘缠

（选自诗集《雷州青年诗人十二家》，中国华侨出版社1997年版）

邓亚明组诗

邓亚明（1965—　），广东吴川人，现为《湛江日报》副刊部主任，湛江市作家协会副主席。

向一只碗致敬

盛装水，盛装粮食
盛装胃肠所需的物质
它一天几次走近我们
走出一条条生命的通道

它如此小
小得连小孩子都能拿起
它如此轻
轻得一只手就能托举
然而，它却又沉甸甸
没有什么比一只碗更重

没有什么比十三亿的碗更重
没有什么比十三亿的梦想更美

碗
如此坚硬
经过大火高温煅烧
又如此易碎
一不小心就裂成几瓣
小心翼翼地呵护
呵护一片沃土，一泓净水
呵护一个大国不再饥馑、生命富足的梦想

谁能说清一生捧过多少只碗
谁能说清一生梦想过多少只碗

其实，我们每天都活在一只碗中
当一只碗再次向我走近
我必须向这只碗
俯首致敬！

（选自《诗刊》，2014年4月号上半月刊）

犁铧深入泥土

犁铧深入泥土的瞬间
我听到一种熟悉而真实的响声
亲切的泥浪
芳香的泥浪
喂大一茬茬庄稼的泥浪
纯朴得如我涂在稿笺上的诗行

父亲前行的脚步
稳健如牛犍前行的脚步
扶犁的手
老练如在饭桌前执起筷箸
几声粗如老茧的吆喝
精辟成父亲一生中最动人的警句

犁铧深入泥土的时刻
我正爬在城市的格子里倾泄激情
当父亲犁完这块去冬的水田
解落牛绳卸下犁具的那刻
我的诗作刚好也在这时完成
洒脱如晚风里拔节的庄稼

田野蛙鸣

某个月光浸润的夜晚
你行走在一块秧苗返青的田垌
一浪颠簸一浪的蛙声
将你淋了个透湿

也不知蛙们都藏于哪方角落
只知它们都在用最平凡的生命
尽可能大限度歌唱
庄稼们在歌里一寸寸肥硕
家园在歌里一岁岁丰满
日子朴素而辉煌

你这样屏息着久久立在田埂
蛙声就在你的脚底下汹涌
你忽然觉得自己其实也是一只
忙碌的青蛙
藏在农业的深处纵情歌唱

（以上两首选自诗文集《向南的河流》，中国戏剧出版社2010年版）

罗明生1首

罗明生（1965—　　），江西吉安人，韶关市作家协会国有企业分会主席。

我与父亲的一个约定

午后或凌晨，最思念的时刻
床头凌乱的文字

有的从风里飘来，有的从梦里蹦出
都能排列成一个方向
为了与父亲的一个约定
去年清明节前，一世英雄的父亲
被一阵春寒袭倒
临终前，父亲将土屋与菜园的秘密和盘托出，之后
便有了一个与我的约定
三面环河的村庄，沙滩追逐的少年是我儿时全部的回忆
妻子说
我最近的诗，很少写到父亲
我没有告诉她缘由
我往窗外指指
一条五月的河流打开一面镜子，镜子里
住着我快乐的老父亲

（选自《特区文学》2022年第5期·下）

方舟组诗

方舟（1966— ），本名周柏，湖南人，现供职于东莞市文化馆。广东省作家协会诗歌创作委员会副主任。

醒 狮

七星锣鼓，把沉睡的快乐叫醒
那些不曾谋面的神灵
开始在村庄出没

这是一只复活的狮子
它鲜艳的头颅被装饰
它空空的颅腔和胸腔
住着两个欢喜的人类

风一般的大面扇子，扇动土地的恩情
还有梅花桩，把一种空盛满
它组接惊疑、憨实、威武、精进的生动语词
它重现断崖、山涧、尖峰的现实图景
因为，它看见一种千年的青色
它必须高高跃起

在洪梅镇的龙狮训练馆
又一只民间的狮子等待抒情
练习失传的武学和舞蹈
它从道具的山洞里晃悠出来
与我近在咫尺

2007年4月8日

看七夕贡案展出

那些被象征的粮食：米，果仁，蚬粉，洋蒜
那些被隐喻的花朵：菊，蜡梅，芙蓉，睡莲
还有农家的田舍、庭院、耕牛、水车和它们的传说
在七十高龄的王姓阿婆的记忆里依次开放
精细的手工，浪漫的想象
在巨型广场的人流里被叹为观止

七夕，七夕
为意愿而幸福的乡村
为坚守而沉默的少女
此刻，请向逝去的历史一角回望
贡台前的月光会告诉你
美好的事物从细致的心灵开始——
爱，原来是一种秘密

2007年4月8日

碉楼或者坚硬的村庄

一些高耸的事物
总是坚硬的
首先是岁月坚硬，土地坚硬
柔软的河流也要绕着回家
其次是天空高远，天涯灿烂
劳累的人挺挺腰
将自己柔软的影子
望成一座座坚硬的碉楼

在凤岗镇，一百多座坚硬的碉楼
都在讲述一个个离开的故事
那些执着返回的来者
踩着故乡的原点，歌唱或者流连
我们的村庄，依然可以承受
最沉实与坚固的箴言

一生有多少劳累
一生就有多少荣华
只是世道渐渐低矮
年年月黑风高，当荣华矗立
千里迢迢的乡恋
躲过窥视和被窥视的洞眼
最后疯长成最伟岸的建筑

那是村庄里唯一只能
用人心收割的庄稼
风吹雨打，它接近了
一种碑，坚硬的碑
但史学家还是添上了
例外的一笔，一九五八年

群情激奋，碉楼里钢铁的属性
被全部拆除和溶解
剩下的几处危楼
在民俗学家兴奋的注解里
等待修复
它的身边，外省游子如织

2010年6月30日

（以上三首选自诗集《在东莞的民间行走》，现代出版社2015年版）

宋晓贤 1首

宋晓贤（1966—　），湖北天门人。现居广州。

黄　昏

有次跟父母下地
收红薯
回家的路上
母亲不时俯身
拾取路边或沟渠沿上
遗漏的枯树枝
我那时幼小，不当家
不知柴米贵
以一介书生之地位
责备农妇道：
这东西捡它做甚？
很瞧不起的语气
做教书先生的父亲
也在一旁附和：对
这才是我的儿子

那时天色已近黄昏
我看不清她的脸色
只记得，母亲当时
没有作声

（选自《作品》杂志2015年第2期上半月）

向卫国2首

向卫国（1966—　），土家族，湖北长阳人。现为广东石油化工学院中文系副教授，广东石油化工学院文副院长，南方诗歌研究所所长。

舞春牛

这里是连山县禾洞镇政歧村
这里有一群瑶族婆娘
把汉族女人打麻将的时间
都用来编戏、唱歌和跳舞

她们的歌舞不唱别的
只唱自己家的汉子
如何春耕秋收
如何夏肥冬藏

她们从一月唱到十二月
从十八岁舞到八十岁
跟她们一起演戏的那头牛
花布条披满了全身
实在说不上威武雄壮
那四季的歌啊
也说不上有多美

但都是她们自己编曲自己唱
仿佛要把人事唱尽
把天地唱老
把钟表唱停
把生死唱反

她们的歌
跟世界上所有的歌一样
即便是同一首
也每次都唱出不同的味道
就像门口的一川峡谷
总是在那里
而来来去去的云雾
每天都不相同
除了戏台上的那头老牛
无人可以看懂

茶联村

茶联村突然来了一群
南腔北调的人
古老的村子第一次
因为诗歌穿上了新衣服

那面锣敲了四代人
那架鼓换过了三次牛皮
长桌宴从唐朝到清朝
一直摆到今天。瑶嫂养的
肥猪肉被一个诗歌胖子
吃了三碗，他还想吃
对面坐的女诗人来自北京
先是目瞪口呆，接着
花枝乱颤

瑶族小姑娘
在高台上舞着长鼓
一村的母亲唱着歌
共同把一个儿子嫁到
因为其憨厚、有力
而相中他的婆家

这不是文化遗产
这是茶联村
戏一样的生活和日子

（以上两首选自《飞霞》2021年第1期）

郭金牛2首

郭金牛（1966—　　），生于湖北浠水县，现在深圳打工。

春天，六点钟的疼爱

一

春天，早晨。让人痛爱。
春天，六点钟，朝露圆润。泥土松动
似有更多根系，埋头向下修建
似有更多苗头，向上露出尖尖的脑袋

春天，六点钟，母亲打开了鸡舍，公鸡领跑
它找到粮食，多次回头，召唤
母亲的手，并没有因此慢下来

她对着小鸡们撒下一群细米

露出慈爱，好像看顾一群儿女
正在慢慢长胖

二

春天，六点钟，小麦苗青，桑园洁净
春天，六点钟，父亲将牛牵出牛圈
他扛起犁耙，在七里半的水田，深深浅浅

他撒下的种子
我，背上书包，一溜小跑
我家，坐北朝南

春天，六点钟，油菜金黄，喜鹊摆尾
春天，六点钟，妻子，露出雪白的大腿
我拉起铺盖
栀子花听去她的呢喃。母亲松开了微笑
早饭飘香

春天，六点钟，母亲连声咳嗽，她一直将风寒，藏于肺部
春天，六点钟，父亲将六十年的风声水声收进骨头
唉，姐姐已嫁往山西
我已南走深圳

三

春天，六点钟，倦鸟合拢的翅膀，重新张开
春天，六点钟，父亲十年磨刀，我一朝砍柴
儿子放起了风筝，眼里只有春风、蓝天、白云
收不住翅膀

一只漂泊的风筝
飘过立春、夏至、秋分、小雪，如果不是清明下起细雨
我几乎想不起
春天，六点钟，父亲
带着关节炎，走十八里山路，去城关中学
给我送来柴米

和一小罐盐炒黄豆

春天，六点钟，春蚕吐出母亲的白发
春天，六点钟，父亲的墓地坐西向东
我摆好纸烛

父亲，三棵马尾松
吃掉阳光，雨水，时间
都已成年

离乡地理

少年，要拿下一朵高远的云，白色的
棉花，盖着冬小麦
时间剩下了一把干柴。母亲耗尽了井水
少年长得高过了米，推开南山上的十亩芝麻

前程，在车票上，产生
白云，在蓝天上，生长。棉花无人摘下
少年，不安。比走动的火车，快上一步
少年，沉默。睡着的语言。心中的一块石头。向前滚动
少年，记住了母亲的格言，井水，和深埋的
隐忧

他迟迟不敢坐上一枚邮票回家
一写信：
662大巴，就在宝石公路将他撞伤
大光明电子厂，就欠他的薪水
南镇，就要他
坐牢

（以上两首选自诗集《纸上还乡》，华东师范大学出版社2014年版）

宝兰 2首

宝兰（1966— ），女，原名孙文，河南新县人，现居深圳。现任丝绸之路国际诗人联合会秘书长、世界华人文化研究会荣誉主席，《特区文学》副总编。

水乡女人

经过早晨
阳光不请自来
昨夜的雨还趴在玻璃上
我惊异于一夜的雷
怎么突然换了一个笑脸
我不敢确定
今天是不是一个好日子
但我此刻必须起来
送娃上学
再去干下辈子也干不完的活
然后再想想晚餐的事

突然出现的光
不知是一种经历
还是另一种试探
我在想如果今夜来得迟一点
我和我的娃可以在天黑之前
——回家
我终于知道了娘的名字

我也是有妈妈的
虽然我不记得她的模样
别人的妈妈都有名字
丫头、小翠、秀兰、桂花……多好听啊
但是妈妈，我却不知道您的名字

我相信您也是有名字的
我在孙岗打听
我在河边村打听
我向远房亲戚打听
向一切认识和可能认识您的人打听您的名字
就像打听一个丢失的时代
妈妈呀，仿佛全世界的人都不知道您的名字
一个不知来处的孩子
一个形单影只的女人
就这样过了几十年

今天，终于从归来的乡亲处知道了您
我捧着您轻轻的名字
我捧着您沉重的名字
我捧着您纸一样薄薄的一生
妈妈，我捧着您——
严少清

妈妈少清

多想穿越到您那个年代
在村头的小路等您，牵上您的手
做个小伙伴，一起放牛
说些悄悄话，抚慰您幼年失去父亲的孤单

多想早日长大成人
和您一起下地干活
洗衣做饭，说些家长里短
您生病时端水拿药
陪伴床前，抚平您的伤痛

多想看您白发苍苍，老了的样子
傻傻地等，痴痴地笑
脾气有些大，心眼有点小

对子孙呼来唤去的
趁机给您一个任性的拥抱

多想您不曾叹息——
我走没什么，可怜了我的娃
过早失去依靠

多想在记忆里相识
多想在人世间重逢
多想穿越时空去爱您，妈妈

（以上两首选自《诗刊》2019年9月·上半月刊）

何霖1首

何霖（1966—　），布依族，番禺人，现系广州市南沙区东涌镇文体中心主任。广州市南沙区作家协会主席，广东散文诗学会副会长。

你是大湾区的一株木棉

穿过大湾区血脉纵横的心脏
随着灵新大道的吊臂机律动起来
从火红的花朵中间热烈地望去
整片天空如木棉让我的心无边无际

你最初来自浪涛拍岸、泥沙淤积
然后是一公里又一公里的抛石围堤
许多日子波光潋滟，阳春三月
翩翩从水的幕后走出卓然风姿

水稻、甘蔗、香蕉、木瓜、荔枝……
这些珠江水滋润过最平凡的景色

它们在蓝天白云之下展现呼吸
以深挚的歌声，一如既往地袒露热情

珠江街，你是大湾区的一株木棉
一枝一叶总要倾注千钧之力
在河之洲，你屹立于明珠湾的肩上
数百年来，度尽劫波也不追问源头
光阴荏苒，我们寻找天空垂下的眉睫
自贸区里，高楼大厦不再是瑰丽的梦境

（选自诗集《情满珠江》，团结出版社2018年版）

黄钺1首

黄钺（1966—　　），原名李金水，广东吴川人。

杂花生树

荔枝
龙眼
芒果
杨桃
一不小心
它们就用花朵，把半面山坡
点燃

一阵阵春风从山那边赶来救火
却全被迷醉
只能眼睁睁看着
它们招蜂引蝶
它们彻夜狂欢

左边是鸡舍，鸡叫阵阵
右边是鱼塘，鱼跃浅底
屋边的两棵菠萝树
肚子，也越来越大

一切都好像乱了套
一切都好像离了谱
从花朵深处转出一个人来
却满心欢喜
他就是果园的园长
鸡舍的主任，鱼塘的书记
我一直在乡下务农的姐夫

（选自《作品》2014年6月号）

汪治华 1首

汪治华（1966—　），安徽望江人，现居广州。

站在稻茬上

从乡村出来后，一只脚踏进城市
另一只脚，还在乡村
过年了，我把双脚收拢到
一簇稻茬上。稻谷从小
就被灌满了农药，农人们将药当饭
城里那些整月山珍海味，很少吃饭的
饭只是当作药，来医治身体的三高
过早辍学的后生，被贱卖进城
城里有着千百种规则，检测着打工者的
农药含量。野花已经身价百倍了
廉价的农村，让城市生了病

受治疗的却是城市
嫌一生的农药不够吃，那个农妇
喝下了整瓶农药
西部田野放满了麻将桌
村庄像几张，难和的麻将牌
道路通不过人心之处，患上了泥泞病
过年了，红红的鞭炮屑，如玫瑰花瓣，铺满路面
最远的故乡路，就在这最短的几公里
成千上万打工者
在可以种植水稻的泥路上回来
谁还记得自己，曾经是稻谷

2007年3月11日
（选自诗集《大海的声音》，太白文艺出版社2010年版）

徐道勇 1首

徐道勇（1966—　　），湖北蕲春人，东莞市作家协会理事。

拥有稻田
——写给天下所有的农民母亲

拥有稻田
就拥有儿女
传宗接代的丰收
赏心悦目地遗传与流行
这就是你我的母亲
站在田边指挥庄稼
一招一式
是一阕《木兰辞》

披星戴月
是为了增加五谷的分量
日出日落
是为了改进庄稼的成色

驱赶薯豆谷麦
心甘情愿地步入粮仓
而身后
散兵游勇的儿女
虔诚的拾穗者呵
把母亲辉煌的背影
刻进心里

这时候，母亲
您可千万别回头
两种果实的包围
是多么的灿烂
就让心中的那份崇高
感动田野
也感动你自己吧——我的母亲

（选自《广东省作家协会五十年文选·诗歌卷》，花城出版社2003年版）

魏家坚 1首

魏家坚（1966—　），广东始兴人。曾供职于《时代风采报》与《师道》，现任《广东教育》编辑部主任。

留　影

一

祖祖辈辈缝缝补补的日子

如小巷串起的天空
青的白的东一块西一块
酒旗饭馆懒得瞌睡香气都凉了
呼噜一去便错过了半世姻缘
你还操起杨白劳的小调
慢慢地走呵慢慢地哼

老姑娘浆洗的岁月
只能葱绿你一园菜地
可古井边那棵老榕
荫佑了几代满足的哨声
还只能将那几茬童谣
又传给儿孙

二

积聚的渴望太多太多了
便不时探头探脑地走向镇头
看看那些晾干的期待，和
一篓篓的希望
拉出大山没有

忽一日
你从辘轳里
摇起一斗湿漉漉的星星
小巷便忍不住坦开了真诚
敞开胸襟
让海风涨满狭窄的小巷

三

小山镇沉寂了
小山镇沸腾了
小山镇不是长在海边
不属于海
就没有海的湛蓝吗？

（选自诗集《梦是唯一的行李》，岭南美术出版社1995年版）

李福坚 1首

李福坚（1966—　），广东连山人，壮族，现居连山。

稻香行

在秋天
到黑山欧家稻田去走走
给柔风的稻穗，挂一张
炫耀温柔的全域旅游名片

其实
你并不知道，不用沉淀
在月亮悬挂头顶时
我乘凉爽的风儿，跟着氧吧的空气
飞到稻田摇曳闲游

我已向你挥手致敬
把割不尽香气、缭绕的情思
与你交织一起

让我
一生一世去拥抱你
直至沉甸甸的稻香
呼吸着灵魂的微笑
就是
我向往的神圣殿堂

（选自诗文集《岭南绿洲》，四川民族出版社2020年版）

优伦 1首

优伦（1966—　），女，原名吴桂芬，满族，出生于黑龙江齐齐哈尔。清远诗社副社长。

乡村色调

舞动绿茵
充满追怀的色调
穿越源泉的步履
腾跃铿锵的音符
时光
数着距离的里程
生长的神话
占据大城
也把宫殿建在原野
芦笋的枝头挂满红果
根系冒出嫩绿的芽孢
把泥土
变成自己的心爱之物

（选自《神州乡土诗人》2021年第三期）

陈国胜 1首

陈国胜（1966—2023），广东翁源人，曾在韶关电视台从事记者、编辑，后调深圳。

水　乡

水乡是一个妖娆的名字

含在嘴里
跳在笔尖
都有一缕芬芳

只是
我没能在你肌肤胜雪的时候到来
这个游人踯躅的早晨
小舟行进在深长的水巷
沿着浑浑的浊水
我的目光伤痕累累

我听见一位中年居者的叹息
那是记忆中的一朵蔷薇
少年的赤足在清澈的水底
和月光亲嘴
在水和光摇曳的清波里
他分不清月光的嘴唇和鱼儿的嘴唇

30年后
鱼儿已经不再生长
他忧郁的眼神
在深长的回忆中遥望
他展示了一张照片
一群少女游戏水中
水乡的幸福让人落泪

苦难的水乡
我从千年的石街走到远远的湖心
水的云梦一滴一滴地变黑
在高耸的烟囱里
欲望
弯弯曲曲地延长

2010年9月6日

（选自诗集《天亮的时候》，广东旅游出版社2011年版）

邹天顺1首

邹天顺（1966—   ），湖南永州人，清远市清新区高中语文教研会会长。

老　牛

老牛之外，便是我
父亲的吆喝声从山下传来
我们四目相望
也只有这时我才能读懂老牛的目光

老牛老了
那双眼里写满了田地和大山
似乎这本历史杰作
早该出版

可父亲仍是一身春装加烟杆
满脑子是春耕季节变成秋天的希望
哗哗的流水声中
当然少不了老牛做伴

好几次了，老牛舔着我的手背说
你父亲啊，多了几分勤劳
却少了几分遐想

父亲啊——
老牛老了
儿子也长大了
我要装起一路遐想
走出大山

（选自诗集《中国袖珍诗精萃》，南洋出版社1993年版）

张德明 组诗

张德明（1967—　），湖北天门人，文学博士，博士后。岭南师范学院人文学院教授，南方诗歌研究中心主任。西南大学中国诗学研究中心客座研究员，全国中文核心期刊评审专家。

农事记

天明即起，农具备好
四月的晨风里已渗满布谷的催耕声
插禾，种瓜，修剪果枝
移栽的豆苗说着暖心的梦话

拱棚里的春潮正在漫涌
吸饮春光的植株，开足马力地疯长
田头劳作的身影，弓成水墨画里的小山
四月的乡原，正赶写细节生动的农事诗

谷雨辞

菜蔬思念土地，瓜果思念春雨
植物都有自己的成长密码
疫情侵扰，耕种的步子有些踉跄
但我们必须，赶在春尽前将希望播下

最美的事物，总在不经意中消散
季节深处，有人轻吟着惜春曲
倏忽间，暮晚的钟声敲响
无雨的谷雨，行人加快了赶路的脚步

乡村来信

似乎从不遵守文体的规范
话语里总是带着乡野气和瓜果味
述说的风格，保持一贯的平和与朴素
如院墙上随性攀缘的爬山虎

文字里不时窜出，暖心的问候
仿佛炊烟问候田地里的庄禾
老父老母关切的目光，在字缝中闪闪烁烁
就像繁星在村塘映出满眼的星辉

结尾总是千篇一律
"家里都好，你忙你的，不用担心"
每次读到这里，心头总有一阵雨
在不知不觉中簌簌飞落

（以上三首选自《诗刊》，2021年2月下半月）

王　婶

王婶的爱情奔波了200里
才栖落在清凉山上
王婶嫁到清凉山时
骑着一头毛驴，带着两皮箱旧书
和三包裹的针线活

那是1978年早春的事了
王婶高考落榜，心灰意冷
站在凝露的寒夜

听来自邻县的花鼓戏
听戏里的小生，怀着爱情的感伤
咿咿呀呀地哭唱
他们同病相怜
很快成了棒打不散的一对儿

那戏里的小生，正是我们清凉山
人称"第一嗓"的王叔
顺着他清亮的歌喉，王婶义无反顾
来到清凉山，做了清凉山
最远的新媳妇

戴着镶边眼镜的王婶
为清凉山诠释异乡的秀气、端庄和文雅
针线活是儿时习学的
灵巧的手艺
在鸳鸯、荷花、莲藕的彩绘里跳跃
小人儿书里的故事，在她口中婉转
流溢蜜汁样的情味
成为清凉山文化站的品牌节目

王婶嫁过来的第二年
清凉山终于有人中了"状元"
进入武汉大学读书
人们说，那是王婶带来的好墨气

（选自诗集《行云流水为哪般》，暨南大学出版社2015年版）

何超群2首

何超群（1967—　），湖南宁远人。任东莞市文艺批评家协会副主席，东莞市文化馆副馆长。

恩泽的命名：石脚坝

擦去这个词语笔画里的灰尘
无边的油菜花，就覆盖了
故乡的春天，那片天空
有了淡淡的云，有了远远的
雷声在大黄蜂的薄翅上
弹奏大地深处的心跳

弹奏百年不变的鸟啁与虫鸣
这个与水有关的名词，也与
古老的石头有关，它深入
粮食的内部，于是我的父老乡亲
在多么艰难的岁月，也能够
让成片的炊烟水旱无忧

洪水冲不垮的石脚坝，时间
抹不掉的石脚坝，在我的词典里
你的水清亮亮地流过三月的黄花
流过七月的稻田，然后转身
把我兄弟姐妹沾着泥巴的脚
布满灰尘的心，冲刷成风景

那些高过秋天的石头，那些
远过黑夜的渔火，总是在梦里
与我相遇，那些文字淤积的
残章断简里，你用温柔的水
和坚硬的石头教导我，我知道

石脚坝，即使我用土地的恩泽
和大山的嵯峨，也无法丈量你
无法丈量你，在我生命中的海拔

凝固的圣乐：石板头

这是一条陡峭的山路，石头
的梯子，让每一个从这里经过的人
学会谦卑，爬上石板头
就站在了湾子何家的肩膀
那些起伏的瓦片，路上来回
奔跑的猪狗，以及平整的田畴
河流，一转身就变成了风景

这条路通向山上无数的菜地
也通向山上无数的坟墓，生和死
在这里分野，人境和仙境在这里重叠
每一阵风从这里吹过，树叶背后
坟墓的气息，孤单而寂寞
只有牛群下山的吆喝声喊起来
回家的路才不至于那么漫长

石板头，是一个吉祥的名字
它毫不留情的陡峭里，藏着
无尽的祝福和玄机，没有
哪位父母的爱如此公平，没有
哪一部人生的书卷如此深刻
石板头，让我不谙文字的乡亲
在这里读到了生命中最初的真理

如今站在远方的星空下
眺望家乡的石板头，如同眺望
一段崎岖的生命，是谁

在我村庄的背后设计了这个难题
是谁，用坚固的语言砌成跋涉
在这条路上练习过攀爬的游子
以后走在怎样坎坷的岁月里
都对自己的脚力，充满信心

（以上两首选自诗集《风中的城市》，大众文艺出版社2006年版）

黄志超1首

　　黄志超（1967—　　），连州市人，连州市政协委员，连州市民间文艺家协会副主席。

回望豆地村

新楼林立的村子
路灯栉比，巷道洁净
大山，记录了村民的勤劳
绿水，赋予了村民的灵魂

山湖相依，松涛阵阵
波光潋滟，白鹭高飞
不是世外桃源
胜似蓬莱仙境

这里，复制了城里的设施
这里，衍生出城里的氛围
这里，盛开着新农村建设的花
这里，结满了新时代发展的果

（选自《南方日报·连州视窗》2016年4月3日）

大卫 1首

大卫（1968— ），本名魏峰，江苏睢宁人，曾任中国诗歌学会副秘书长，现为解放军艺术学院客座教授。

虎的祈祷

——写在清远虎尾村

在群山的课桌上
虎是一篇散文，虎尾①是其中
最适合朗诵的部分，以锣，以鼓，
以钯发音，在群山的蜿蜒中
我看见了天空俯下了身子

整个村子是安详的
鸡在空地上走来走去
不知名的花
沿着院墙开
又沿着院墙垂下来
溪水给野花补课
雪在远方教育孩子
山水祈祷完毕
把自己分成两部分
一部分流出村外
一部分捧给牛的嘴唇
虎跑起来的时候
不给任何一条路留面子
整个村子是完整的
锅里有米，缸里有粮
白云落在山坡上……
就连炊烟也消失在它
喜欢的地方

注：①虎尾，即清远清新区虎尾村。

（选自《著名诗人写清远》，四川民族出版社2018年版）

345

浪子2首

浪子（1968—　　），原名吴明良，生于广东化州市。现居广州。

经　历

是如此久远　一生中的散步
从沉睡的岁月开始　那笨拙的姿势
在后来的追逐里被重复了无数次
到处拥挤不堪　你经过的地方

空无一人　村前的河　小镇的街道　深圳
星罗棋布的工厂和摩天大楼　广州欲说还休的
人情记事簿……人们茫无所视　像幽灵
来来去去你终于接受内心的警告

在人世的深处　在乡村
失去名字的地方　你独自醒来
写下炊烟　水牛　大碌竹和牧鹅少年
眺望的距离与空想　纵情挥霍
过去和正在过去的美好　卑微的事物
自以为是的卑微　被隐藏的劳动真相
日渐显露　一生中的散步
从此辽阔　随你无边地流浪

还　乡

有一条路快要走到尽头
天明前　我要梦见树枝和雪
像接过父亲手中的锄头

在路上在夜深处
和所有披星戴月的旅人一样
我从远方来　还将奔向远方

有一条路走不到尽头
我走在还乡的路上
像父亲梦中丢失的锄头

（以上两首选自诗集《途中的根》，海风出版社2002年版）

李见心 1首

李见心（1968—　），女，辽宁抚顺人，锦州市作家协会副主席。

茶联村①诵诗

你听到了吗？
一首从大山走出的诗又回到了大山
山岚与山岚在互相传诵
所有的树都笑开了花

住在高处的民族
敲日月的鼓为舞
畅饮天籁的光线为食
竹节做的酒杯里盛满了星辰大海

你把群峰穿在身上
就有了群峰之心
你把鸟鸣像项链一样挂在胸前
就成了环佩叮当的新娘

今天是个好日子
诗歌节遇上了盘王节
如一首诗找到了前世
那词语嫁接的彩虹比长桌宴还长
牵引蝴蝶从梦里往梦外跳伞
沿着十八坡飞到了十八水
那里的桃花爆破惊鸿
在一朵云下离开了家

注：①茶联村：广东连山的一个瑶族村。

（选自《飞霞》杂志2021年第1期）

王晓波2首

王晓波（1968—　），广东廉江人，现系中山市诗歌学会主席、中山市文联主席团成员、《香山诗刊》主编。

崖口村①

风中的稻香掺杂着淡淡咸淡水味道
临海一垄垄金黄稻田在快速后退
眺望汽车前方的海天
一望无际的红树林，向前延伸
在崖口，闲谈伶仃洋的往昔与今朝
一群群白鹭鸟展翅
在我们的右侧上空盘旋
温顺有礼地哼唱着
听不懂，也分不清楚
欢快的鸟语曲调，或许是
它们在争鸣着什么
感染此间，每一份空气

每一份空间，都不是往昔的伶仃
海平面上，连绵柔和的海风
浩荡的流云，瞬间不断幻变
人与海天和世间万物
那么的辽阔和宁静

注：①中山市崖口村南邻珠海市，东临伶仃洋，隔海相望是深圳、香港，这里背山面海，土地肥沃，气候温和，年降雨量有2000~3000毫米，能耕能种能养，是得天独厚的鱼米之乡。2020年11月，崖口村被授予第六届全国文明村镇称号。

（选自《南方日报》2021年8月29日"海风"副刊）

库充村

春天很蓝，你我并肩走在
中山或者叫香山的古旧村落

这个世界好得很，春花正烂漫每个街角
高低宽窄不一的碉楼，见证着
比香山县建县870年尚早的库充村

今天能同途，相遇古村落的大街窄巷
是某种缘分，我们越走越近

春风中的你，填满我的缥缈人生
我们在这个版图上刻字留痕

一个个爱情故事，在春风十里
牵手飞扬，我们谈谈未来和理想

历史久远，沧海一声笑
古老的库充村，对于你我
是一次刻骨铭心的对白

（选自《南方日报》，2022年5月26日《海风》副刊）

林汉筠 2首

林汉筠（1968—　　），湖南邵阳人，现系东莞市作家协会副主席。

扶溪，一个温暖的词语

东经113° 50′ 53″
北纬25° 13′ 17″
地理长成了翅膀
神话在枝头栖息

双水互映，挂出扶溪的肚脐
缓急便载入乡村的俗语
入云的香樟，与星辰攀结亲戚
水与水相织，交给白塔
阻挡过洪水扫荡，抵挡过箭矢狂飙
古塔，嵌过千年的"文光辉映"
站成"立"的姿态。于是
竹排，用竞渡的方式行下注目礼

那群穿短裤的孩子，一个击水
被鸟鸣剪影
阳光从村落打来
唐朝的雨露，摆上了三炷清香
尚忠门、藏用堂、缵诒堂、光裕堂
用"龙虎照壁"囊括成村落的史志
月色古典，环水古典
灰墙古典
是不是我们的脚步也应该古典
剥去铅华，在古典的街道上立定
行走　穿过石头拱起"古夏"
回望、咀嚼八百年西平郡王的诗句

走进扶溪，我收罗了很多比拟与修辞
对蛇离的瀑布、围屋、梯田与炮楼
比如蛙鼓、虫吟、鸟唱
比如火狮威猛的表白
"禾斋"与"闹春牛"
用超越时空的双手问好
比如砂糖橘，在朝露里写就的千古绝句
比如香及万里的板鸭
他们都被悠远的八音吹起所有的平仄

……
今夜，扶溪的温暖
除了山川，还有我的兄弟

鹿　溪

这是一个初冬
流水与阳光耳语
问远道而来的车尘
我如懵懂少年，傻傻地笑笑
算是作了回答

白云，钻进车头
与鹿溪牵手
高傲地掠过山绕叠嶂

吊脚楼，挂在林海之中
火塘，头戴花帕的阿波
看着我的衣着，也是笑笑
拿出花椒，加上茶叶，配上生姜
用缕缕青香告诉
这方水土

白鹭起飞。鱼跃水欢。山鹰清鸣

水鸭，不甘落伍，在湖里打起旋律
山歌从红豆彬林里走出
那片失落的叶子
问我，哪儿叫着人间

（以上两首选自《韶关日报》2023年1月15日》

江冠宇1首

江冠宇（1968—　　），生于陕西宝鸡。深圳市作家协会理事。

蹲在田垄上

空旷的麦地
空旷的寂静
空旷的阳光
空旷的天空和高原
默默地浸润在时间里
洞悉着历史的变迁与沧桑
一个人呆坐在田埂上
一股风刮着树叶在路上奔跑
两三只麻雀躲在草垛里密谈
几朵云絮在对面高原上爬坡
所有的灵性都归属于这个时辰
所有的一切都凝固在午后的期待
想象着和心爱的人依偎着发呆
就这样安安静静一直慢慢老去
不需要粮食，不需要水分和阳光
一个人呆坐着在硬冷的田埂上
好像被风吹散了自己的肉体
好像渐渐消失在地平线

（选自诗集《面朝大海》，海天出版社2012年版）

罗德远 组诗

罗德远（1968— ），四川人，现居广州，系广州市增城区作家协会副主席。

乡　音

清脆芦笛声里　我又聆听到
土里土气但充满灵性的呼吸
早熟的深秋　曾经一鞭一鞭抽痛
我青春年少的脊梁
坐在倒伏的稻谷边
看飒飒秋风　被镰刀照亮
唱出心中那曲清香的山地民歌
我惊喜于自己音域的宽广

而我无法忘却　这个声音来自
流动母亲河的支流
荞麦　依然是我的妹子
桉树仍然是我的兄长
因此我长在辣椒树上的口音
一不小心就会喊出来

此刻如果有你暖暖的回应
我会折一枝八月的桂枝
为你的清廉与质朴洗尘

乡　情

当稻谷的金黄铺满心间
当玉米胡须停泊你肩头
田埂上谁又携着

那朵连根带土的栀子花
远走天涯？

乡土就这样先塑了心
再塑根　这些泥土味的植物
于游子的心底悠悠茁壮
是一株最富诗意的秋菊
是一盏暖人心扉的灯笼
是一泓山涧奔涌的溪水

草帽、棒槌、皂角和蒲公英
这些乡土的风景
曾经喂大你少年的心事
三月的柳笛　四月的竹马
还有五月的艾蒿倒挂门上
构成乡土的细节和家的外延

城市的天宇下蝴蝶已远
所幸你血管与乡土一脉相延
故土难离已离只记得
父亲的那颗福痣
未曾兑现它的诺言
黄铜的顶针儿　还戴在母亲的手指
你因此攥紧那粒泥土的种子
掌心里显示出它的重量
心底里一次次抽穗扬花

（以上两首选自《岁月》杂志2022年11期）

写写乡村的牛皮菜

拓宽的乡村公路　恰好容下我怀乡
的情愫与感慨　两旁葳蕤的

铁线草、丝麻草却纠缠不清　这些让我
童年一次次趔趄又站起的小伙伴
唤醒我与牛皮菜的　相爱相亲

循着黄狗的吠叫　我在夜晚的村口
找到我的小名　试着用清澈的井水
洗涤蒙尘的双眸　看到自己
多年前的模样
那些摩肩接踵　碧绿汪汪的牛皮菜
真的是我的好兄弟　这些年来
我们从未失联　互相牵挂
灵魂深处　存有离别时淡淡的
碱味与清香

牛皮菜　又名厚皮菜、厚合菜……
一丁点土壤就疯长　抗拒化肥的现代
为了牛皮菜兄弟　放学的小小少年
一泡尿一泡屎　从学校忍了三里山路
作为回报　牛皮菜解救了那些年
乡村被糠菜粑粑堵住的
喉咙口　却仍让多年后的我
心急火燎而耿耿于怀

爱怨交集的牛皮菜
心动情悦的牛皮菜
多像我厚口皮的句子不善修饰
沾满乡土的泥粪
却一心想挤占都市的版面
而我　接受过牛皮菜的滋养
面对乡村　从来不敢　牛皮烘烘

（选自《荔都》2022年12月）

355

徐润1首

徐润（1968—　），生于湖北，现任清远日报社理论部副主任。

重新经历这种乡村生活

我重新经历这种乡村生活
那里生长着兰草、香椿和五谷
那里埋葬着我亲爱的老祖母
以及我只长到三岁的唯一的妹妹
那里空气新鲜、阳光灿烂、远离尘嚣
公鸡在篱笆上打鸣，青蛙坐在荷叶上
太阳是顶玫瑰色的草帽
清晨戴在东山头上，黄昏戴在西山头上
狗尾草就生长在我锄头边
它跟我在童年时看它一样，朴素温驯
我的脸变黑，手变粗
我每天练习沉默，看牛刍食
呆呆地望燕子在梁上筑巢
看一队猪崽奔跑在母亲身后
还看弟弟在院子里种一排鸡冠花
我开始学会不习惯雨伞和袜子
在田边，我咬出腥白的麦浆
学会估计麦子的收成
在邻居家的石凳上我又见到了她
她依然两面桃红，胸脯丰满
像一株成熟的高粱，把头埋得很紧
孩子躺在她怀里，睡得很熟
我看见她嘴唇痉挛，睫毛抖动
有晶莹的东西滚落在孩子背上
我想起了很久以前我们管叫它的名字
是星星

（选自诗集《梦是唯一的行李》，岭南美术出版社1995年版）

冯桢炯 1首

冯桢炯（1968—　　），广东江门人。现任《中外诗人》杂志主编。

霄南①鲜卑古村落

一

北方粗犷豪放的猎人
没有栖居的地方
伴着孤独悲伤
贫穷疾苦
不断流浪
只有远方才是故乡

二

一颗善良心
无论在哪里
哪里都能安放
心灵就是巧手
隐居南方温柔水乡
写下爱情、亲情和友情

三

游猎于呼伦贝尔大草原的鲜卑人
策马扬鞭下到江南水乡
繁衍生息，脉脉相承
远离家乡的人
心到哪里
哪里就是故乡
若心无栖息之地
哪里都是他乡

注：①霄南：霄南村，位于广东省鹤山市龙口镇东部，霄南村源

姓是古时候鲜卑族后裔，起源于大兴安岭雪原林海，经内蒙古呼伦贝尔大草原，到达青海西宁一带，然后在洛阳居住，经历了北魏、北周、隋、唐、五代十国、宋等朝代，于南宋期间与中原其他移民一起南迁，在南雄珠玑巷作短暂停留后继续南下，最后定居于鹤山龙口镇霄乡（后来霄乡与南安两村合并为霄南村）。

（选自《2017—2020年合卷中国地学诗歌双年选》，中国大地出版社2021年版）

邓醒群1首

邓醒群（1968—　　），广东紫金人，现居河源市。

走过村庄

春风从远方吹来。阳光收起最后一束光
原来，来时路已经不是归时途

村庄，暮色
田园的秧苗正在成长

蛙声一片，往事如歌
烟窗飘不出百年前的炊烟

小河里的水沿着弯弯的河道
向远方流去

自由自在地
经年不息地滋润着万物

老牛喘着气，走过石街
嗒嗒的蹄声，它想用这样的方式唤醒

沉睡着的祖先灵魂。轮回的尘世在不经意间
否定，肯定，去伪，存真

针针见血，隐藏的光泽
能见度，不在于表面，而这个村庄

我见到夜幕下的瓦面
有着厚重的光影

繁星照耀
一片宁静

（选自《神州乡土诗人》，2021年第1期）

杨青云2首

杨青云（1968—   ），河南邓州人。曾在珠三角地区打工多年。

乡　愁

进入霜降时　一片秋阳
落在上角青龙西路十号的窗子上
将秋天鼓满的乡愁羞涩地
从沉甸甸的收获中沾满漂泊的辛酸
横七竖八的农作物总是与父亲一脉相承
在秋日的阳光里　弯成一把镰刀的父亲
和墙上挂着的镰刀　不再闪闪发光
这把父亲曾用的镰刀在我的小屋里
已干瘪成一具僵尸　还挂在
记忆的源头　没有果实

没有移植的乡愁

它坐在我丢失的梦中已锈迹斑斑

越来越瘦小的庄稼因我的离别

在整个秋天的季节　都黄着

一副面孔　我用一种力量

在太阳落山时　把故乡的影子拉长

天　就这样黑下来了

我走在冷冷的夜风中取下那把生锈的镰刀

与它一起回忆父亲身后的那片庄稼

何时才能进入我的梦乡

乡路带着回家

一场感冒和我笔下的诗歌相遇

并非一次偶然的巧合

更多的时候感冒的感觉是什么味道

这不能随意推测　不能随意推测的

是一颗纯静的相思　拉动我心头一根

脆弱的神经　在厚重的夜晚不停地咳嗽

不停地想念父母双亲

使积淀多年的打工沧桑

为我的乡愁锻造金黄而饱满的文字

每当听到"常回家看看"

我的眼睛总是一次次湿润

我的家在一个叫邓州的湍河岸边

不知母亲和杨森是否睡下

连同睡去的还有山风沉重的呼吸

和母亲那个断了齿的老木梳

在我的记忆里有一种温柔似旧的感觉

比感冒还要让我温柔无比

因为每次感冒都能得到爱妻

一碗热腾腾的葱花鸡蛋面

只有吃这样的家乡饭

才能吃饱　才又想起乡村

在漂泊的风雨里

我该用怎样的激情写下你——邓州

刚见满月的雨水淋湿的乡愁

把夜空中找不到方向的星星

让乡路带着回家

在思乡的原始森林里

蹚过乡愁泛滥的滩涂

试着把乡愁与我的诗平行着生长

（以上两首选自《莽原》杂志2004年第5期）

庞小红 2首

庞小红（1968—　），女，广东湛江人，现居韶关市。

灵潭村的秋天

大片白色小雏菊盛开在田野和小河边

紫色喇叭花随处可见，朴素而内敛

和正在割禾、打谷的大婶有着一样的脸

金黄色，紫黑色的稻谷被排列组合

泾渭分明

仿佛大棋盘上不同颜色的棋子

晒谷场上啄食的鸡

和在田野上啄食的鸡

有着一样的命运

打谷机旁，皮肤黝黑的大姐用浓重的湛江口音和我聊天

她是南雄本地人，长期在湛江打工
只在农忙时候回到家乡，和土地待在一起

给她拍照时，她身后小河里看不到根的浮萍
在秋风中
被吹到远方

（选自《诗选刊》2021年3月号）

曹角湾的秋天

刚进村口，遇见的大多是老人
他们就像这个季节的黄豆、花生、玉米
随意散落在田野、路旁

村口旁的小池塘里
荷叶正在慢慢枯萎
留下好看的阴影
200亩蟹黄菊在地里盛开
这大地上真实的虚幻

路上推着平板车归家的大叔
挑着花生从我身边走过的大爷
在晒谷场上收稻谷的老年夫妻
这些秋天的果实
落满盛大的人间

（选自《流梅溪》2022年第3期）

蒋馨舜 2首

蒋馨舜（1968—　），湖南衡阳人，曾任清远市作家协会、评协、影协副主席，现任清远市纪委。

南岗古寨

石桥、石道、石棺墓
在聚族而居的瑶寨里
酣睡千年
寨门、寨墙、青砖、青瓦
在坚不可摧的遒劲里
沧桑千年
牛角、铜锣、长鼓舞
在传统与现代界面
喧嚣千年
南岗古寨
"中国瑶族第一寨"
沐浴明月清风
在且歌且行的历史里
续写原生态的质朴与热情

（选自诗集《清远蓝》，广东人民出版社2015年版）

三排古寨

万山朝王
万峰竞秀
三排古寨
在万绿丛中风情万种
凌空的吊脚楼

密如蛛网的竹排水管

古色古香的榨油厂、酿酒坊

温情的风与温润的雨

流进饥渴的眸子

流进休眠的味蕾

瑶家的豆腐、熏肉、米酒、竹筒饭

一如古寨排楼

在垂涎的清香中

次第鲜活

（选自《清远历代乡土诗选》，宁夏人民出版社2016年版）

汤惠群2首

汤惠群（1968—　），女，出生于清远，清远市作家协会副主席。

渐行渐远疍家人

绕三圈

又绕三圈

小小竹箭拖着长长银线

在长满厚茧的双手

上下翻飞

浪花一样的渔网

浪花一样铺排，伸展

逆着风来的方向

银白的丝线，一茬茬

一茬茬，飞落发梢

水里出生

水里觅食
一个疍船承载一整个家
老死了，回归水里
白云一样的渔歌
水纹一样，渐次渐淡

无地无房
上岸打死命不偿
有女莫嫁曲蹄郎——
疍家人对身份的缄默
藏着曲蹄人的暗伤

如今，如鲫的疍船
连同秦汉时光
逐段逐段地
如梦一般，散失

回不去的村庄

没有，并没有整齐的古巷
锅耳飞檐也零零碎碎
那些长在瓦瓴的衰草
在风中瑟瑟发抖
环村小溪时断时续
浑浊黄汤供养不了青青芳草
以及欢蹦乱跳的鱼儿虾儿
强硬挤进村里的簇新小楼房
睨着眼睛蔑视低矮的破砖房
偶尔跌落泥房天井的杂种树木
在风里雨里簌簌生长
陷在泥泞的粗麻石
浑然不觉自己的身心早已冰凉
倚着青砖拍照的人比青砖还多

有人激动尖叫，有人故作优雅微笑

有人惊诧稀疏的菜花

却看不见风中疯跑的顽童

以及摇摇欲坠的耄耋之人

瑟缩祠堂的几件文物让人啧啧称赞

双手粗糙的村长目光灼灼

滞笨的双脚却不知道挪往哪一个方向

插在高处的那支猩红旗帜

在飒飒的西风中转又转

没有满地的菜花

没有满眼的村民

没有满耳的欢笑

徘徊在这似是而非的村庄里

我的眼睛突然被一阵风沙吹得生疼

（以上两首选自《南方日报》2016年7月28日）

虞永新1首

虞永新（1968—   ），女，广东连山人，现居韶关。

枇杷熟了

农家的围篱

圈住了一季的春色

将五月的枝头压得低低

低得让顽童轻易就把

一个个笑魇挂上

还顺带让牵着他们的手

开始一场任务的写作

五月的雨
穿过春天与夏天的胸膛
大大咧咧拍打冬眠的爱情
从眼睛飞出的邀请
肆意地在篱墙的里里外外
鼓噪着诗人的才情
那三两声顽童的追逐声
透过捧着果实的手缝
跌落在未央的雨季里

（选自诗集《盛开的夜》，广东旅游出版社2014年版）

世宾 组诗

世宾（1969—　　），原名林世斌，生于广东潮州。曾任职于《作品》杂志社，现系广东省作家协会创作研究部副主任、广东省作家协会诗歌创作委员会副主任。

村　庄

是它看见了万物在征战
是它看见了荣光的残骸和遗留的废墟
只有它是静止的，没有什么能动摇
枯草就要淹没满坡的石径
它在寂静，在风中耸立
天又要黑下来，过去和未来
在快速消逝，又仿佛全在这里停驻

（选自《出生地——广东本土青年诗选》，花城出版社2006年版）

童年的柑橘园

柑橘园，在童年的乡间
在大埕到浮洋的公路两旁
微风吹送蜜蜂的嗡嗡柑橘花的香
没有人看见一个少年和他的心情
他的自行车有点破，但不妨碍
它在崎岖的路上跑
那骑单车少年的喘息、汗珠
在黄昏的霞光中……

少年的身影在摇晃
他像在赶往一个地方
流水潺潺，好像还有很远的路
他快速地踏着自行车
他快速地踏着自行车
乡间的柑橘园，风吹送着花香

乡村早晨

拨开薄雾的衣衫就看见：田野
小溪和村旁的几棵金凤树
炊烟在黝黑的屋顶谱写乐曲
清水中的鹅群伸长着脖子
把它们的粗嗓子传到农妇耳中
她正在灶前揉着熏红的眼

我的乡村生活

以浑身泥土的气味为荣
纵使现在也不能改变
最初的身份；我卖过番薯
教过书，在乡村一所小学

我的房子在村子的尽头
那些早起的人们
那是我的亲戚，他们在山坡上
奔跑的黝黑的儿子，是我的兄弟
他们有过的满足和厌倦
都被我经历，我深知其味

我和他们都幸福过
可能只有几天，甚至还不够完整
但已经够了。我们的女人
那些有着丰满身材的少女
与我们的耐心一道，正日渐长大

现在我写下的诗歌
怎么看都比他们地里的庄稼
稍逊一筹；我走过的路
可能略显曲折，在他们眼里
却是多此一举

（以上三首选自诗集《大海的沉默》，人民日报出版社2004年版）

鲁克2首

鲁克（1969—　　），本名鲁文咏，祖籍山东临沂，生于江苏东海。现为中国战略与管理研究会深港分会文化艺术中心研究员。

稻谷深沉

稻谷深沉，像一个个人，举着头颅——

昨夜，大地又下沉了三米，你感觉到了吗？
秋风是从地缝里钻上来的
秋风扶着稻谷，丈量，成熟的尺寸
秋风抚摸着稻谷的头，秋风嘴角上翘，仿佛
很满意的样子

请不要在稻谷面前谈收割
一如不要在狗面前杀狗，牛面前杀牛
稻谷如果有膝盖，它们也会跪下来
你看一片稻谷，仿佛一群待杀的狗，在秋风里
瑟瑟发抖，发出
呜呜的声音：露水是它们的眼泪
秋天从稻田里走过，你感没感觉到
有一群手，绝望地
拽你的衣襟？

我们都是稻谷——你看广场上
一穗又一穗稻谷
一群又一群稻谷走来走去——举着各自的命
和面孔

母亲的打谷场

它不够大，勉强够一头毛驴和一只碌碡

转过圈来。阳光铺在地上，有些晃眼
那些麦子就要从大田里，向这里集结

一年里，只用那么次把两次
但母亲的打谷场始终平得出奇。母亲总是
把细小的石子拣出来，扔到场外——

站在打谷场上，我感到了时间的空旷
仰起头看看天，还没转圈我就晕了
其实此生我还不如一头驴子，或一只碌碡
能够以母亲为圆心，那么忠诚地围着故土转

当我退到场边，仿佛一个局外人，仿佛一粒石子儿
被母亲拣起并扔出来。面对打谷场，我无辜而又羞愧
离打谷场越来越远，离母亲越来越远，我始终没能成为
她收获的一部分

（以上两首选自诗集《稻谷深沉》，化学工业出版社1997年版）

吴菡2首

吴菡（1969—　），女，原名吴小英。广东茂名人。现任《茂名日报》总编助理、副刊中心主任，茂名市作家协会副主席。

红麦穗

——给我的太阳

我深知，无论如何
我也不可能站在你的目光里
感受你贵族般蔚蓝的爱

我不是富贵的牡丹
不是温馨浪漫的紫罗兰

也没有痴情贯注的茑萝
装饰我简朴的家园。
我从阡陌里来
带着原野最初的情怀
就叫我红麦穗
我会告诉你那条月亮河的故事
但不能说出我的孤独和渴望
我常常在你视线触不到的
角落深处将你挽留
哪怕，只是你一次不经意的瞥视
都让我感到一种奢侈。

愿意把手伸给我吗？我的太阳
我会在你幽暗的思维缝隙里
一点点地靠近你
给你野地一般的坚韧和刚强
让你忧郁的灵魂
在红云绿草间感染春天的颜色
你有力的手臂将会再一次谱写
一首生的恋歌

当红色的麦穗
在你的照耀下成长如树时
我的太阳——
谁也无法更改
我遥遥向你的那份依恋……

（选自《羊城晚报》1993年1月8日）

乡　愁

不是秋月
不是春水

不是那一首诗中的邮票

它是树枝上永远的花朵
在季节之外灿烂
在风尘之中傲放
在流浪的生命之源纤尘不染

它是栖在花朵上的风声雨声
总溅起归期末有期的点点温馨

它是远方
几羽要飘未飘的叶子
暖暖地
覆盖我双鬓的微雪

（选自《诗林》2004年第2期）

李之平2首

李之平（1969—　　），女，生于山西，新疆长大，现居广东肇庆。

夜行伊犁村镇

此刻夜色
无人的村镇马路
夕阳仿佛还挂在天边

傍晚安静的果子
慢下来的吊车
静候夕阳经过的
白杨，大葱，鸡群

葫芦，南瓜，倭瓜

世界在它的秩序中
井然安顿。它们不被说教
自然懂得盛衰有时，生灭有道

我们都经过的生活
赤子之心唯有面对故土和童年
才能找到他们珍贵的面目

（选自《雨花》2022年第3期）

深秋挽歌

秋天深了，黑鸟疯狂聚集院落
树上的叶子一圈圈由绿变黄
白蜡树成为最亮的风景
明黄的色泽引诱世人向上看

顺目光铺排而来的
是蔚蓝的九月天空
云彩随处溜达。极目向天
该相信人生总有归途

回到地面，鸡鸭们总在低头
它们从不看天，唯一的动作
是觅食，觅食
刚翻过的土豆地，它们跟黑鸟
争抢土地里的美食

豆角蔓还趴在枝干上，已经枯黄
黄瓜蔓也一样，几天后降温到零下
辣子、西红柿、茄子都得拾掇了

我去年在伊犁滞留四月
这些农活我都干过
今年只为照顾病重母亲，捎带做点
我为弯腰低头感到愉悦

向上的空静之美与
向下的充实安心
牛羊和鸡鸭们体会不到
短暂的空闲，我只喜欢盯着院子
或目光所及的山川、树木、云朵、晚霞

（选自《诗歌月刊》2023年第3期）

三色堇 组诗

三色堇，本名郑萍，女，出生于20世纪60年代，山东人，现居深圳。

在双井村触摸历史

春天的风吹着取井水的人
风吹暖的修水
吹过双井村青竹的枝头
在断墙与回廊间
在落日的余晖里
在宋朝与今朝间不断地游走

踏入"进士第一村"
我依然能看到屋檐上抖落的诗句
依然能感受到来自宋朝的吟诵声
向我的嘴唇涌来

今日，村头飘落的不仅仅是茶香

还有黄庭坚的诗香与墨香
在高峰书院，我不忍去触摸
历史的记忆和那些线装书籍
我怕惊动了时光的碎片
惊动了黄老先生泼洒的墨毫
只能用目光轻触他旧日的素袍

我已挥霍不动那厚重的尘埃
我来此朝圣之时已是中年！

（选自诗集《岭南诗歌年选》，先驱出版社2020年版）

扎　西

世界的正午成为我不可逃避的追忆
摩梭小院的青竹像是傍晚的雪在寂静中抒情
风，从田野上吹过
扎西将黝黑的肌肤放在一片斜坡上
放在他用坏的时光里直到山中的夜色越来越沉
他们总是同时拥抱着一个真理在灰尘和红尘之间
在高高的枯草与细碎的星辰之间
在摩梭人的旧史与执念、风骨与精神之间
这些远不及他马背上的身姿
他的墙上挂满了酒囊、马刀、蓑衣与好看的羽毛。
他喜欢野花开到极致，开到奢靡，尽管他有北方雄狮的气势

（选自《诗林》2017年3期）

吉祥村

水的污渍一样
追赶这衰老的下午
劣质的鸟叫得多么好听啊
风抽打着村口的秘密
你开始翻阅自己仿佛从来如此
你倒掉孤独的生活
村里的小狗听到你轻轻的叹息
我有些吃惊
每次路过太行山下的吉祥村
都会让我想起南方的雨水
想起那些清瘦的石头
它们把自己放得很低、很低
它们告诉我：就在秋天的掌上
鸟巢早已筑好

（选自《诗刊》2008年7月上半月刊）

陈马兴1首

陈马兴，广东雷州人。现任深圳市龙华区作家协会副主席。

回到迈特村我放缓了脚步

下午三点的太阳
把村庄晒出了陈年旧味
回到故乡，亲亲土地

和牛羊们走在不分道行走的小路
不会违章，不被追尾
大口大口地把滞留胸间的污浊呼出
胸里似有莲花绽放

农忙后的青壮年大多进城务工了
收割后的田野少了弯腰劳作的乡亲
只有几头老牛慢悠悠地啃着青草
几位老人围蹲在祠堂的墙根晒太阳
一群鸡鸭在附近来回，喋喋不休

放眼望去，柔和的光线下
错落在田地和海岸间的几片防风林
苍翠层叠，常常栖满了候鸟
虽说也有城镇在向村庄逼近
但此刻，我还是不由自主地
放慢了返城的脚步

（选自《诗探索·作品卷》2018年第1辑）

欧阳露组诗

欧阳露（1970—　），女，广东连县（今连州）人，曾任《作品》杂志社副社长，现任广东省作家协会《广东文坛》负责人。

童谣一　米

泥土收集所有的露珠
在内部碾碎
切割出无数碎钻
一颗一颗镶在稻穗上

成为粮食

童谣二　萝卜

大钉子、小钉子
红钉子、白钉子
钉子户奋力敲进地里
把地球固定在自己身上

童谣三　荷花

精致的小房子
一座一座
在水上竣工
蜜蜂抢先入住
在黄色灶台上
烹制花蜜

童谣四　蘑菇

下雨了
蘑菇打起一把伞
照顾一片小天地

（以上四首选自诗集《不是每个结果都曾经开花》，中国戏剧出版社2012
年版）

远人1首

远人（1970—　），湖南长沙人。现居深圳。任《当代中国生态文学读本》主编。

这里有些草垛

　　这里有些草垛
　　这里有一望无际的田野
　　这里有轮夕阳，在看不见的地方落下

　　我走进田野，感觉脚下的泥土特别柔软
　　一对夫妇在草垛旁割稻子
　　我走到他们身旁观看——他们右手的镰刀
　　伸到稻子底部，左手一连抓起几把
　　利索地一割，泥土里顿时
　　出现整齐和发亮的根茬
　　他们抱住割下的稻子
　　在空地上堆放
　　我不由惊异他们动作的熟练
　　惊异这成群的草垛慢慢增加
　　我第一次看见，一块地逐渐空出
　　我不知他们要割上多久
　　夕阳还没有完全沉落，他们的脸上
　　一半陷入黝黑，一半还是深黄

　　（选自《广西文学》2020年第4期）

蒋明组诗

蒋明（1970—　），四川省中江县人，现在广东打工。

乡下的稻

栖居乡村的兄弟，一辈子没能走出过
那一亩三分田
年轻时曾有过远游的念头
也只是从旧居搬进新居

敦实憨厚的兄弟，他们不懂得吟诗作赋
情到深处至多就是站在村头的洼地
迎风摇摆　洒满天飞絮
把夹杂汗味儿的香气浸濡乡村的梦境

这群生性质朴的兄弟，没进过一天学堂
却都明白谦逊的美德
腹中愈是饱满，头埋得愈低
他们总是鄙视那些轻浮子弟
把他们归为稗类让风吹水漂去

我的谨小慎微的乡村兄弟啊
一辈子脚踏实地，个个遵纪守法
在秋天被粗暴的镰刀撂倒
也列队整齐，从不逾越
即使不慎掉队，最终也要回到土地
无边的苦难碾碎了你们脆弱的身子骨
留下的也是一颗洁白的心

如果可以

如果可以，让我停止漂泊，回到乡下
同父亲母亲一道，肩扛一柄锄头
到田间地头转转，给地里的禾麦疏松泥土
给田里的秧苗拔掉夹杂其间的稗草
就像帮母亲拔掉头上渐多的白发
累了我们就在地头坐下来，这时
我会给父亲递上一根香烟，并帮他点燃
母亲会端来一碗水——清冽、甘甜
映着天上的朵朵白云

而母亲在1995年的春天就已去世
她的坟头，如今长满了青草
年迈的父亲已经无法弯腰，耳背的毛病
一天比一天厉害。同他说话，我必须用最大的嗓门儿
向他吼叫——就像小时候他对我的吼叫一样
不同的是，他总是茫然地看着我
好久都说不出一句话来。那神情
就像一个无助的孩子，让我阵阵心酸
让我真想扔下这首写了一半的诗
跑过去把他紧紧地搂在怀里

那些弯腰劳作的人，都是我的亲人

在乡村，我的亲人像成群泥塑的雕像
在田野间蠕动，他们弯着腰，勾着
卑微的头，光秃秃的脊背上
映出倾斜的山影、白云。飞鸟
衔走清凉。禾叶如刀，割出骨子里的

疼痛与忧伤。嵯峨的大山把无边的阴影
倾泻在他们身上，使劲地把他们的头
摁低！低些，再低些。最终快要
低过脚下的泥土……他们习惯于
把庄稼当作自己的孩子侍养，不断地给它们
锄地、薅苗、施肥，及至秋天里开镰
总是一次又一次，向着这些
让他们活命的植物
谦卑地俯首、弯腰，虔诚地
表达质朴的谢意！以至于我常常
把弯腰劳作的人们，都当作了我的亲人

（以上三首选自《土地上的庄稼·中国农民诗人诗选》，四川文艺出版社
2010年版）

魏克1首

魏克（1970— ），安徽省肥东县人。曾在广州工作，为某少年杂志专职画
漫画。

村庄声音史

父亲在春天搓草绳的声音
猪在土窖边拱土的声音
绝望者拍打棺材板的声音
或锄头在屋里轰然倒地的声音

那是村庄自己的声音
是祖先们遗落和安放的声音
当我们逝去的时候
我们也要将自己的声音留下

村庄到处蓄积着声音
当我们奔跑
它们就会被打响
生者与死者，往昔与现世
在村庄里鼓荡
走在那里，人们格外小心

昨夜的村庄
一群麻雀纷乱地陷进苦槐树
阴沉混乱的粘力里
拴在牛舍里的牛像是将要在屋里崩溃
而麻雀似依旧在天空坠落
向着事物间隙中骤然而起的寂灭

（选自《诗选刊》2004年7月号）

谢小灵1首

谢小灵（1970— ），女，广东揭阳人。广东省作家协会诗歌创作委员会委员，珠海市金湾区作家协会主席。

茶园在远处

人类在苹果园犯错，在葡萄园里赎罪
我们在茶园走回了救赎之路
那一天，天空栽种了朵朵白云
我去从事挖掘天空的劳动
仿佛地平线不在远处而是在近处
在天边的茶园采摘清澈的露珠
小片的茶叶在阳光下闪耀各自安静的影子

远处飞过的小鸟，灵魂轻盈干净
茶树如此团结，已经成为一部复读机
重播着我们内心之紧张和喜悦

（选自诗集《生态清远诗歌集》，岭南美术出版社2020年版）

赖廷阶1首

赖廷阶（1970—　），广东茂名人，现为中国管理科学研究院学术委员、诗歌万里行组委会副秘书长。

在汉人坡荔枝园

汉人坡上，正在开的荔枝花看不到尽头
他们看着对方，他们看着石柱
以为看到的是自己。春风阵阵，突然从浮山深处
往山下的木花河吹
经过身旁，使我冷不丁感觉
春风风流啊，用红色、黄色、紫色、蓝色、白色
相互蛊惑，相互逗乐，相互嬉戏
但最外面的表层是香的，醉人的
但最里面的本质是甜的，浸骨的
犹如果农手持的一箱蜜蜂
放不下去，又提不起来了
我就站在小溪边，看见这些快要凋零的荔枝花
在开会，在交头接耳，在谈情说爱
在高高的枝头等待夏天
一年一度的发情是他们成熟一生
作为一名旁听生，我在风中散步
看流水从木花桥下穿过，在一块巨大的白石旁
转身，又向不远的茂名流去

听流水在汉人坡上歌唱，在浮山顶上的白云内
回响，又向遥远的天堂飘去
我对他们无能为力，他们对我视而不见
我在汉人坡荔枝园独醉，挡不住今夜
月光平等均匀地普照大地

（选自诗集《中国江代诗人代表作名录》，白山出版社2016年版）

唐小芳 1首

唐小芳（1970—　），女，瑶族，出生于广东连山。现任教于连山学校。

年味飘香的村庄

晨曦初醒
宁静安详的村庄
欣欣然张开双眼
这是一个寒意料峭的早晨
漫步在村子久违的街道上
一排排错落有致的新房
阳台，屋顶
串挂着飘满年意的腊味

村庄静静地翻了个身
随即
公鸡的鸣唱，鸭子的欢叫
几声咳嗽随着开门的咿呀声
奏响了山村晨曲
新的一天开始了

太阳笑了

光辉穿过晨雾

把寒意赶跑

温暖无处不在

迎着朝阳的村庄展示出曼妙

崭新的楼房亮丽地破雾而出

迎风招展的树木

威武尽职地站在房子旁

整洁硬朗的街道蜿蜒着

伸向希望的田野

在充满阳光的村子里

年味随处可见

外出打工的游子

如今终于回来了

享受和家团圆的惬意

做糖环，做饺子，舂白糍……

欢声笑语夹着阵阵鞭炮声

飘满大街小巷

（选自作者诗文集《金子山烟霞》，广东旅游出版社2023年版）

张况 组诗

张况（1971—　），生于广东五华。现为广东省作家协会主席团成员、诗歌创作委员会副主任，佛山市文联副主席，佛山市作家协会主席。

驻村干部司徒得果

县卫生局防疫站主治医师司徒得果

被组织部门安排到南华村任驻村副书记

司徒原先逻辑性很强的思维顿时陷入村务
像村委会门前的那株桃驳果，春风一吹
他这棵胖乎乎的桃树，还就得开出李花来

做惯职防工作的司徒
处理村务就跟排查病毒一般细致
他用手轻轻触摸征地补偿不安的细节
将耳朵贴近农田和水坝
听诊器般倾听南华村的心跳
村民的意见就如脏腑里的杂音
他必须用心辨别其中的五谷和杂粮
在特殊的手术台上，年轻的司徒
用他复姓的智慧，试探性地为南华村开处方

七月的积雨云夹着暴雨来临的时候
司徒陪村主任他们日夜守护在大堤上
他索性让手机长时间处于关闭状态
好让爱唠叨的刁蛮女友保持沉默
司徒明白，上了大堤就等于进了急诊室
雨衣就像白大褂，手电就像手术刀
漫涨的洪水就如骤然上蹿的血压
他必须全身心地为百年一遇的洪水望闻问切

南华村的朝阳和晚霞染红了司徒年轻的心
离开村子回原单位报到时已是深秋
村委会门前的那株桃驳果挂满了果实
一些领到征地补偿款的村民使劲摇着他的手说客气话
一位老太太紧紧拥抱他时假牙掉到了地上
整个上午，阳光暖暖地包围着司徒
村委主任的话有意思：司徒，你终于得果了

（选自《诗刊》2008年10月·下）

放鸭少年

牛虻和草蜢在秋天的背上飞
鸟声撩起的稻浪，像奶奶的驼背
一样迷人，一个戴草帽的少年
坐在田埂的石头上背唐诗
两只鸭笼默立一旁静听
一群小鸭子在觅食耍欢

从小车上望去，我看见了自己青涩的童年
二十年时光隧道驰过少年泛黄的梦境
逆风飞扬的儿时岁月，和着稻香在眼前飘荡
我所放牧的黄牛，正低着头在浅滩上顾自饮水
秋云从它身边缓缓流过
十月的故乡，天空多么高远
聊墩上吃草的羊儿停止了咀嚼
它呆呆地望着我，它是我多年前的朋友吗

我迟疑的脚步声，引起了少年的注意
少年抬起头，冲我羞涩地笑笑
他不知道，打断他的阅读，其实不是我的本意
我和他组成一幅风景，被车上的人静静地欣赏
车上的人听不见我们的对话
他们只看见我俯身摸了摸少年的头
他们并没有发现，少年手里
拿着一本《少年维特之烦恼》
他们不知道，那书上
躺着我年少会飞的梦
少年与我似曾相识
他是童年的我吗

老祖母的天堂

闰四月竖排的雨，浇透我内心的愁绪
坚硬的时间剖面图，被老祖母的咳嗽泡软
依稀记得，那一年的树绿得特别迟
像树发叔家四岁才会说第一句话的狗娃

老祖母的明天越来越少了
她把未来托付给了自己的子孙
我低头握着老祖母手上仅有的一根游丝
告诉她：村里水泥路就要通了
等她病好些，就带她到水泥路上走走
老祖母紧闭的眼睛微微睁开
干瘪的老脸上挤满了满意的沟壑

老祖母是祖父的童养媳，三岁那年
我太祖母花一斗米将她从一户穷苦人家里抱来的
一生行善的祖母，直到七十岁上，才有了信仰
老人家不认得里边的方块字
里边的字也不认识她老人家

老祖母一生都在瘦瘦的农谚中埋头劳作，早出晚归
菜油灯似的眼神里，泛着静穆的光
流露出一脸柔和的慈祥
老祖母一世的沧桑，散落在村前那条泥泞小路上
从那条小路上来，老祖母用一生的勤劳与俭朴
打发走所有属于她的岁月和对儿孙们牵牵念念之后
最终又沿着这条小路，以黑白画像
走进屋中央墙上那个黑色的镜框
老祖母弥留之际，我在她耳旁哄她说
村前的水泥路今日正式完工了
我注意到老祖母的眼皮和眼睫毛轻微蠕动了一下

老人家嘴角含笑，从此再没有醒来

夜凉如水，古典的月光押韵着一屋子的悲伤
我内心洒上了一层白白的凛然之冷
依稀间，我又听到了老祖母熟悉的咳嗽声
自墙上走下来，走近我的耳膜
一晃，那已是十三年前的往事了

（以上两首选自《特区文学·诗》2021年第12期）

柯尔克孜的太阳

雄浑的白天已经醒来
太阳升起新一天的希望
柯尔克孜族人将梦想、爱情、面包、炊烟和水
悬在离天很近的地方
他们鹰扬的勇气信仰，高踞于灵魂之上
揭开一个世纪热情洋溢的篇章
他们翻耕浪漫的蓝天
收割农谚里摇曳的麦穗和花卉
我看见，柯尔克孜族人
抱着宿命之外的太阳取暖

当云淡风轻的渴盼与时代碰撞
当童话般的云朵掠过南疆
柯尔克孜族人开始了热血沸腾的奔忙

历史的天空，雄鹰展翅
那是柯尔克孜族人拥抱太阳的飞翔

（选自诗集《珠三角诗人诗选》，九州出版社2010年版）

丁燕2首

丁燕（1971—　　），女，出生于新疆哈密。现居东莞市。

暴风雪之后的乡间早晨

他们说，冷的时候看太阳
现在是早晨，安静极了
穷人和暴风雪一样挥霍完了财产
一点一点捡拾着干柴的手臂
有着怎样的平静
也许他们什么都没想
也许他们什么都想了
只是一场暴风雪而已
面对有了孩子的父母提及温暖
他们的心热乎乎地抖动
温暖何其少
温暖何其多
用这样的手臂
弥合着补丁一样的阳光

（选自《绿风诗刊》2004年第1期）

葡萄的瞬间

黄泥的房屋炊烟的黄昏
北边的那片田野上
走着从葡萄园归来的母亲
染上紫金的手
向上拢了拢头发

她的孩子还没有出生
她带着她
站在路的一条线里
仿佛世界
都静止在路的外面

这样的耐心
这样的停顿
使天地有了瞬间
现在，她有点儿满意
满意于劳作之后的这点儿喘息

比死活得更早一些
就更快活一些
许多完美的东西生在死里
所以不能走得太快
哪怕是停留一秒钟
对于她和她的孩子
都是重要的

这是1971年
她露出了惊讶的微笑
看远处那些大大小小的葡萄
倾斜着飞了起来
红——
烧透了天的发际

（选自《深圳30年新诗选》，云南人民出版社2010年版）

陈计会 组诗

陈计会（1971—　　），生于广东阳江。广东省作家协会诗歌创作委员会委员，阳江市作家协会副主席。

报平村（组诗）

水　稻

三年前，家乡一望临盆的水稻被推土机以推进城镇化进程为由轻易地覆盖了；三年后，我看见旷野里长满了荒草。

——题记

人声鼎沸。推土机虎步
横过，重浊的低吼，反衬
钢板的寒凉，临摹着周围
人的嘴脸。推斗倾泻红泥，或血液
而这一切，仿佛与人无关

有关的是风，推搡着；有关的是
阳光；有关的是泥土；还来不及张嘴，就那么结实地掩——
埋。让抬来的棺木，空搁。窒息的
何止是喉管？那橙黄橙黄的剧痛啊
让警戒线后的牛眼——点灯
而这一切，仿佛与人无关

锃亮锃亮的皮鞋，雪白的手套
交错的车辙，疾驰而去的烟
遗留下，一望无际的风，以及
疯长的野草；没有牛哞的春天
而这一切，仿佛与人无关

当然，更与我无关！

桥　上

钢铁庞大的鲸影，驼背着

他如甲虫，却聚焦：目光、行人
壅塞的喇叭；白衫上沉重的黑体字
仿佛受伤的申诉：远处，或低处
水稻倒伏在流产的血光里。泥土
却并不是被告。无形的手
将他如风筝，擎过钢铁的傲岸
或，套在法律的绳子里
——众矢之的。他忽然脱掉衣服
如旗。失败的招展，凌空
那一刻，谩骂迎来早搏的瞬间
然后，钢铁依旧巍峨，鲸影依旧庞大
车流滚滚；山河依旧壮丽
——他唯有向壁

见　证

那是雨水洗刷不了的
野花砸进泥土石头里的血
众目所击：而你，袖手、沉默
同谋是一个动词。如针芒

盐渍的汗衫，不断彰显
——腥：那是火焰的出口
暴露骨头的羞耻
天平指证，重机械的阴鸷
这也称为交易：从冷兵器开始
轻易抵达头部；洞见的恐惧
被周围的眼睛所默许
还有你的笔，瑟缩在衣袋里
嗫嚅，听鼠嚼。三年了
——不哼一声：从此
想不起火焰的形状
没有指向的风暴雕塑
碎了一地的词——痛否？
嘴唇的追悼

（以上三首选自诗集《金葵花焚烧的土地：新乡土诗选》，漓江出版社2013
年版）

周承强2首

周承强（1971—   ），湖北蒲圻人，现居广州。任广东省作家协会理事、区委常委，区文联、区作家协会主席。

村庄已无猪圈

山村阔别多年，山坳披上新绿
不像儿时野猪出没，遇豹概率不大
村前屋后不见家猪闲游，路面硬化
小猪哼哼拱食的憨态止于童年
猪粪浇菜场景成为一种说笑
公猪上树更是奇闻，小孩茫然无知
猪圈成为遗址，堆些不三不四的杂物
村庄没有猪味，土壤干净，不见鸡屎
环保员勤快，隔三岔五检测变化
走过竹林不会踩上猪粪、牛尿
这些祖辈偏爱的物种集中于某处山谷
据说活着不随便见人，似乎变得娇贵
缺少它们的村庄少了很多熟悉的味道
风吹着树草香味，空气不闻猪臭尿臊
除了植被丰厚，水泥路面有城市的感觉
在乡村，大群外出者丢失了童年猪崽
剩下不回返的中年，里外忙着梳妆打扮
想回到漂亮少年，不觉中叩响老年大门
村里老人长寿再破纪录，周末游客如织
一群猪消失，弄得村庄陌生新颖，恍如隔世

又见乡间正屋

墙上没什么讲究，偶贴年画
多数农户不做粉刷，不吊宝顶
砖路纵横交错演绎一些八卦
任红砖原色拓展小孩想象空间
乡间正屋都比城里宽阔高大
一张木床四平八稳提示急慢不得
这是主人寝室，故事核心所在
有的偶施粉黛，墙纸贴面，喜字当头
打扮迎接新主人啊，好多陈设换样
锣鼓咚锵揭开新一轮家族循环
生儿育女永远是重头戏，不得罢演
有些家事父子情节雷同，主人相异
霹雳手段只在婆媳间出神入化
斗得再激烈也得喊娘，寸草报春
吵得再凶狠也要带好孙，枝繁叶茂
正屋事儿大小都是家事，出门不露风声
争得再天昏地暗，爸是爸，儿是儿
事到临头还是咱爷俩儿说了算
乡间正屋呀热闹着自己的热闹

（以上两首选自诗集《万物相逢一个家——周承强生态诗选》，光明日报出
版社2021年版）

397

凌春杰 1首

凌春杰（1971— ），湖北长阳人，土家族。现居深圳。

种玉米

水从大地上流过
聚集起一些人，有男有女
他们喝水拿水勾兑出各种东西
房屋，汽车，市政大厅
他们随水而来
又随水而去
在水的边缘种一粒玉米
等着发芽，开花，看着挂满胡须
棒子上的玉米我细数过
一共二百三十五粒
我将玉米放进仓里
明年我还种这些玉米

（选自诗集《面朝大海》，海天出版社2012年版）

马忠 2首

马忠（1971— ），生于四川南江。现任清远市《北江》执行主编。

纸上的故乡

是什么倏忽引发
今夜深刻的疼痛

墨水瓶水井一般地
响起喊魂声
城市散乱的灯火
点燃向北的怅望
数千里之外的黑暗村庄
还有明亮的亲人
从台灯下的纸上清晰地走过

他乡的岁月
使故乡成为一条裸根
无论我串向哪里
都因为你而顽强地生长
灵魂的土壤
消瘦了思念，苗壮了诗行

漂泊还在圈地
我能为你种植怎样的风景
穿越黑夜与白昼
我搬动众多的文字
是向你运输果实
因为：种子总是你给的

奔跑的乡土

一块乡土停住了
向着梦想奔跑的乡土
在艰难的旅程加剧了疼痛
眩晕着泥泞的颜色
他们共同的身影
写在不同的车票上
扬起炊烟的家
隐在看不见的远方
思念变成了扔不掉的行囊

铺天盖地的洪水溢漫

无言的乡土，沉重的乡土

在陡坡上支撑着自己

克服饥饿的袭击

还要继续奔跑或飞行

在梦想溃散的边缘

在冰凉的水泥路上

紧握内心微弱的希望

扎根情感连结苦难的城市

（以上两首选自诗集《云水清远》，羊城晚报出版社2013年版）

黄昌成 1首

黄昌成（1971—　），广东阳江人。

神前村

道路铺着平坦，入村的水泥路

经过一片田野，再往前走

就出现了海。海一直都在等待

它懂得赞美来源于惊喜

浓厚而鲜咸的味道，码头的标配

周遭翻晒的鱼干虾干，收缩的渔网

恰当地为渔村开具证明

在此之前，比渔村大的十里银滩

和海陵岛，代表了这个地理位置

对于一座海滨城市，还有多少

看得见海的地方是我所不知道的

我觉得不是遗憾，而是与生俱来的幸福

比如现在，神前村就把我的心情
冉冉发上了云端
我来，肯定不只是为了理解一个村
但一片海轻易地把所有的神秘公开了
海在神前村边，神前村住着海
神前村住在海之上

多么绝妙的结论，包括那片狭小的沙滩
银白的纽带在回忆里始终系一个活结
以及对面那座叫老鼠山
的岛屿，牵着一片红树林
我那么自然而敏感地把这个坐标
读成虚拟的门牌，读成动画里
出彩的小老鼠

（选自《中国地学诗歌双年选（2017—2020）年合卷》，中国大地出版社
2021年版）

方羡洲 1首

　　方羡洲（1971—　　），原籍广东开平市，现居佛山。江门市作家协会副
主席。

村子的脚步

童年的记忆
散落在这平静小山村
幼稚的心
以为一辈子在这长驻
守着纯朴的田埂
及四季的候鸟童真

在梦一般季风中
一拨又一拨
飞向外面的脚步
正熟悉呼唤
无忧羽翼
一展翅
飞过迷茫与挫折的浮尘
竟在他乡生出新叶

（选自《齐鲁文学》2017年10月）

张守刚 1首

张守刚（1971—　　），重庆云阳人。曾在广东打工。

手无寸铁的故乡

那些被时光锈蚀的锄头
在老屋的一个黑暗角落哑默
我曾反复兴奋地回忆
它的溜光圆滑
闪着激动人心的光泽

屋后的庄稼地里
它高过我年少的羸弱
高高举起，轻轻落下
和石子清脆的撞击声
敲响枯燥乏味的日子

如今主人远走他乡
锄头懒散，紧裹尘埃

不愿动弹
在这场突如其来的秋风中
手足无措

（选自《珠江诗派：广东百年珠江诗派诗人作品选析》，广东旅游出版社
2018年版）

梁贻明1首

梁贻明（1971—　），笔名亚明，壮族，广东连山人，佛山市作家协会文学
院副院长。

加田乡

高山、梯田、云朵、楝树林
拖拉机和牛群，大地上
奔跑了多年的河流
仍未远离它们的故乡

四野空荡。大风反复刮蹭着
残损的公路，像在涂抹
大地的印痕。田地中
简朴的生活一直被珍藏
比如耕种，收割。比如咳嗽，呐喊
比如追随一只蝴蝶肆意飞翔

留守的人们啊，至今
仍跪拜于狭长的谷地里
固守他们内心的安宁

（选自诗文集《岭南绿洲》，四川民族出版社2020年版）

曾欣兰 1首

曾欣兰（1971—   ），男，广东韶关人。现居佛山。

潋表村一日

小鸟飞织栏栅，鸣蝉唤醒庭院
香樟的气味从多年前开始
沾染乡村的烟火

在花木之乡，时间变得缓慢
斜阳挂满旧房子的檐角
这不是诗人的出生地
波纹上的暮色，持久未落

天台的物种有了破体的声音
这没有石榴村的命名
不提及桂花香，不提及杏花酒
空着月色的杯子，落尽温柔

萤火虫掠过水面，迎面灯火闪烁
斜出的堤柳，如爱过的影子
隐身于生活深处的暗角

（选自《中西诗歌》2016年第2期）

杜青1首

杜青（1971—　），本名吴玉婵，女，出生于广东海丰。

老　屋

三十几年前，那里有一间小土楼
居住着母亲和我们兄弟姐妹
几年前，小土楼坍塌成一堆赤红的泥土
现在，泥土上长满杂草和牵牛花
和原野一色。鸡群在悠闲觅食
在家乡，认识我的人越来越少
再过些年，甚至没有人还有谁能说出
那片原野上，曾有过一座小土楼
居住过什么人。我现在说不出
某年某月某日某处某些，觅食的鸡群

（选自《诗刊》2010年6月号上半月刊）

李晃组诗

李晃（1972—　），湖南隆回人。现居深圳。曾任《深圳诗人》主编。

浪子的悲歌

春雨刚走，我啊独坐山坡——
叼着太阳那根时隐时现的烟头
我那勤劳的严父慈母，就躺在身后
这是两座压在心头已久的青青乡愁

一只未名的鸟站在身侧那棵树梢鸣叫
河流、花朵与牛羊穿胸，款款而过
阴阳相隔，早已无处可以诉说
任由泪水凄凄，悄然从脸颊上滑落

远处细雨如丝，薄雾如纱，青山如黛
油菜花包围的农舍里有我多病缠身的哥哥
——还有活泼乱跳的小孩
以及他们年迈力衰的外公外婆

请原谅我眉头紧锁，却也锁不住缕缕哀愁
我是最后一个逃离故乡、自我放逐的过客
——这是我迷人的故园之独特景色
这也是我尚在泥泞中前进的中国

布　谷

"布谷，布谷，布谷，……"

回到乡村，我仰首听见布谷
这个中国乡村的优秀歌手
从这个山村飞到那个山村
在田野里不断地卖力地鼓与呼

即只见：几个老人与孩童留守
几只老鼠守护着几座新建的红砖屋
许多青壮年在城市里迷失去路——
亡，百姓苦；兴，百姓也苦

油菜花香的深处，那一把
犁田的好手，纵使摇犁前进
（水田哗哗响着，泥巴翻滚着）

也扶不住乡村低头叹息的痛苦

只有那不懂事的布谷
穿过四月的水雾——
从乡村的这一头呼叫到那一头
她那冒着火的喉咙分明在喊

"不哭，不哭，不哭……"

暮　蝉

夕阳沉下西山之时
蝉声越叫越欢。我知道
有一只蝉，正坐在哪根树梢
与我的灵魂久久对望

我知道，在中国乡村
博大的静谧里，正如
我无法避开迎面而来的忧伤
无法避开嘀嗒而去的内心慌乱

明朝离乡的脚步山般沉重
今夜，梦是浪子最轻的行李
在蝉声中睡去，露水
打湿薄如蝉翼的梦想

（以上三首选自诗集《广东青年作家诗歌精选》，花城出版社2017年版）

安石榴2首

安石榴（1972—　），原名李高枝，出生于广西藤县。现居广州。

最大的石榴村

最大的石榴村
只剩下空荡荡的树底
石榴村只剩下一个名字

我离开了石榴村
什么也没有剩下
除了姓名之外

我还能用什么来称呼自己
被石榴村遗弃
我还能承担怎样的名声

狼藉的异乡。我所到之处
在石榴村的对比下
像最大的石榴树被钝器砍倒

二　月

二月发布我出生的消息
雨水把谣言赶出村庄
二月传染阴晦的天气
早早播下我今世的忧愁
多年后我成为城市的浪子
怀抱酒罐和乡村
我用墨水痛哭二月
雨水蔑视我的悲伤

（以上两首选自《珠三角诗人诗选》，九州出版社2010年版）

温志峰 1首

温志峰（1972—　　），广东紫金人。在广东省公安厅工作。

生命在田野的命运里

秋风来自缥缈的天际
突然在镰刀的锋刃上拐了一个弯
折回收后的田野
田野便铺满黄金
铺满黄金又怎么样
一阵风可以把它带来
一阵风照样可以把它带走
田野的坦荡，灵魂的磊落
秋风能带来吗
秋风能带走吗
秋风中奔走的好兄弟
你慌乱中掉下的赞美被我收藏
我生活在田野的命运里
殷实地生活着
四季的民歌在我的手掌里欢愉地传唱

（选自《诗选刊》2004年7月号）

张怀存 1首

张怀存（1972—　），女，笔名白灵。土族，出生于青海，曾任汕头市作家协会理事、国际潮汕书画总会会员。

山村的孩子

山村的孩子
把读书后的日子移植在山上
把心灵赠给土地森林
总有一天
这里会是一片海洋
挂满翠绿
飞满鸣禽
你很自豪
自豪自己的心房拥满
田野
在爸爸妈妈的微笑里
爬出篱笆
任凭奶奶的唠叨成河
走在森林里，仔细欣赏
像欣赏老师打在试卷上的
一百分

（选自诗集《心中的绿洲》，工人出版社2000年版）

余丛1首

余丛（1972— ），本名徐海东，出生于江苏灌南，现居广东中山。

农 民

是懂得季节的人
知道牲口的秉性，敬畏
土地里埋葬的祖先

日出而作，日落而息
是他在坚守家园
是他在一亩三分田里
保存下粮食的种子

他是看天吃饭的人
过惯懒散的生活，他有
足够多的盼头和耐心

种瓜得瓜，种豆得豆
是他在农事度日如年
瞧，他眼巴巴地
等待好日子的来临

（选自《中西诗歌》2007年第3期）

阿土2首

阿土（1972—　），本名庄汉东，江苏新沂人，现为新沂市读书协会秘书长。

连州民俗二题

唱春牛

是唱，是舞，似乎
并不那么重要
一缕缕从泥土里拔出的气息
打开着乡村的嗅觉
在民间的四肢百骸里游走
鞭影与吆喝
每一招，每一式
都满溢着乡民的心事

在春天的对面
那些灵动的歌谣
祈福也好，赞颂也好
都是最美的愿景
牵牛扶犁的歌者
从一个村子走进另一个村子
流连的米酒和绽放的笑脸
让烟火又浓又酽

糍　粑

那些节日
糯米的粘　芝麻的香　黄糖的甜
是不能忽略的
祖先是不能忽略的
就像我们不能忽略的姓氏
风将我们吹散

谷物又将我们聚集到一起
用来敬奉的味道让我们满怀感恩
那些糍粑
让我们边食边谈论天气
谈论收成，谈论家庭的大事小情
也谈论婚丧嫁娶
一切都是那么美好
连悲伤的往事也变得有滋有味
偶尔，我们也会聊一下风雨
只说熬一下就过去了

（以上两首选自《清远历代乡土诗选》，宁夏人民出版社2016年版）

李国荣1首

李国荣（1972—　　），广东翁源人。现系韶关市广播电视台副台长。

关于稻谷的生长问题

母亲枯坐在漏雨的瓦檐下
等待着阴暗潮湿的屋子里
他们还酣睡在昨夜的残醉
以及麻将的尖叫声里

母亲在青青的秧苗行列中
拔除杂草和施肥
她的心跳连着秧苗生长的速度
他们在镇上汇报说
会议桌也抽绿了，形势可喜

稻子笑着在抽穗

母亲也咧开嘴笑了，又像在哭
正午的阳光叫唤着又一个
沉闷的夏天
他们又在酒店里吃饭
一个酒杯喝醉了摔倒在地
他们痛快地说：落地——开花了！

母亲和父亲扛着颤抖的收割机
走进泡了水的稻田
哀叹声如一只雀鸟惊起
他们在一个黑夜
和一堆烟蒂里写总结报告
被水灾泡空的和没有长出来的谷子
一粒粒饱满鲜活地在纸上唱歌……

母亲捧着那只瓷碗喃喃地说
家里的粮食还得靠这几块地啊
她当然不知道
他们的粮食不长在泥土里
一张纸便是一块最肥沃的地
收成的数据都吸在墨水笔
肥腆的肚子里
就算母亲知道稻谷生长的秘密
她也没法把明年的谷种
撒播在一张报告里

（选自诗集《天涯共此时》，中国国际广播出版社1999年版）

刘大程组诗

刘大程（1973—　），生于湖南凤凰，苗族。现居广东东莞。

大风刮过村庄

大风刮过村庄
一些树在风中受伤
暮春的落叶走过屋梁

大风刮过村庄
盗贼在黑屋子商量
回家的脚步踩在刀上

大风刮过村庄
思念的人白发苍苍
离去的人永不还乡

大风刮过村庄
豹子独立在山冈
月光擦亮泪光

（选自《金葵花焚烧的土地·新乡土诗选》，漓江出版社2013年版）

稻草垛

二月的神坐在雷电上
四月的神坐在花草上
六月的神坐在火焰上
八月的神坐在黄金上

八月的黄金坐在父亲的头上
八月的父亲要忍受疼痛
八月的儿子要离乡背井
八月的闺女要远嫁他乡

一身浆洗的布衣
干净、朴素而古老
散发着稻米香
八月的田野空荡荡

十月的神坐在霜冻上
十二月的神坐在雪花上

十二月的啁啾坐在荒凉上
十二月的守望坐在祝福上
可是父亲，当又一个雷声炸响
我唯有泪水和悲伤

（选自《在路上——东莞青年诗人诗选》，大众出版社2009年版）

玉米地

最后一滴露水在叶尖
慢慢干涸
而另一种液体在脊背
渐渐丰盛
和着溶解的盐
集结，滑行，滚落

锄头在前进
这小小的铁
小小的声响
来自与泥土的碰撞

只有草帽是它的兄弟

上天的恩赐踩着翻摆的芭茅
到来
他直起身，摘下腰带
在脸上揩了揩

坡底，是弯曲的河沟
远处，是无尽的山峦
好像并没有另一个世界

（选自《土地上的诗庄稼·中国农民诗人诗选》，四川文艺出版社2010年版）

柳冬妩 1首

柳冬妩（1973—　　），本名刘定富，生于安徽霍邱县。东莞文学艺术院副院长。

会馆村

门前的路被杂草掩盖
我只能在记忆中分辨出来
一些亲切的门已不存在
剩下的门一直关着
锈迹斑斑的锁
等待偶尔的打开和最终的离去
钥匙锈在千里之外的背包里
藤蔓蜷起衰老的身子
从灰黄的土墙上泛出新绿
稻草在房坡上一天天烂下去

几只麻雀啄食着稀薄的阳光和自己的词语

跳跃的技艺与众不同

与众不同而显得怪异孤立

背着无处不在的绿色屏障

故乡的村庄像我的血液摇晃不定

我自己早已是瞬间的一瞥

就像这些沉默的树叶

在沉默的小路上，眨眼之间长出

更多沉默的树叶

风轻轻托起枝头的寂静

熟悉的人越来越少

陌生的狗越来越多

我望它们一眼

它们也望我一眼

我真想像狗一样对着村庄狂吠几声

让沉睡的鸟儿一只只苏醒

（选自《珠江诗派：广东百年珠江诗派诗人作品选析》，广东旅游出版社
2018年版）

苏一刀 1首

苏一刀（1973—　　），原名苏小凯。广东高州人。曾任武警广东边防总队文学创作委员会副主任。

两代牛

涉水过了良坑村边的担水河，就是石头垌了

1986年秋天的石头垌铺满了黄金，遍野沉思的稻穗

何时消瘦了田埂？老黄牛庞大的身躯于是沙沙作响

七八只蚱蜢，两三只麻雀，"呼啦"飞向了不远处

远处，父亲将草帽摘下，盖住了我14岁的小脑袋
然后，一边咳嗽一边将牛绳交给了来人
更远处，60多里外的高州中医院402房
"我把'老阿黄'都吃掉了啊？！"卧床三月的母亲
她的叹息惊动了窗外的喜鹊，那年的秋天
"小阿黄"整天跟我家的黑狗胡闹，还不满半岁

"老阿黄"仰天"呼——"喷出鼻气，转过头
大而圆的眼睛，迷茫，继而泪水在打转
这种眼神，与母亲临终前的眼神无异
告别朝夕相伴的老牛，与告别母亲
重叠在深秋的田野。秋割秋耕马上要开始了

"老阿黄"唯一的儿子"小阿黄"，6年后
被宰于广东高州市根子镇田心乡良坑村
我的妈妈，曾"吃"掉了"小阿黄"妈妈的妈妈呀
多年来一直斜躺在我曾牧牛的下笔岭，这小小的高度
是否令她看清：故乡终有一天也埋我的那片黄土啊
何时才能葬得下一头老牛或小牛

（选自《中西诗歌》2010年第4期）

唐学连2首

唐学连（1973—　　），女，笔名唐诗梦，籍贯湖南邵阳。任韶关市青年产业工人作家协会常务副主席。

云岩山的水田

面积不大
颜色却很花哨

黑、黄、白　三色组成的水田
有云岩山神的眷顾

白泥是稀土
做成补锅的窝子经久耐用
黄泥上的稻子长得特别高
黑色的是成色不足的煤
正在努力长出庄稼

春天，梯田一层一层
把云岩山的云天和青翠
搂在怀里
天蓝得很干净
布谷鸟一声一声催种
禾苗铆足劲儿拔节，扬花

秋天
金黄的稻穗弯下腰身
饱满的谷粒向炊烟招手
而手持镰刀的农人
俯仰之间
对土地满怀感恩

不用缴税的农民

种地，是国家给农民的责任
农业税之下
没有不种地的农民
那时，田地多金贵啊
就连田塍也越挖越细

出来打工前
我把云岩山的田地用300斤谷子的价格

出租给乡亲
后来，国家免了农业税
我倒贴几百块钱
也没人愿为我耕种回乡的活路

一旦习惯了向国家伸手
耕地就有了被荒芜的理由
戴着"贫困村"的帽子
惰性如疯长的野草
一天比一天茂盛

失去对家国的匹夫之责
农民不再将自己当作主人
闲下来的，要么在酒精、
麻将、扑克、偷情中颓废
要么，背上乡愁远走他乡

（以上两首选自《华语诗坛》2020年第1期）

祝成明1首

祝成明（1973—　），江西人，现居广东东莞。

卖斗笠的女人

你像风一样迅疾，走家串户
许多村庄在你的声音中站定，微笑
你触摸到青草、花香和阳光
它们的气息像犬吠一样不可阻挡
一根柔韧的竹扁担，多么坚挺
有着使不完的力气

斗笠们很高兴，上下左右跳动，摇晃
竹篾和箬叶相亲相爱，横的是纬线
爱的是经线，搭起简单的家
比阳光柔和一些，比风雨温暖一些
比日子重一些地爱着生活

卖斗笠的女人，一刻也没有逗留
甩下二十座山，十五道桥和十个村庄
差点就追上了孙子放学的铃声

（选自诗集《在路上——东莞青年诗人诗选》，大众文艺出版社2009年版）

刘序珍 1首

刘序珍（1973—　），女，广东英德人，现居广州。

老　屋

老屋不知有多老了
泥墙上伤痕累累
弥漫着发黑的苔藓
屋内光线阴暗，散发着霉味
像一个风烛残年的老妪
皮肤长满了黑斑
目光黯淡无神
虚弱地躺在床上喘息着
仿佛一朵
随时都会熄灭的火焰
只有木门前的那一片翠绿
让人心里一亮
还有屋里时不时传来的狗叫声

让人感觉老屋还活着

此时，老屋像一个挂着拐杖

佝偻着腰，颤颤巍巍的老妪

站在村口，失神的眼睛望向新路

仿佛在渴望着什么

又仿佛在回忆着什么

在落日的余晖中

她的身影显得是那么的孤寂和悲凉

（选自诗集《花上童年》，群言出版社2018年版）

刘寒云1首

刘寒云（1973—　　），祖籍江西，现居广州。

老村不老

老村将欢乐与伤痛藏于心底

只有孩子送别父母外出打工时

稚嫩沙哑的哭声和泪水

让老村的大榕树枝叶抖了几下

小河里的流水

像打工者谋生及问候的信息

断断续续，没有大意外

也没有大惊喜。生活这杆秤

一头连着孩子，一头连着老人

一颗颗无处安放的心，注定要流浪

谁能够安然，驻足于春风……

村头的几丛篁竹
在老人忙碌及孩子孤单的身影里
斑驳交错，被岁月的秤砣
折弯了腰，压驼了背
梦想在酝酿中怡然自乐
陪伴与荒草及蚂蚱一起，寻觅童真

村口的石磨房、水碾坊，正值壮年
风吹过，雨淋过，就是留不住
年轻人的脚步

老村不老
春天的水鸟开始扑棱翅膀
思绪低旋，和水田一起荒芜
挥不去的喜与悲
跟在原野身后的杂草丛生

老村不老，一直挂在游子的心中……

（选自《文化信丰》双月刊2021年第6期）

黄金明组诗

黄金明（1974—　），出生于广东化州。任广东省作家协会理事、广东省作家协会散文创作委员会副主任。现在广东省作家协会社联部任职。

秋夜怀乡

那些泥土、石头、草木和虫豸是一个整体
而构成山林及其乐园。那些溪流、池塘和水井
是一个整体，它们来自同一个源泉
而像一面镜子被击成碎片

只能将零星的天空映照
那些屋舍、田垄和果园
是一个整体，村庄像一艘旧木船
轧碎了白灿灿的芦花
哦，秋风吹起，屋顶上的茅草被月光压断
菜园里的白霜，又细又匀
给芥菜带来了甜味
电灯、月亮和萤火虫是一个整体
它们像闪光的锥子
使黑布袋般的夜色出现了漏洞
那个搬木凳坐在天井上乱翻旧书的人
一抬头，就发现了林梢、远山和天空
是一个整体，它们构成了一幅陈旧的古画
他借助于不可知的光亮——
看到了画面的大片留白、山石与荒村
以及影子般的画中人
是一个整体。一只鸟从幽暗的林间飞起
你没看到任何翅膀，只听见飞翔的声音

（选自《诗刊》，2011年9月下半月刊）

耕种之歌

他在丰收中感到了疲倦
那是明年的耕种
损害着他的内脏和关节
要爱就去爱土地
土地是永恒的情人
也是缓缓收紧的链式绞盘
一个农民
把自己交给土地
犹如把剪刀交给了磨刀石
他感到身体越来越单薄
那吹过了田野的风

也吹透了他的身体
有一个更年轻的自己
就要从体内跃出
当铧犁插入土地
生命在传播中进入了循环
锄头在起落
土地在喊痛并流血
春天的田野
犹如一张白纸
每一个农民
都像蹩脚的画工
轻描淡写，耗尽一生
最终像一支铅笔死在纸上
桃花衰败，果实丰盈
土地凹陷如一个谷仓
年复一年，麦地上
吹拂着丰收之歌
麦穗在日光中悄悄地成熟
果树举起了身上的乳房
那些穴居的马铃薯
匿身于岁月的深处
沉默如地雷。年复一年
农民在盲目地挖掘
无视事物内在的源泉
秋天很快就会结束
但春天远未到来
多少萌芽的喜悦
仍像闪电沉睡在浑圆的坚果中

误以为天色已亮……

村庄在沉睡，又贫穷又荒凉
牧鹅人的村庄，是一切村庄的榜样

他驱赶一队嘹亮的乐器
踏上了通向黎明的木桥。河水在流动
又清澈又黑暗。刀片般的游鱼
像玻璃一样反光。和平与情欲的村庄
月亮又大又圆。羽毛蓬松的火鸡
像一个穷困潦倒的艺术家
彻夜未眠。打谷场目睹过几代人的生活
但没有留下记忆。几代人的身躯
垒成了围墙，村庄在渐渐升高
一个孩子像苹果树那么矮，当他仰望着
山坡上的灯火，苹果在轻轻滑动
扰乱了夏夜的星空。车轴草停止了喘息
激情是生活的艺术，但它更需要
泉水的滋润。又贫穷又荒凉的村庄
人们看重的是果实
那些花朵多么浪费！月亮只有一个
却照耀着不同的村庄
庄稼在反复耕种，牲畜在不停繁衍
木柴在无数次短促的燃烧中
唤醒了永恒的灰烬。是谁在婴儿的脸上
回忆着祖先的面影？那些天真的脸庞
被一条神秘的链条所连接并捆绑
河水穿过村庄，每一尾鱼
都是一只钟表，它身上的尖刺
像秒针一样飞快转动。村庄在沉睡
又贫穷又荒凉。枝条经历过四季
被秋天的果实摇动，在夜色中弯向低处
一只海螺，发誓要成为一件乐器
结果吐尽了肝脏，但又深陷于泥淖之中
这样看来，昏睡的泥蝉
赢得了幸福，但它终于钻出了地面
说出了金蝉脱壳的奥妙。一个孩子
走过青青草地，他多么快活
他不知道那吹动了金黄麦浪的风
来自何方，他不知道那缓慢的歌声

将会割破他的嘴唇。每一个人
都像沙粒那样被风吹向广阔的老年
作为一种命运的背景，村庄在星空下
露出了浅蓝的屋顶，让人误以为天色已亮

果 园

二十个男人顺着梯子在果树上攀登
挂满果子的枝条弯成一道圆弧
又猛然松开。二十个男人像二十张饥饿而贪婪的嘴
吮吸着果园的乳房
果树是一道牢门，树上的果子是甜蜜的铁锁
一个人插入劳动的锁孔，当他回过头来
已是白发苍苍。那是黎明的雪
涌上落日的山巅。那些落在地上的水
最终要回到天上。一个人居住在嘈杂的村庄
多么需要宁静而辽远的秋天，但果园像一个马蜂窝
被一下子捅破，果子像马蜂在飞舞
嬉戏的少女晃动着身上的果汁
远山如狮子，在它的喉咙深处，有一个人
像一根木槌捶打着铜锣。一棵果树坐在地上
用果实说话，但果实终被一一摘去
一个人在水底打铁，炉底的灰
吹过烧红的铁砧，那是青春在暮秋的风中卷刃
一个人在蜂巢中酿蜜，像一个安静的蜂房
"甜蜜的爱情是生活的教科书！要采撷花朵的糖
要榨取果子的酒，那翻飞的蝴蝶是美的渣滓！"
两个恋人在忘情地亲吻
嘴像蜡制品在融化。一个人从锁孔中醒来
发现自己是一道防盗门，人群如墙壁
从四面围拢过来。果园的钟声在响起
一个人看清了自己的倒影
池塘里的鱼越来越多，而水越来越少

连河流也像鱼在啜饮，油菜花像少女的裙裾在旋转
村庄在巨大的丰收中眩晕
二十个男人抛开梯子顺着果树飞快地往下滑
收获是如此容易
没有人去数果园埋葬了多少把锄头

（以上三首选自诗集《陌生人诗篇》，中国戏剧出版社2010年版）

谢湘南 2首

谢湘南（1974—　），生于湖南耒阳市。现居深圳。

田园诗

通过卫星遥感器
我看到中国还有许多田园诗
其中包括找的家乡
我出生的村子
在它的最中心
断壁残垣，野草滋长
我垂死的妈妈
瘫硬在床上
她张了张嘴
已发不出声音

声音在村子的外围
农田上垒起一片屋宇
它们散乱有序
它们排列在一条
水泥路两侧
这仍然是我小时候上学的路

没有变宽，只是更硬
仍然有小孩走在这条路上
许多年以后
他们中的一位
或许会像我一样
用一种仪器观望
只是再也找不到妈妈
找不到一具身体
和黑暗中的床

去一个贫穷的地方

去一个贫穷的地方
去一个寒冷的地方
去山区
去一个小镇
去云雾笼罩的地方
去露水里
霜冻里
刀尖上
火焰里

我愿意在一个弯道上久久地等候
我愿意用我陡峭的视线
接连一个方向
我归于贫穷的身体
沾满露水
再深的战栗也不能将它
抖落

（以上两首选自《金葵花焚烧的土地·新乡土诗选》，漓江出版社2013
年版）

刘迪生 1首

刘迪生（1974—　　），生于赣南，现任广东省作家协会报告文学创作委员会副主任、广州市作家协会副主席、《华夏》杂志总编辑。

在高原水乡纳雍

这个春天
我在高原水乡
在纳雍
在古夜郎等你
我们聆听鸽子花温暖的呼吸
云贵高原的溪河边
有一群正在摆脱贫困的人
他们是我的亲人

春天是干净的
寂静也是干净的
河流徐徐流淌
炊烟缓缓飘动
山坡上眺望的吊脚楼
这些都是纳雍人的话语
穿青人是苗族的一个后裔
在这片神奇的土地上
坚守自己的母语
它们像泥土里长出来的芦笙
干净的声音
像他们干净的心灵

西南的纳雍
终生怀揣了一种深沉
充满血的热量
他们等待燃烧

等待一次怒放
高原的风吹拂着
石头已经开了窍
要么说话要么开花
像这里的树木
都会爬山过河地走路

每一条小路都通往村庄
每一处田野上都是我们的故乡
野花和泥土中有你的名字
这里有值得亲爱的大地
有值得亲爱的人
毕节、纳雍
和我们血肉相连
我们携手
去触摸一段舞曲
把山路变成花园
让村民不愁饱暖

贫穷是暂时的
山花在富饶
河流在富饶
森林、云海、村庄
都持有富饶的爱

（选自《诗刊》2017年）

吴作歆 1首

吴作歆（1974—   ），潮州人，现居广州。广州市青年作家协会副主席兼诗歌创作委员会主任。

白竹村①纪事（长诗节选）

现在，移动的不是风
而是被昏暗的光线裹紧的我
雉鸡啄食着落日的余晖
玉米梗像仁慈长者的手杖
在秋收后的旷野竖起高高的美德
白竹村将闪过最后一道光线
在村民屋顶盘旋上升的炊烟中
或者在老钟醉醺醺的眼神里
此刻，我远眺的目光比海岸线
还要漫长，这一天终将到来
但是，除了迟疑的脚步
我什么也无法带走……

村庄的火焰在都市的背影中
舔着我的肌肤
在我心中，白竹村是一个符号
它是异乡和出走
感觉虚幻而却真实地抵达
文大哥的手浑厚地握着
"你们今天到了
就是白竹村的人了"
而我还带着坏情绪
跨过了牛粪和蒿草
在黎明时分启程
寻找我的梦想和诗歌
村庄的寂静顿时包围了

山上的树木和屋后的溪流
包裹住我———一棵行走的树木
或一道直立的溪流。一声响鼻
我看见黄牛在水田中劳作
沉重的犁推开一扇虚掩的时间之门

日子逐渐倾斜，炉膛里火正旺
蔡华掌勺的手一寸接一寸地亮起来
"我喜欢做菜"，是的，做菜就是生活
就是流逝的时光，就是感恩
"你的汗水滴到菜里，所以菜特别有味道"
我们一起傻笑，心像玻璃般透明
村庄的早晨在田埂上醒来
日子总少不了资料、检查和抱怨
案牍劳作磨损着青春和激情
贵哥把空洞的时间挤进脸的青春痘
而小张在网络中谈一场不在现场的恋爱
我趁着春光把胸口的积雪搬走
像搬走一条感情枯萎的河流
饶舌的麻雀带来生活的胚芽
我们耕地，把谷种抛进岁月的空隙
皮鞭在黄牛的屁股上不断敲打
我们把希望捣碎了喂鸡
剩下的时间，像植物一样沉默地等待
新保叔在等待的却是一头莽撞的野猪
它的双腿被巨大的夹子钳住
如同苦难的现实钳住了硕大的欲望
它悲痛的嗥叫持续了几个日夜
……
雨在天空中生长，无休无止
我仍然无法转身离去
多年以后，在夕阳的余晖中
白竹村将从我的灵魂中再次醒来：
辽阔的爱在田野中奔跑
大自然的河流淌过儿时的梦想

种子在晨曦中苏醒

水稻、花生和长角豆

沿着生命的轨迹生长

茄子、玉米和西红柿

组成瓜果飘香的乐园

潜水的鱼和扑腾的鸡

追逐着无拘无束的光影

农民在巡视菜园

像在巡视列队的士兵

狗的吠声来自天国

像最耀眼的一束光线

把整个白竹村照亮

注：①白竹村：位于广东省韶关市乳源瑶族自治县洛阳镇东南部，系革命老区和高寒地带，原省级贫困村，后已脱贫。作者曾在此驻村工作3年。

（选自《作品》2021年5月号）

黄廉捷2首

黄廉捷（1974—　），广东廉江人。第六届中山市作家协会常务副主席。

收花生

海风会准时从南边吹来

山低云更低，这里的人想象着花生苗底下的果实

大部分人都围着花生苗打转

那是热衷于收获所截取的快乐

这些快乐与翻过一片绿之后的海风握手

男人和女人的草帽汇成了浮动的船

人在草绿的细血管下拼出一幅美丽的图景
这里有一辈子吃不完的花生

花生破土而出，它见到最爱的阳光
皱皱的额头写出皮肤铸造的铁性

一次跨越时空的旅行展开，朝着太阳和月亮
每个都是素不相识的同类
在合二为一或合三为一的箱体中
等待显露真容

（选自《诗潮》2016年第1期）

天边依然现云朵

天边依然现云朵
这是八月最动人的歌谣

远远的老农步履蹒跚，爱听雷声之音
雷声，响亮的雷声

不可多得的时光
岁月已不再完整
菜地里的黄花被蜜蜂遗忘
乡下人的生活伴着云朵
又翻过了一页

（选自《诗林》2018年第2期）

温建文 2首

温建文（1974—　），广东清新区人。曾任连山壮族瑶族自治县作家协会主席。

躺在马路的稻谷

白沙村，与白和沙无关
秋天还在徘徊，春天的脚步已慢慢靠近
溪流如同皮带系着山的腰身
两岸的翠柳，宽敞的马路把村庄带走了
城市已经侵入它的心脏
如果，不是看见躺在马路的稻谷
一丁点儿的乡村气息也不会留下
阳光似把锋利的刀剑，穿过它的胸膛
又拔出来
来来回回，回回来来
直到把血放干
才收进仓

（选自《诗林》2017年第2期，《中国绿色时报》2022年6月14日）

炸火狮

"年"不是年
"年"是一头怪兽
元宵夜，壮家没有红事白事
燃放爆竹是为驱赶年兽
此时的火狮是头
头长触角的怪兽
砰砰啪啪

爆竹的炸响声
使年兽大惊失色
狼狈逃窜

赤裸半身的壮族小伙
驾驭着年兽让它无处可逃
人们把所有的愤怒都往它身上撒
被炸得遍体鳞伤
爆竹打在壮族小伙的身上
不会流血，不会伤痛
因为他们有"神灵"护身
看遍地的红硝纸
来年壮家的日子

（选自《清远历代乡土诗选》，宁夏人民出版社2016年版）

张佩兰 1首

张佩兰（1974—　　），女，籍贯河南，现居广东中山。

引凤还巢

田中视察，梳理产业结构
是七拱村官每天的必修课
用一颗放养群山的心
解读乡村财富密码，铺设管道
从马鞍山引来初生泉
喂养小龙虾、有机水稻、莲藕
蔬菜、田鸭、稻花鱼，机器翻耕
机器收割，将旧农业模式
破局，让高架上爬满藤蔓

结出太阳，照亮了留守的老人
照亮了留守的儿童
照亮了打工人的回家路

（选自《文艺报》2021年12月3日）

李开颜1首

李开颜（1974—   ），女，生于湖南衡山，现在韶关工作。

收割阳光

太阳割着赤膊
火辣辣的痛快
喝大碗米酒的男人
动如一头头矫健的雄鹿
被游走的田埂勾勒成
一幅动态的图画
裸露的肌肉鼓出了壑
生命在上面跳跃奔放
满土地沟田横流的汗珠
伴着谷子丰满了
沉甸甸的竹箩

喊一声号子
应声而至的风
传来雄性的山歌

（选自诗集《五彩梦帆》，岭南美术出版社1999年版）

叶秀霞1首

叶秀霞（1974—   ），女，生于广东清远，清城区作家协会理事。

旋转舞动的擂茶棍

旋转，旋转，再旋转
转过了多少个春夏秋冬
转过了多少个廉价沙盘
转过了多少代喝擂茶长大的儿女
那根用鸭脚木做成的擂茶棍
依然永不疲惫地在沙盘里
尽情地旋转舞动

是奶奶的那一代
还是奶奶的奶奶或更早就开始
"擂茶棍、沙盘、茶叶"
成了母亲送给女儿出嫁的嫁妆
在那物资匮乏的岁月
擂茶一直伴随着贫苦的农民
度过无数个严寒酷暑

离开父母并喝擂茶长大的儿女
让他们魂牵梦萦的
是故乡那一轮皎洁的明月
还有年迈的母亲
手拿着鸭脚木棍在沙盘里
是否依然飞快地
旋转，旋转，再旋转

（选自诗集《叶子在跳舞》，中国言实出版社2014年版）

钟淑萍1首

钟淑萍（1974—   ），女，生于广东始兴，现居始兴。

大围后裔

大围的后裔拧开电视机
整个世界就近在眼前了
他们指点大围如数家珍
祖先的功绩熟稔于心
他们半开玩笑地慨叹风水轮流
沉寂了半世纪的大围不再风生水起
大围的后裔已大半在外
他们走出了大围，走出了闭塞的大山
他们也许永远不会再栖息在大围的怀抱里了
不再有祖先那般荣耀的门楣
可是这又有什么呢?
他们过上了比祖先更鲜活的日子
并且
他们永远还是大围的后裔

（选自诗集《五彩梦帆》，岭南美术出版社1999年版）

盘金生1首

盘金生（1974—   ），瑶族，连南瑶族自治县作家协会主席。

燃烧的马头枫叶

那时，还是个娃娃
骑在爷爷的肩上

来到枫叶下的家
摘几片红彤彤的枫叶
来回摩挲一把

少年跟着爷爷的步伐
抵达枫叶旁的家
枫林披一袭红纱
与天边的晚霞
化成吉祥的哈达

青年望枫林意气风发
云端上的山茶花
却是咫尺天涯
淡淡的牵挂
仿佛缥缈的烟霞

中年一身优雅
不经意间
触碰到枫树的伤疤
仔细数数
竟然有八块大疤二十四块疙瘩①

点燃马头枫林的火把
照爷爷回坪地的家
婚宴桌上的酒歌豪放
火炉堂上的瑶经旷达
长长的红头巾随风挥洒
闪闪的野鸡毛将黑夜碾压
点燃马头枫林的火把
照见云峰上的山茶花
它站在高高的山崖
等待雄健的苍鹰到达

点燃马头枫叶的火把
照亮美丽的新家

瑶家的兄弟姐妹
个个笑靥如花

点燃马头枫林的火把
照亮幸福瑶山
瑶歌传遍山峡
瑶绣绣出壮丽的图画
幸福的伴侣在枫林溜达
留下永恒的芳华

注：① "八块大疤二十四块疙瘩"指的是连南排瑶原始居住八排
二十四冲。

（选自《飞霞》杂志2021年第1期）

黄礼孩 组诗

黄礼孩（1975—　），广东徐闻人。现在广州工作，历任广东省作家协会诗
歌创作委员会主任、副主任，《中西诗歌》《诗歌与人》主编。

菠萝献出了果实

玫瑰云打扮天空，是为了游戏
我喜爱地上的小动物，它们梳理着大地
在五月到来之前，菠萝献出了果实
这夏日将至的愿望，不知你是否有过强烈的想象
牛还在吃草，放牧的人没有走远，四下里轻盈
云朵遮住太阳的那一刻，你要放下傲慢
站到阴影和阳光的边界，向来者道歉，想想季节
陌生如你曾经爱的人

（选自《完整性写作》上卷，青海人民出版社2011年版）

在禾木村
正是黄昏时分
禾木村有人点灯
像小小的橘子——剥开
让人看见里面生活的肖像
雪如精致的鸽子下着
带来别处的声群
覆盖了春天走动的钟表声

此时，野兽是否穿过灌木丛去寻觅食物
只有图瓦人看见它们忧伤的影子远逝
午后，楚吾尔流进陌生人的耳朵
体内口渴的鱼获得了新的口渴
看着雪切入了石头，狗吠跃出了乡村的档案
抽一支烟，闲聊几句高于日常的话语
在繁花盛放，人声鼎沸之前，我将独自离开

在甲乙村

——给诗人梦亦非

在黔之南，有一杆岁月之秤
称着甲乙村骄傲的穹顶
诗人的出生地，连云朵也有重量
万物在此有旧或新的实质
空旷的村庄，它的静谧低于小动物
钟情于黑夜里猜测山地天气的人
他的梦爬上梯子，取下马灯寻找农地上的植物博物馆

早年的布衣之乡，它是你的咏物之诗
一片已知和未知的土地
交织风雨雷电，也交迭着命运
在黎明到来之前，被你一遍遍说出

这是一开始就存在的苍凉归途

多年后，与众诗人还乡
眼睛漂浮出群山，忧郁之云像地图的影子
铺在山梁上，农人挑水草走过
唯有我们需要领略它的味道

并没有唱片上的唱针磨着山水
去理解树根与岩石恒常的对话
夜色压低了嗓音，夜色是一壶浊酒
尚未到来的世界在外面闪耀
深夜，我们围着炉火交谈
出奇地喝出了门外的闪电

（以上两首选自诗集《谁跑得比闪电还快》，花城出版社2016年版）

童年是一块糖

月亮纠缠着杨桃和石榴花的香气
储存鸟儿的树，它的记忆迂回在遥远的夏天
一只蟋蟀，地下的歌手，不需要澎湃的排场
游戏中的孩子，练习小自然带来新的花样
晚间讲故事的人，他不断在编织记忆之网
故事还在村庄流转，次年也许就不知所终了
听天由命的村庄，云影遮住了月亮
芒花也暗淡下来，给孩子们春天的小人儿书
少了几种。当世界还小时
一无所知的日子，被纸飞机带向远处
孩提时光已归于零，怀念时看见更多
此时此地，有人叫我的名字
递过来童年的一块糖

（选自《2014—2015广东诗歌精选》，花城出版社2017年版）

梦亦非1首

梦亦非（1975— ），布依族，出生于贵州独山县，现居广州。

芒　种

隐居的人像孤寂不远的人，或者云
在河川与林麓旁散步，吐故纳新
他的净瓶容许了上苍的清水

耕作的人像将要望穿福祉的人
于尘世中，远景前，像雨点一样
散入为诅咒增加的土地中
雨滴不可避免地落进了喂食的木槽

舍身饲虎的人多么像洁白的人
蓝色老虎不过是一种譬喻
纵身打扰了牺牲的大梦

回家的人像西岩一样老，诵经的人
像命运的箭镞追逐的少年

远离经卷的人像坐近的人，虔信
一无所获，并且半路口渴
是舞镜中领略梵光的盲人
他在悬崖和田野间喝着一小罐水

（选自《诗刊》2002年12月下半月刊）

黎启天 1首

黎启天（1975—　），广东信宜人，东莞市作家协会副主席兼诗歌创作委员会主任。

过故乡

合丫湾
还是这样的娟秀柔美
细声软语
满带深情地流淌
以温盈之腰轻轻绕我
隔岸的稻花
飘香如往
春分之后是谷雨
乡村的农事跟随日月的轮回

我，乡音未改
却止不住记忆之鬓的微白
年轻的身躯满载
愁老的心事
祖辈扶犁的身影
哪里去了
一闪而过的面孔
既熟悉又陌生

磨坊布满岁月的蛛网
西窗的剪影
附着旷野的秋歌
一切都悄然随风

曾给我温暖，曾给我梦幻的故乡
我自远方而来
不是归人
只是匆匆的过客
满带思乡的惆怅

（选自《诗刊》杂志2002年第3期下半月刊）

林志山1首

林志山（1975— ），生于海南省琼山县（今琼山区）。珠海市诗歌学会理事。现任珠海艺术职业学院副教授。

梦回故乡

这是来自海南的长途电话
传来母亲悦耳的声音
"你儿时的伙伴志富当上村长了"
母亲喜悦的声调里
故乡，似乎也阳光起来

放下电话
故乡在电波里传来——
田野里微风吹拂着稻谷的金黄色芳香；
椰风海韵的涛声；
以及少年时在海边捕鱼、钓虾、摘野果的嬉戏声；
那一年，在人民公社粮仓前宽广的晒谷场上
堆积如山的金黄色稻谷伴我练写中国汉字
一如林家祠堂门前的湖上，天鹅和鸭子在休闲自由欢乐地游
那一年，一条3公里长的笔直泥土路呀
是一位大姐用手一指
让迷路的我认清了回家的方向

梦回故乡
睡在志富兄的"梦思"床上
做着童年时一直做的梦——
长大了，临海浪漫地栖息着
把大海、沙滩、热带阳光、蓝天白云、椰风当枕头
天天枕着涛声喊故乡

（选自《星星诗刊》2008年12月上半月刊）

林馥娜 组诗

林馥娜（1976—　），女，生于广东揭阳。现居广州。广东省作家协会诗歌创作委员会委员，广东外语外贸大学创意写作特聘导师。

贪郎山

一个"贪"字，带着乡土原始的汁液
就像擂茶与灰水粢，以沁人的植物香
让人贪嘴不已

被城市舍弃的习俗与粗糙之物
散发着自然造物的光华
我们来或不来
它都是最真实的存在

在虎尾村，我与光绪年间敞开襟怀的晒场
和屹立于陋巷深处，与贪郎山遥相对望的碉楼
保持一致的恬静

2015年12月

（选自《清远历代乡土诗选》，宁夏人民出版社2016年版）

乡村春节

没有一种宁静，够得上乡村的深沉
各大城市的寂寞在此间积聚
没有一种热闹，盖得过乡村的盛大
久违的野性于早春炸响爆竹

高低不一的新楼房

在暮光中凸显出错落的轮廓
这些装载着乡愁的空屋在岁末涨满人声
蔚蓝与暮橙默默在这里交换昼夜

一群李花开在高速路畔岑寂的山坡
仿佛排着汽车阵的人们
怀着一颗草木之心
总想借一朵净白之蕊回到从前

而我一次次踏上归途，沿着春天的来路

红土地上的乡心

汗水与雨水灌溉的红土地
深蕴着菠萝、甘蔗甜蜜的希望
和带刺的贫瘠
坚守故土的耕者
在种植与收割中呼吸着祖辈的脉息
当丰收与歉收的日子都倘然挑进箩筐
生命的丰饶
从土地的深厚中获得
而在时间的光与影中
游子用反复的往返与定格
抒写生命中的《归去来兮辞》
季节与风物的迢递
得以在传承的链条上显影
捧一抔红土，就是掬起一把红糖
微苦的甜滋养着一颗颗炽热的乡心

山里人家

他们坐在矮凳上

脱玉米粒。背后
是玉米棒堆起的金色大厦
小孩的童音像圆鼓鼓的颗粒
不时蹦出筐外
三个人的世界云淡风轻
阳光从山上飘到脸上
又从脸上移过山后

（以上三首选自诗集《我带着辽阔的悲喜》，阳光出版社2016年版）

蓝紫2首

蓝紫（1976— ），女，湖南邵阳人，现居广东东莞。东莞市青年诗歌学会副主席兼秘书长。

扶贫干部

他们用马路连接起张家山、辽竹坪、古树冈
他们搭建电线杆，接通水龙头
他们与我们说起和平镇的未来时，眼睛里会有星辰在闪烁

让贫瘠的土地里也长出欢乐的笑声
在和平村的会议室里
屋外广袤的旷野
我聆听他们的交谈
已使心灵获得了短暂的宁静
希望是他们豢养的一树花朵
他们穿行在马路、稻田、村落

（选自《诗刊》2019年4月·上）

乡　间

那时我们尚年少，晨起东游至山林
采下沾满露水的野蘑菇，晚霞中西荡于河畔
听放牛的牧童吹起竹笛
偶尔几声犬吠，招呼到来的客人
绿荫之下，小路似绸带连接起
远处的青山，把少年的憧憬
送到青山之外。村落虽小，我们
因此地远心不偏
我们是怎样走了出来？成为羁鸟
怎样跳过龙门？在更大的染缸里
又成为池鱼？东奔于玻璃窗镶嵌的写字楼
西顾至低矮的铁皮屋
闲时去美术馆，在悬挂的一幅画布上
找寻灯火掩映的乡间

（选自《作品》2021年4月号）

阮雪芳2首

阮雪芳（1976—　　），女，出生于广东潮州。现任深圳《红棉》杂志主编。

春日照耀万物

一匹棕马在山坡打滚
更多马匹低头吃草
每个清晨都如此，而我
只是这一天的过客

汽车缓缓地驶过
一个村庄连接一个村庄
桑树和房屋向后退去
山野劳作的蓝衣女人
春日照耀她的碎花头巾
也照临着万物

山水间遇见家园
飞鸟、玉米田和流水
曾经的倨傲与避世
如野石以另一种方式
沉降到辽阔的大地

和绮倩摘桑葚

雨后山里，高大的树木
水珠沿着叶子滴落
我们吃野桑葚
清风在枝头颤动
田野上绿色的庄稼
唱起金色的歌谣
像好日子正来临
某种属于个人的语言
从身体深处
涌出来，丰润且饱满
你笑了
带着恋爱中女人的愉快气息
当我们伸手采摘

我们在阳光的汁液中
得到热烈和安静

（以上两首选自诗集《水的肖像》，成都时代出版社2021年版）

杜冬生1首

· 杜冬生（1976—　），笔名杜朗朗，广东始兴人，现任广东省方志馆副馆长。

石园坝

石园坝是挂在胸口的
极小的平方公里

石园坝心怀仁慈
她的稻香是村民脉脉的奶水
喂养乡村袅袅炊烟
麻雀机警穿行在稻穗的林密深处
在冬季石园坝无法躲避荒凉
等绿色卸下装束，石头
活蹦跳跃，浮起身子无比细密
爬满河流打磨过的痕迹
青苔茸茸，无法掩饰一个
枯竭得如此纯一的世界

在丰与俭之间流转
在得与失之间周旋
石园坝，一个微缩的版本
她使出农村妇女的生育能力
顽强昌盛，孩儿成群
童年的云霞常常绯红
从她苍白的脸庞抚摸滋润
入夜，孩子们依偎怀中
石园坝就这样张开母性的宽厚
给出每一个温暖的细节

石园坝，石园坝
人们喊着她的名字
走向田间，走向岁月

（选自诗集《期待打开的温暖》，广东旅游出版社2010年版）

熊正红2首

熊正红（1976—　），女，湖南汉寿人，现任广东江门市江海区作家协会主席，江门诗社社长。

在我祖先的村庄

坐下来，坐在山坡上
像从来没有离开过一样
即使当年瘦弱的身躯
如今已装满各种尘屑和负累
已无法，展翅飞翔

打量一棵小草，一棵杉木，一棵楠竹
打量山脚下的流水，吃草的牛和羊
打量已没有几处炊烟升起的寂寞村庄

视线穿透迷蒙的时光
仿佛看见不同年代的祖先
在村庄，穿梭而过

（选自《椰城》杂志2023年第4期）

疍家姑娘

出生在一条木船上的姑娘
你已随着那条木船，漂游了不知多少地方
此刻你坐在堤岸边
你的白皙的双脚，浸在河水中
那是生命的河水
是它养育你，让你成为一个水灵灵的姑娘

此刻你的视线定定地望着远方
你是否想起了阿爷阿嬷当年给你
讲起的祖辈在河流上求生的故事
是否想起了自己年幼时，畅游在河水里
和河里的鱼，嬉戏的时光
或者，是否想起年少，将书包
背起又放下，放下又背起时的辛酸

或者，你是否在望对岸的人流车流
是否在打量那个
穿着时髦衣裳，与你年龄相仿的姑娘
又或者，是在想哪个年轻的小伙子
占据了你的心房，但他并不在你身旁？

时光多么安静啊
连河流的水，也只是轻轻流动
不忍心发出一点点声响
生怕一点响动，会加剧你的惆怅和忧伤

天空湛蓝，馨香的花，在开
出生在木船上的水灵灵的姑娘啊
观音菩萨都合上了双掌在祈祷
她祈祷，祈祷你，灿烂地笑起来

（选自《2018江门诗人诗歌年鉴》）

何群贤1首

何群贤（1976—　　），女，生于清远，现在清远市文联工作。

乡村之上

灶膛
抱着激情熊熊燃烧
每一次干柴探入
就是烈焰的喷薄
炊烟
在半空飘荡
和屋脊几株野草
于微风里共舞

看啊，居高临下

田野
铺开，再铺开
禾苗，戈戟锋芒
蔬菜，盔绿缨红
两军对垒
此进彼退
岁月太沉，日子路长
水车拉不动了
有个喝油的机器
在突突突的助威声中
来一次完美的冲锋

（选自《清远历代乡土诗选》，宁夏人民出版社2016年版）

郭杰广 组诗

郭杰广（1976— ），生于广东南海。佛山市作家协会文学院副院长。

向南村的老木匠

东明祖祠，拄着拐杖
已扶不起翻卷而来的逆风歌
木头匿藏着太多命数

他常常对人说，榫头卯眼
月光里才能看得清。木头的硬
一片树林内心有多么柔软

为打开这座祠堂的建筑密码
他默默地为自己打造一个工具箱
里面装着锋利，嘱托和鲁班尺……

在古村，一些人比钟声醒来得更早
他们知道木器里面，咬合着生死契

梅庄辞

酸梅树，还在族谱里抽芽
古道上，不时还有香雪滚下来

潜斋先生，在乾隆年间的
绝句里做状元，守孝道
多像一匹老马
驮起半部村史
拴马的大树，已被时间牵走了

这里靠近西江和北江
一个白鹤与黑色幽默
用多少个羲之洗砚池才装得满

这里，梅花像星星
整个夜空都装不下

（以上两首选自《上海诗人》2021年第4期）

李洲村

落日是苦行僧。夕光柔软
水中的李洲村，暮色降临
像浪花喂养大的孤儿
摸着石头过河的人
会摸到暗礁和岁月的脸
一些随风波远去的身影
在村口回澜，守望。埠头的
古榕，探入河中，打捞记忆
听说巷陌深处生长信仰和虫鸣
许多年以后，芭蕉林传出诵经声
时而枯寂，时而深沉……
某些秘密在沙洲上潮起潮落
仿佛谜语一样安静地躺着
那些沉入水底的
正是大地丢失的东西

（选自《佛山文艺》2022年第2期）

张美艳1首

张美艳（1976—　），女，原籍广东梅州，生于广东英德，现在英德工作。

农　民

从这片黝黑的土地
种植金色的种子
铺展一个斑斓的春天

从芬芳的硕果中
取出昨夜的梦
晒在田野
让它生长希望，繁衍
一个，又一个
殷实的秋天

有汗水，有喜悦，更有忧伤
有爱，它的根
植在这方山水
这片厚厚的赤土
心，却飘向
闪烁七彩霓虹的远方……

（选自《清远历代乡土诗选》，宁夏人民出版社2016年版）

陈会玲 组诗

陈会玲（1977—　　），女，广东翁源人，生于广东韶关，现供职于南方报业传媒集团。

你的故乡打动了我

正午的芦荟地没有风
田埂把农人送回了村庄
在山的那边，炊烟已经升起
懒汉也饥肠辘辘，骂骂咧咧着起了床
高处的草亭安置了我的急躁
石子掷进山塘，涟漪给出暗示
你正在来到我身边的途中
所以我不能轻易离开
所以我手搭凉棚，直到凉棚上的草
由青到黄，被冬天的风吹掉
我给你的信还在桌上
犹豫着要不要写上：
　"我从未看见过你，
但你的故乡打动了我。"

（选自《诗刊》2016年4月上半月刊）

春天的病

你曾像一个老农
打量过春天平坦的腹部
并以忧愁的口吻说出
　"没有一滴雨水的春天
正在一场隐蔽的病中"

你一直低烧的额头
就要冷下去的灰烬
像无处诉说的青春的疾患
不动声色地四处张望
关于春天的病
你还来不及最后诊断和发言
雨就来了
带走了一粒谷子
拒绝怀孕的愿望
一摊正在汇聚的雨水
让你看到了自己的面容
你还别无选择地目睹了
在一瞬间暗下去的天空
和一整个慢慢暗下去的四月

清　晨

在咳嗽的梦境里起身
镜子耗尽一生的虚空
台风吹灭了昨夜的灯火
老人的遗言在村庄，还剩一句
远处一个孩子在哭泣
降生或者有着无人知晓的理由
新的一天似乎拒绝让你进去
像年少时的游戏
你在背光处练习，还未允许加入

用一个自己注视着
另一个自己向内伸缩
尖锐有如一颗子弹
闪亮并且击破世界的温和
痛的生是秩序，后是恐惧
臆想是一声微弱的呼叫

留不住飞鸟，天空留住了天空
桌上的稿笺暗淡下来
你创造的晨光碎在手上

（以上两首选自《金葵花焚烧的土地：新乡土诗选》，漓江出版社2013
年版）

彭争武组诗

　　彭争武（1977—　　），湖南平江人，现居东莞，广东省作家协会诗歌创作委
员会委员。

种地瓜的人

谁还吃地瓜不再重要
重要的是
没人在我后院
种地瓜了

有人看到种地瓜的人
背着纤维袋走路去了城市
有人看到种地瓜的人
在城市里
把砖头当地瓜挖了出来

也有人看到我的后院
有个老头整天在慢慢刨
虽然院子里
早就没有了地瓜

这让我迷惑不解

我的祖父
明明去世了十多年

地瓜哪儿去了

摸索了半天
父亲终于在后院
掏出一把锄头
想给自己找答案
地瓜哪儿去了

瓷饭碗里没有了
稻火堆里没有了
就连我的后院
有一根小草的生命
就轻易结束了
地瓜家族的繁荣

地瓜哪儿去了
除了父亲
除了我
还有谁在默默记念

父亲确实老了
连锄头松动的柄
都握不住
现在又怎么能
轻易刨到地瓜
消失的答案

（选自《人民文学》2013年12期）

农村唢呐

一字拉开吹动乡村
有人躺在棺材里不问世事
有人街头村尾开始哭哭啼啼
有人搬桌椅贴白纸
一生摆一席流水

不知天上如何，凡间就在唢呐中
笑着哭，哭着笑
生死，往来，不谈悲伤
只有曲终，散落一地乡村的孤寂

叫作老家

疼爱每一个从你身上冒出的小孩吧
像笋，野蛮破土，不断生长
疼爱每一个从你身上游走的少年吧
像鱼，迎着水源，不断飞越

疼爱每一双从你身上踏出的脚印吧
不管多么孱弱，细小
总有一天，他会止步回过头
遥远地叫你故乡，深深叫你一声母亲

不管你身体里有没有一条河流
但他心中一定藏有一条母亲河
不管你肩膀上有没有一座大山
但他一定呼唤母爱如山

而你，只需要静静地
守住岁月，铺开一纸一笔相约
你就是当年，这一群光腚小孩
共同的家，叫作老家

（以上两首选自《特区文学》2023年第4期）

吴乙一 组诗

吴乙一（1978—　　），原名吴伟华，广东梅州平远县人。

回乡记

黄昏开始，村庄一步步陷入
巨大的空旷。三五家灯火
微弱地温暖四周静止的时光
"你的烟太淡了，不够味儿"
几位叔父，狠狠地吸着自家的卷烟
吐出一大串泥土的辛辣

春天已经过去，留下一场接一场的雨水
盛产三华李的村庄，又开始热闹起来
只是，乡亲们不明白，低贱的李子
为何像城里的股票，一下子牛气冲天
面对接踵而来的老板
面对每斤一元二角的收购价
他们竟然束手无策

昏暗的灯光照着他们布满沟壑的脸庞
照着他们满腹的困惑——
"李子价钱为何会这么高啊？"
"趁现在价钱好，全摘青果卖了？

还是卖熟果，利润会更高一些？"

几个月才回一趟家的我，像个异乡客
成了城里人，成了知识分子
他们一个又一个问题
像稻田里的蛙鸣，在我耳边彻夜未停

（选自《诗刊》，2008年5月·下）

故乡的山冈上

这是我的村庄。出生，长大
不仅有安宁，也有贫穷
坚忍、挣扎，以及逝去的荣光
这里天空湛蓝
明媚阳光落满了山冈
这里静谧、荒芜，不见野兽潜行
唯有山歌流传

一些人出生
一些光阴死去。我游走他乡
留下众多亲人
长成乡间的平常植物，面朝黄土

他们依旧散落各个角落
劳动、休息，求医问药
风渐渐吹凉这个下午
坐在空旷的青草地，我的心一再妥帖
一再柔软

身后的茅草历尽一次次野火
每当秋天来临，便白茫茫一片
白茫茫一片

（选自2015年6月23日《羊城晚报》）

而此时此刻，是我一个人的庄严

李树坡的亲人
村里人去世后全都葬在李树坡
到了春天，白茫茫的花朵奔走呼叫
热闹，喧嚣
仿佛散落在荒草地
一层一层，一丈一丈的苦痛
直至秋风吹尽落叶，夜间狂吠的狗
恢复平静，推开的门重又关上
直到他们只剩下
刻着名字的坚硬面孔
统一朝向南方
深夜，路过李树坡，有人听见
一群厉鬼一边炒田螺，一边分纸钱、元宝
有人遇见头顶一颗大月亮的背影
父亲逝世后，我突然不再恐惧
每次经过，总会放慢脚步
盯着陪伴在父亲四围的人
看看风雨中喘息、打盹、失眠的
显考、显妣、大人、孺人
并不认识的男、女
还未出世的孙、曾孙、玄孙
如果他们开口问询自己的亲人
我一定如实告诉他们人世间的盛景

（选自《岭南诗歌年选》，先驱出版社2020年版）

谭畅2首

谭畅（1978—　），原名谭昶，女，现在广东省文联任职，系广东省文艺评论家协会副秘书长，广州市女作家协会副会长。

桃源小布

有一缕烟
有一缕风
有一缕翠色映在水中

有一座山
有一座岭
有一座祠堂香火兴盛

桃源小布
里水北屏
梦里水乡柔柔的身影

桃源小布
人杰地灵
星洲岛上回望的深情

村村的人
人人的村
生生不息血缘的传承

小小的美
美美的小
村头巷尾笑笑的眼睛

桃源小布
里水北屏

乡村振兴有你的身影

桃源小布
人杰地灵
岭南故事连绵的歌声

（选自《乡村振兴看里水》，广东省文化学会编印，2021年版）

星星坡纪事

绵羊村庄静卧于雪野
在稻茬地两端张望，比谁更柔顺
谁打工一年买不回半爿猪肉，一冬木炭
房檩断了谁修，是起脊
还是造浮夸平顶楼
清浚泥塘动了哪家风水，别吵
给外姓人看笑话

山的绒毛
不要再犹豫了，村庄无言等待
月圆雪深之夜适合远行
腿脚轻盈拔出生活烂泥
逃离灰得发紫的城市天空
用滚烫嘴唇亲吻涂满奶油的巧克力山冈

围着绽放成白菊花的柴堆奔跑、歌唱
跃下冻成玉梳子的狭窄山阶
追逐石子样坠落的贪嘴麻雀儿
模仿双脚开立的雪松，搂着肚子微笑
总有人相信幸福会滚下山坡

（选自《中西诗歌》2008年第1期）

盛慧2首

盛慧（1978—   ），生于江苏宜兴。现居佛山。

水　乡

深宅幽暗
一个孩子躺在阴凉的竹匾里
睡得像一碗凉茶
木头发出细密的沉香

一个大手大脚的中年妇女
准备去地里锄草
边走边咬着黄瓜，脸上
留着茄子般的光芒

一个山羊胡子的老头
从茶馆里出来
颤巍巍地经过一间空房子
腰门晃动，仿佛老情人在咳嗽

水光在廊棚底下晃动
一条打盹的小鱼
梦中游进了瓦楞深处
初雪

消　失

那一年夏天的后半部分
豆荚在空旷的坡地里爆响
后来，下了几场雨，每场雨里

都有人死去

葬礼上，天空阴郁
散发河蚌的光芒
铺着陈年稻草的村庄
像含水的海绵

村子最东面的那一家人
就是那样消失的
村子里的那条大路
就是那年被遗弃的

（以上两首选自《星星诗刊》2008年5月号）

罗燕廷 2首

罗燕廷（1978—　），广东清远人，现系清远市作家协会诗歌创作委员会委员。

送　别

这个地方，今年我已经是第二次来了
三月，春天还未走远，到处洋溢着生机
在一场润物无声的细雨中，我来送别堂叔

可惜我来晚了，大门旁边
两棵白玉兰正没心没肺地开
村里的兄弟聚在树荫下抽烟，谈笑

父亲把一管粗糙的毛笔交给我

"写上他的出生与死亡吧"
我用尖锐的笔锋在骨灰缸的内盖里写上：
罗德文，生于1967年，卒于2016年，终年50岁

我本想再多写几句，例如他的肝硬化、骨质增生
例如他的卑微与贫贱、憋屈和疼痛

一想到他的一生已经那么暗淡，就不忍心
让他死后，还头顶着一团漆黑的云雾
我知道终有一天我还会来到这里
如果可以选择，秋天吧
秋天不冷不热，我不想让来送别的人受罪

只是，我永远无法与自己告别
这终将会成为我唯一的遗憾

战 场

因为是在送往医院的路上死去的
依照村里的风俗，凡在村外断气的
尸身都不能进入祠堂

祠堂是伯父生前的战场，许多个冬天
伯父在这里烧起火堆，为大伙掏心掏肺

村里的饮水问题，兄弟间的矛盾问题
木生娶媳妇的问题，都是伯父给解决的

"这是几百年的旧俗，谁能改变呢？"
在祠堂门口的草地上
一生为村民着想的村主任——我的伯父
硬挺挺地躺了一夜

这与一个打了一辈子仗的将军
最终不能死在他的战场是一样的

（以上两首选自诗集《而立年华》，四川美术出版社2018年版）

邓木桂1首

邓木桂（1978—　　），广东连山人。现在连山县委办任职。

诗意黑山

黑山的山不黑

采一把东边篱笆恣意生长的野菊花
掬一壶来自天上的雨水
与最心爱的姑娘一起
用火热目光
把茶水煮到最滋润的味道
从此，黑山的山便沉醉在
云里，雾里，梦里

站在高高的山顶，远望
山已不再是山
而是父亲宽阔的肩膀
是母亲饱满的乳房
还有，从未走远的故乡
此时，正轻轻地叩击我的心房

站在遍地金黄的田野

我无法控制的思想
就像柔和而温暖的秋风
张开了一双蠢蠢欲动的翅膀
飞过蓝天，飞过白云
飞过，再也看不到袅袅炊烟的
古老村庄

黑山的山不黑
弯弯的梯田，遍地的金色夕阳
此刻，我的眼中只有
姑娘弯弯的笑脸
和仿佛就在面前的
蓝色月亮

（选自《诗词》报2021年12月30日）

成月秀1首

成月秀（1978—　），女，广东韶关人。现在韶关工作。

献歌武江丰收节

秋风挥动金色的翅膀
武江丰收的喜悦在风里飞扬
瓜果熟透，稻浪飘香
翻腾的大地掀起新时代农人的欢畅
武江水酝酿的梦想蒸蒸日上

来吧，把黝黑的笑容镀上稻子的金光
再让滔滔的武江水满载我们的欢欣一路奔跑

奔向江湾的青山绿水
奔向龙归粮仓
奔向西联、西河与米酒醉人的重阳……

来吧，采摘颗颗压弯枝头的硕果
一朵兰暗含幽香
挽起裤管在溪水中追逐童年的那尾游鱼
动手磨一盘清白的豆腐，包一块软糯的糍

让眼睛闪亮，让鼻子、嘴巴沉溺于那份甜香
至于耳朵，就留给多情的客家歌谣
留给水口村高亢而悠长的龙船调
从清晨到日暮，乡村的路灯一盏一盏把黑夜点亮

回来了，曾远走他乡的游子
捧一把故乡的泥土贴近胸膛
把根深埋进祖辈躬耕的土地上
来吧，和父老乡亲一起
把丰收的喜悦分享
把天时、地利、人和种植在田间地头
种植在农人的百亩梦乡
看啊，那一个个无言的稻草人
也在守护这片土地的芬芳

（选自诗集《凤翔武江》，线装书局2022年版）

冯杰福 1首

冯杰福（1978—　　），梅州人。广东侨作联羊城诗社创作基地秘书长。

乡村美

与元魁塔、千佛塔相比
村落也许比历史更真实

秘密和方言，虚构了光阴
她的花叶，知道光的来处
她坚持河流一样弯曲
兜兜转转，去择一城
安身，立命

伟大的事情莫过于繁衍
春天的绿、秋天的黄……
世间的种种颜色
都是她用力喊出的回声
她的美，正在向世界
和盘托出

尽管今生孤绝，来世恐惧
她舀起婉转的流水
告诉那出海远洋人
山下的家，正变得有光景

现在，知音正盛
花瓣后头的空枝
都称作未来。我知道——
那是要我们填补的空白

（选自《梅州日报》2020年9月26日）

杜绿绿1首

杜绿绿（1979—　），女，原名杜凌云，出生于安徽合肥。现居广州。

田野气息

阻挡在人群外
人群居在玻璃里，透过一点点光亮
看外面
下雨天，有雾水氤氲到眼睛
田野沉到水塘里。几棵高大的麦苗
从泥沼中爬出，在风雨中散发出香甜
有人回忆起少年，有人想起老年
有人打破玻璃，坐到田野里去了

（选自《珠三角诗人诗选》，九州出版社2010年版）

蓝树娇2首

蓝树娇（1979—　），女，清远清新人，现为清远市作家协会副主席。

地　塘

地塘地塘
童年的地塘

春天毛毛雨
地塘湿漉漉
大河水涨
青苔苍苍

夏天多炎热
满地塘是谷
金子闪闪
雷雨说来就来
来不及收谷的
掀开水衣给谷子盖被
谷子在塑料膜里安稳沉睡
外面淌着哗啦的雨水

秋天我常做梦
跳飞机，捉迷藏
赤脚走过地塘
脚板发烫

冬天来啦
那片翠绿的篱笆
早已稀稀拉拉
那开满了白花的绿色植物
到现在还不知道它的名字
那菜园里浇水的女人
那摘菜的老婆婆
他们谈起了什么
咯咯大笑

地塘就落入
昏暗的夜色

悼亡牛

——谨以此诗宽慰母亲

夕阳向晚
绿愁染远山

又是牧童一声声

"呃儿啊" ——

唤牛回栏

草塘水漫

抹不去

母亲一双悲凉泪眼

回望稻花香处

曾有你铜铃般的大眼

深情流盼

静听石板道上

一串串蛋音响过——

去而不返

（以上两首选自诗集《秘密花园》，作家出版社2007年版）

倮倮1首

倮倮，原名罗子健，20世纪70年代生于湖南衡阳，现居广东中山。香山文学院副院长。

溪村纪事

傍晚，三溪村的雨下得有些蹊跷

它既没有下到古老的飞檐上

也没有下到刚刚还尘土飞扬的小径上

它下到一个从青石板小路的街角

晃过来的陌生人心里

那个人心里万马奔腾

心情如怀素的狂草

惆怅的雨

落在曲曲弯弯有些寂寞的小路上
从墙角一闪而过的小花猫
看起来也有些寂寞
舌头翻卷着暗黑的悸动
一盏昏黄的灯仿佛一个小小的天地
世界上所有的车马都在运送黄金
某个人却在寻找灵魂的灯盏

梆梆梆的雨声中，一支悲伤的歌
飞离了演奏的乐器，飞进黑暗
雨水的指挥棒胡乱地挥动着——
一匹旧时光，伫立雨中
仿佛那灯，仿佛那天地

（选自诗集《诗"歌"中山》，长江文艺出版社2018年版）

贺颖1首

贺颖，女，20世纪70年代生于辽宁。现供职于中国少数民族作家学会。

连山·土之篇

不只是贴近大地聆听
不只是欢喜
于山间奔跑，心尖儿上狂跳
都不够
这泥土炼就的千年鼓声
必须为之颂赞
以诗文
为之出具最纯真的证词，以烈酒为之祝祷
作为节日的亲历者

一醉再醉
我彻夜在大地的寒凉和火热中往返
一再倾倒身体中的前世

我像种子
抚摸盘王脚下深绿色的泥土
抚摸最本质的光明，和光明未及照亮的黑暗
我的爱久远，真实，奈何我资质浅
我全部的心意
尚不足以理解这片土地上万分之一的悲喜
我是盘王迟归的儿女
今夜唯有怀揣群山的秘密
在鼓声深处反复失眠

（选自《飞霞》杂志2021年第1期）

郑小琼 组诗

郑小琼（1980—　　），女，生于四川南充。后到东莞打工。现系广东省作家协会主席团委员、广东省作家协会诗歌创作委员会主任、《作品》副总编辑。

秋天。弯曲

——黄斛村记忆

秋天剩下一层薄霜，它弯曲的手指
伸入树枝的怀抱，审慎的头颅间
屋顶的灰瓦檐，停留着诗歌的麻雀
跳动，闪烁，缓慢地舞蹈
歌唱式的尖声唤不回远游的年轻人
用双倍的词语叙述，描写，停顿
它们拥挤地叽叽喳喳叫喊

像缺乏想象的油画家涂抹的色彩
庞大的理想与尖锐的现实如此失衡
秋天的白霜有着莫名其妙的兴奋

河流上弯曲的月光，石头退出了半个阴影
被比喻与象征反复地证明，河中的丝草
不再有伶俐的口齿，它年岁衰老，记忆衰退
肌肉衰弱的病症，浮在自身的裸体间
她已由公主的骄傲变成了妇人的谦恭
弯曲着，她的独白诗改用了第一人称

"我回来了，从外面返回"，时间，地点
人物，甚至于事件，都无法说清
熟悉的秋天间，走向不同的途径
她们伸展，盘曲，小慧嫁到了河南
庆萍喝农药长眠，丽芳拖着三个小孩
剩下……不同的结论，充满感叹与祈使
她的面部表情，啊，如何面对陌生人
时间犹豫而苍白，遍布抽象的加法

它有着糟糕的气候，荒芜跟干旱移走
庄稼地里的收成，村长腰间的小酒瓶
挂着白条与欠单，水泥电线杆上吊着
调快节奏的低压电表，数字简单得只有
十个字母，却变幻莫测，她出乡那年的
人情，世故……注定是一生也还不清的债务
钥匙与门不再有镇定的作用，她坐在灶台旁
计算鸡蛋能换几两盐，菊花初八结婚了
劣质香水在黎明中化妆，小圆镜让她找回少女的
憧憬。（她记得河边的月光，萤火虫
如同秋雨样淅淅沥沥的约会，啊，再也不能返回）
她祈求着一年的风调雨顺却又不断回忆雨天的慵懒
霜落在枯藤疲倦的躯体，蛇——一个暧昧的词
暗藏着毒药与诱惑，乡间售货员的指间
秋天成霜或者成灰，她已不习惯于按部就班

二十五岁的年龄，有菊花般缥缈的梦
庭前的水缸里浮着宋词的低愁，她写诗，眺望
城市的白兰地、肯德基、麦当劳、口红与短裙
让木桶压得粗大的小腿已不习惯于莞然一笑
秋霜似银子，多像她的年华，却不能去花
让它们白白被日光吸尽，这虚弱而抽象的问题
"去，还是不去？"隔壁从广东回来的荷花又问
她对远方充满童话的幻想，却偏爱小说的人物
独自比拟却无法模仿着行动，"去，还是不去？"
她的询问仿佛一个选择题，A的后果，B的缺点
C的后悔，D的懊恼，乡村电影剩下独白
落日悬于白霜，她目送着越来越小的孤独

钟敲了四下，她在河边洗菜，却洗不掉旧朝的
碎花布丁，案头的尖刀切不断人生的悲欢离合
生活锁上清代的铜锁，她的念头越来越单薄
似秋叶枯纹，幽幽的鸟鸣还在
她需要梳子梳理内心的纷乱，她仿佛读不懂
经书般的河水与人生。春天点缀起秋意
她进入年老的回忆，陈旧于乡村的习俗
黑色的牌坊与面具
她抱怨着乡间的风俗与家族的律法
生活多于孤独，霜开始降落
气候与明月低于沉思的额头
回忆与忘却都有毒，它们挪开
转眼即逝的黄昏

"哦，嗯"，她找到褪色的线索，
念头是可怕的，霜落过的念头像春草
有着顽强的生命力，霜越大，草越长
乡村虚无成戈壁，剩下弯曲的霜
敲打着田野。"走时要有勇气！"
她发现自身的不完整，她说着时
已离村五年。秋天重返村庄，从南方。

（选自诗集《黄麻岭》，长征出版社2006年版）

北门村

荔枝林间，我拥有的鸟鸣

清澈，干净，暮色间，那一小块天空

有鸟飞过，它们，低低地飞着

擦过我的头顶，黄昏中的光线，云朵

风，也是低低地，在窗台，在轰鸣的机器

缓缓倾斜的光线，照耀我的内心，衣物

照耀荔枝间的铁皮房，我是低低的，在北门村

在暮色中，我总是低低地说着：命运

那些像纵横交错的命运……啊，我伸出双手

握紧它，目睹一缕光线穿过三千里的距离

照耀着它，在它闪亮的光中，我低声朗诵着

啊，这些内心的光线啊，它们是爱！

是我爱着的生活的全部

（选自《诗刊》2008年3月下半月刊）

李　燕

体内的黑暗像铁一样涂抹着肌肉、血管、骨骼

那些使我迷茫的铁，像一道道犀利的闪电

照亮破碎的生活，1996年从湖北来到广东

带着一个少女明亮的梦想，1999年在四川

山区雨中的竹林间，躲着计划生育工作者

八个月的身孕，丈夫在遥远的广东

父母在遥远的湖北，剩下四川的雨水

敲打着那双有迷茫却充满爱情的脸

2000年，将七个月的儿子带往湖北

重下广东，2003年在四川乡间建房

有点明亮的日子，她看见生活的美好
像广东的天气温暖而丰盈
厂外，荔枝林和路灯照亮的脸
喧嚣的生活，拥有爱与眺望的心灵
2005年还清所有债务，她感受生活的枝条
摇晃着，2007年，结婚十年的丈夫
外遇。离婚。她离开生活了十年的小镇
去了另一个小镇。她抱着一颗破碎的心
坐上黑暗的公汽，晃动不安的生活
让她迷茫的十年，夫妻分居的岁月
直到破碎的婚姻像阴冷的冬雨敲打她的脸上
2008年再婚，依然是四川的山村
男方离异，净身出户，与她一样
2009年女儿出生，她的生活奏着新音阶
——重新建房，养育小孩。要有信心
选择新的生活，为未来留出蔚蓝的天空
为漂泊的灵魂寻找一小块安静的容器

（选自诗集《金葵花焚烧的土地：新乡土诗选》，漓江出版社2013年版）

幸　福

春风里的雨水降临，安睡在屋顶的蔬菜种子
长出了一丛幸福的绿芽，风吹着的幸福
雨浇着的幸福，在二月的垄上开成一朵红花草
三月的田里长成一株麦苗，四月的菜地里挤成一窝白菜
缓缓抬升的冥想，灶台的母亲，黑烟的面孔
日子踮着脚尖奔跑，幸福停在苦楝树上不肯降临院子
父亲和鸡只仰望着它，它橘红色的光芒
照着内心，擦亮了大树的根和生活的叶片

庄　稼

五月的风吹动着麦苗的衣襟，六月的雨扑打稻穗
七月的月光捞起一颗颗跳跃的心脏，八月在一棵树上
涌动的米香，幸福高过横梁，马匹啃食着灯盏
三朵玉米七分春色，一窝子高粱在叫喊，给日子捎上
一条绿色的围巾，给夜色送一双黛色的袜子

庄稼压低了苍茫的夜，一株玉米与另一株玉米
争吵。风穿过黎明，在针孔大的晨光中
辽阔的井水中汲出一年的梦境与眺望
两三滴露水打湿的疼痛与忧伤，我的胸口
噎着的那个字流到手心——空啊

（以上两首选自《绿风诗刊》2004年第6期）

陆燕姜组诗

陆燕姜（1980—　），女，笔名丫丫，广东潮州人。广东省作家协会诗歌创作委员会副主任，广东省作家协会理事，潮州市作家协会副主席。

苦楝树

苦楝树和羊儿一样
是外婆的命根

一颗绿色的灯盏
照亮了通往塔后山的土路
外公上山采苦楝叶的脚印

深深浅浅，织成一条弯弯曲曲的鸡屎藤做的链子
给孤单的老树，颁发荣耀

那一年酷暑
外公最后一次上山采叶
突发的心血病结束了他半辈子的活计
他由一个烈汉子变成一个孩子
此后苦楝的枯荣与他无关

"这真是天意。上天才有办法让他的手脚停下，
歇一会儿。"外婆搓着手，念叨着

是的，歇一会儿
一小会儿

当他的坟墓紧挨着苦楝树
那茂密的叶子，像是多年来
为他准备的厚厚的棉被
高高的树干，掩护着矮矮的土坟
又像是肩并着肩，挨得那么近
一如多年前那张补拍的
黑白结婚照里，一高一矮的两个人

跟阿嬷赶羊上塔后山

一群羊
在小路上缓缓地走
我跟在外婆身后
跟在一个移动奶库后面

苦楝树开花了
紫色的小花，张望着小山包
几乎每年都一样

但阿嬷一年比一年蹒跚
我渐渐矮不了她多少

山脚下，又多了几块墓碑
是仙河人
碑上的红油漆鲜亮，像新娘头上
闪光的发卡。刚嫁到塔后山

阿嬷顿了顿脚步。朝新坟瞟了一眼
回过头拉紧我的手
"丫头，赶快！别被身后的影子追上了"
赶得越快的人，越怕身后的影子

我突然羡慕起这些羊儿来
它们落在半山腰上
闲云一样，若无其事地啃着草

一群羊中总有一头最像我

它们在黄昏中歌唱
嗓子漂亮的好像皮毛更迷人一些

一头分外镇定的小羊
混在它们中间
长着弧度好看的角
影子微凉

它与别的羊不同
它在炊烟里朗诵，腔调古怪
年龄虽小，音色却格外清亮

外婆说，它一定是天上
最亮的那颗星星转世而来的

（以上三首选自《澳华新文苑》2015年10月号）

唐不遇1首

唐不遇（1980—　　），本名张元章。广东揭西人。现居珠海。

遥忆村

泥墙变黄又变黑，瓦片
也像乌云露出了裂缝：
雨随时会倾盆而下
房子随时可能退役成牛棚

四周的山垂着铁青的脸
依然沉默，没有传宗接代
鼻子没有穿上铁环
——那些笨重的面孔
在泥泞的田里艰难前行：
这些田地很早以前就已出生
河流更早。它们的祖先黄昏时跳进疲惫的流水中

而在这间倒塌的房子里
我独自反刍炊烟：
一炷献给死者的安息香
死者的黑尾巴为我驱赶骤雨

黎明，穿过小巷，我往井里
抛下木桶：打上来的是梦的白花
紧拴着的绳子松了
掉进老村子的眼睛深处

（选自《诗刊》2006年10月号 · 下）

蒋志武 组诗

蒋志武（1980—   ），苗族，湖南娄底市冷水江人。现为广东深圳市坪山新区作家协会副主席。

每一条河流的对岸都有一个故乡

河流似乎更贴近故乡
一江资水，围绕着山城，村落
深秋，我在等一个远归的孩子
时光，减去轮回之后，生命已所剩无几
一次停留，一片月光，一次眺望
不管身在何处，有水流动的地方
就会有同样的故乡，洗去我们内心惶惑的回音
和卑微的念想

人生，每一条经过的河流对岸
都有一个故乡，它们藏在心中
它们在你的身体里长山　寸寸草木
和回归的磁场

离开村庄的少女

她并不起眼，十六岁
长发下闪烁着山泉般眼睛
今年，她父亲患病住院
经济的负担如乌云压顶

刚办好的身份证
在她手里熟练地玩弄
像这个熟透的村庄

前脚走出去，后脚就知道
要去哪个方向

送她去远方的
有母亲，婶子，读初中的弟弟
那天，山路突然变陡了
她端详着路，路边的一切
新鲜的花朵，向着远方开放

当她离开洪云村的那天
整个村庄的天气沉了下来
而那个栖身的城市
是否亮起了万家灯火？

（以上两首选自诗集《面朝大海》，海天出版社2012年版）

三月残雪

醒来，时间清除了我昨日的污秽
窗外小孩子的叫喊，吵闹
让我知道昨晚上天带来了一场大雪
飘动的雪花洋洋洒洒不知真相
一律覆盖美和丑，暴和力
但我永远不会以雪花的方式
抵达大地

雪，适合雕塑今天阴霾的天空
白色和灰色成为舞伴，它们安慰和挽手
母亲灶炉里上升的炊烟低垂
刚上屋顶便消失了，只有柴火的灰烬
像骨粉，投掷在草丛中

哮喘老人被抬到了屋外

不停唠叨着三月这场罕见的雪
只有不懂事的小孩在赞美她空中飞的舞的媚姿
我想，三月雪，在故乡就要抵达绝境
桃花即将粉墨谢场
患重病的老人们开始暗示我们

（选自《南方诗选》，四川民族出版社2018年版）

池沫树1首

池沫树（1980—　），原名周云方，江西宜丰人。现居广东东莞。

故　乡

在田野的上空折叠翅膀
要收藏起今年的收获
种子和落叶

奔走相告，飞鸟和白云
山谷的溪水流过我的纸张
"我分明看见她的影子，她的笑。"

是我的诗歌，词语在跳
在挣扎。盘子里一点血
我的土地也有思乡之苦
我告诉我的童年，要在田埂上放风筝
要在山坡的黄泥路上奔跑，像一个轮子

老人的笑声把骨头震响
捂着胸口，有点咳嗽
那秋天的霜染白稻草。院子的角落

公鸡的叫声
在夏天追逐，呼吸

家人终于聚在了一起
我写下：堂屋，一台旧电视
我写下：爷爷，奶奶，父亲，母亲
兄弟姐妹，外甥，侄子——
我再写下：眼神聚在了一起
我终于回来了！

然后我折叠翅膀

（选自诗集《广东青年作家诗歌精选》，花城出版社2017年版）

叶清河1首

叶清河（1980—　　），广东清远人，清远市作家协会副主席。

夕阳倾斜地照着村子

夕阳倾斜地照着村子
照着晒谷场、菜园、瓜架
照着剥落的泥墙
黝黑的瓦顶
巷道里走过一只狗
墙根下窝着猫，和它的孩子
那些散落草地的鸡
辛勤地觅食
还倾斜地照着你
在门前的空地上
蹒跚学步

这个倾斜的黄昏
倾斜的阳光过滤了轻纱
倾斜地铺在河面
染红了青草
田里弯腰的稻苗
玉米树长长的叶子低垂
牵着黄牛归来的人脱下了草帽
扎成堆的孩子在酸枣树下捏泥人
捏出了一个
捏出了两个
还有一个在手上
等候诞生
那是不是你?

就在这个村子
记忆的每一块石头重新翻开
我踏着长了青苔的小路
穿过存在过的无数生灵
穿过倾斜的夕阳
你还在那里
你已不在那里

（选自《清远历代乡土诗选》，宁夏人民出版社2016年版）

赵目珍2首

赵目珍（1981—　），山东郓城人。现居深圳。

风吹藕海

风吹着无边藕海，阳光映照午后
迷人的花瓣，有轻盈的翅膀惊醒粉态

那些宁静的暗流，在旖旎的湖底泛舟
前前后后的，有采莲的传说拥紧
万亩碧浪。鱼戏莲叶间
鱼戏南北西东，摆尾的动作打破沉静

光影映带着山庄，卑微的生命靠它求生
我想说，莲藕是幸福的
它既不贫穷，也不孤独。有水声
将孤独带走，有温暖的灯光将贫穷驱逐
风沿着藕海逡巡，有多少徘徊的命运
无边的忧愁，正被莲花的青春点亮

今夜，月色独照在藕海上

今夜，月色如群鱼。独照在这无边藕海上
清漠的水田飞起白鹭，羞涩的莲花被月光的声音惊醒

荷塘沉浸在无边的幽光里，它似乎厌倦了嘈杂与散乱
暮光赶走了喧嚣，它又做回被遗忘的澄明

我有着反反复复的起伏不定的心
我希望月光捎带走疼痛、孤独、疾病缠身，以及贫穷

我将一只手放在胸口，美丽的藕海若隐若现
远方的月光仍旧像时光一样赶来，莲花担负着拯救的命运

（以上两首选自《星星诗刊》2014年8月上半月刊）

吕布布 1首

吕布布（1982—　），女，出生于陕西商州，现居深圳。

马炉①中

　　艾略特说过，20世纪60年代的遗产是一种永远年轻的信心，一种坚持把游戏、爱情、浪漫和理想主义变成现实的能力。此时此刻，那个时代终于淡化为背景。

——2010年12月，2015年7月

五年前，我们下丹凤县看刘西有②故居
沿着那条狭窄的乡村公路走过去的冬天
闲和宁静，山萸散落。在阴坡
一群羊孜孜不倦地吃着积雪，无视
矗立的苞米秸子像战场上潦草的士兵
人少却不寂寥，在那次行走总是出现的
奇迹里，朋友不耐烦地停止和回顾
他的严苛疲惫的身影，以及粘住
笔记本中的身世，让我们的步伐有了理智
以贫穷写贫穷，并不需要完美的心智
就是这样，水库仍是马炉唯一显赫的建筑
苦楚，笨拙，一张立着的干枯的明信片
温柔地被一个假想的时代
盖上其他观点的邮戳
两棵柏树是它的鲜活映衬，历史的
修辞。朋友坐在墓地，劳动者的声音
还在腮红蜜的天空，发其困难，发其
每一天的贫穷，成为传奇的要素
望过梯田看云彩，一个老人的目光
收回我们的比喻，清晰的农村并非
自然，而主题大多来之不易
在这个越来越平坦化的世界，朋友

你不觉得眼前的梯田
是一种有趣的视野吗？
过去它缓解了人地矛盾，如今它拦截
那碾平一切的技术，更重要的
存在的它也是我们的命运——
地平线就在那儿，我们却得回转，回转，再回转。

注：①马炉：商洛市丹凤县月日（发音：儿）乡马炉村。②刘
西有：马炉村农民，全国劳模，于1981年因肝癌去世。诗中的
"友"指刘西有之子刘丹影。42年前，丹影的生父屈超耘因为
一句承诺，把他送给了刘西有做儿子。屈超耘，1936年生，户县
人，作家。中华人民共和国成立10周年大庆时，省上筹划《农村
干部教材》，分配给屈超耘的是写马炉大队支部书记刘西有。尽
管二人差异不小，却彼此感觉有共同的东西，后来成了影响彼此
一生的好朋友。

（选自《广东青年作家诗歌精选》，花城出版社2017年版）

秦锦屏1首

秦锦屏，女，"70后"，陕西宝鸡人，现任深圳市福田区作家协会主席。

出生地

需要一份温度，恰如你这般将我包围
异乡的花朵，别在你的裙边，格外妩媚
我还是能找到多年前的味道

总想起在你怀里撒欢的年月
你从不开口
包容了我所有
哭笑打闹

转瞬间忘记，又神奇地记起

就算丈量完世界上所有的土地
总有一份田园
永远永远——列入未知
永远永远——概括为熟悉
呵，这里，埋葬着先人　收留过
一个独特的魂灵

（选自诗集《深圳30年新诗选》，云南人民出版社2010年版）

卓小畴1首

卓小畴（1982—　　），广东陆丰人。现任清远诗社监事长。

听晚风吹过稻浪的声音（节选）

一

初春，阳光从东边升起
金子山盛满金子
云海下，映山红红着脸
看远处，山连着山
一头系着壮锦，一头牵着瑶绣

二

天将拂晓，千年瑶寨山门虚掩
黛色的屋顶沾着潮湿的晨露
五千年寒来暑往
青石古道静默守候，每一个羁旅的行人
踏着长长舞的节拍
人间一晃七十载

三

立秋
31岁的壮年牵着城里的姑娘
穿过万里瑶山，到欧家梯田
听晚风吹过稻浪的声音
那金黄的稻香味是岁月对土地的馈赠
就像丰收馈赠勤劳一样

四

有时，从容是一种气度
是静卧的观音山
还有远离城镇的上岳古村
她孤独，不染烟尘
多想让她撑一把油纸伞
信步在烟雾缭绕的英西峰林
给这多雨的江南，画一多情的红衣女子

（选自《生态清远诗歌集》，岭南美术出版社2020年版）

唐自辉1首

唐自辉（1982—　　），瑶族，广东连山人，现任连山文化广电旅游体育局党组书记。

春　耕

一声惊蛰雷
万物齐复苏
老水牛也踏起春风
相约到烟雨迷蒙的梯田
瞅瞅春的气息

手捧一抔泥土
头顶一片天空
农夫站在梯田之上
绿色的希望
自心底油然而生
犁铧翻动肥沃的泥土
吆喝声在山谷里久久回荡
晨曦照来
温热的汗珠
在黝黑的额头上闪光
层层梯田
粼粼波光
仿佛一面面明镜
镶嵌在半山腰
映照着春天的模样

（选自《清远历代乡土诗选》，宁夏人民出版社2016年版）

潘一丹 2首

潘一丹（1982—　），女，生于连州，现在中共清远市直属机关工作委员会工作。

故园的菜心

穿过阳光的睫毛
在田野的不远处
在菜畦的内部
静听菜丫裂变的声音
一根菜心拔节而出
另一根菜心也发出热烈的感应

直至点燃生命的火焰

一根菜心
不止一根菜心
呼吸着粗犷的山风
在岁月的沟壑里坚强地成长

一根菜心成熟了
另一根菜心也成熟了
跳跃成快乐的天使
守护了澄澈与明媚
这一种质朴
闪耀着生态的光芒

一千亩菜地
比赞美还要广阔
那飞过头顶的蜜蜂
像阳光的机群，运载着花开的声音
扑向冬天的舞台

舞台已经打扫干净
等待卸下成吨花粉
在城市的站台
演绎一场空前的盛宴

田心深处有绿

站在林中
浅绿与深黄依次交织成网
山与树有曼妙的介质
清风赶来为叶子擦亮名字
没有雨水

河水变成了溪水
裸露的鹅卵石无声控诉着

阔叶林与针叶林也辩论开来
岩石刻在峭壁的细纹里
掠过岁月的身影

无名的花，开在路上
沿着季节的余热
红了枫，黄了叶

转身已是向晚，窗外
雨声如注
探头出去
才知道是风和树叶在对话
夜多了些轻寒

静听时光轻流
是否，生命也在转瞬间
绿肥红瘦
直到底片掉落草丛里
才知根植历史香尘的钟摆，没响

（以上两首选自诗集《阳光穿过睫毛》，中国文史出版社2014年版）

吴文琴1首

吴文琴（1982—　），女，江西人，清远市文艺评论家协会理事。

穿梭在田间的身影

——致改革先锋袁隆平

为了春天有绿色，秋天有金色
心怀天下的当代神农
在科学的田畴上

留下了他探索求新的脚印
一眨眼，光阴已过大半个世纪
永远不变的是他田间穿梭的身影

婴拳般的种子
它们攒劲破土，叉开手指
用嫩芽拂拨阳光的刘海

秋天，用它的厚重给大地抹上秋的颜色
它不是帝王的华服，富商炫目的铜
而是他智慧的光芒，汗水的透亮

停在比梦还柔软的稻浪上
一只低飞的蜻蜓
躲进秋风的耳朵
探听到稻田深处的声音
即使忍受被收割的疼痛
也要始终微笑
完成一棵稻子最初的使命

（选自《广东文坛》2018年第12期）

严正2首

严正，本名孙怀强，20世纪80年代出生，安徽寿州人，现系清远市作家协会副主席。

小 村

1997年：阳光击打一个怀孕的村庄
散了的草屋重新围起来
我黑夜里乱响的骨头

太阳，太阳是1997年的火把
麦子红了
麦子的身体被晒得滚烫
我和心爱的女孩
在村庄的马背上一起发芽
我要穿上布衣住下村庄
和她一起拥有清贫的生活
备好农具和茶水，我们到田间劳作
吃遍村庄里所有的粮食

于是，我忘记诗事
我去远方找一个熟识的兄弟
或者月亮升起，我和树长高

（选自《清远历代乡土诗选》，宁夏人民出版社2016年版）

广清对口帮扶之清新颂

是什么让我在内心歌唱
是什么让我感受到
清新像一座宽肩膀的城
安详地依偎在夜晚的衣裳
让我回忆——
清新的早晨是黄色的
它代表扶贫工作吹动的号角
清新的中午是红色的
它代表扶贫工作队火一样的热情
清新的傍晚是金色的
它代表扶贫工作队勾勒出的美好蓝图
让我在清新的睡眠中画上圆圈
它代表着青春的足迹
印刷着民生发展的那份春华，那份秋实

（选自《生态清远诗歌集》，岭南美术出版社2020年版）

林萧组诗

林萧（1983—　　），湖南永州人，现系清远诗社副社长。

山村的早晨

清晨醒来的时候
山村也刚刚醒来
我是被鸟雀叫醒的
好久不曾听见
这些清脆的声音
嫩嫩的如春日的嫩芽

绿叶和花朵拥抱着
我居住在乡下的房子
空气里饱含着湿漉漉的水分
一缕轻烟似的雾霭
在村庄的上空轻轻流动
天空蔚蓝得多么纯净
云朵洁白得令人心疼

这是我居住的山村
在七月的日子里
我穿行于村庄的每个角落
呼吸着清新温柔的空气
多么想长成门前的一棵树
将根深深扎进故乡的泥土
终生都不再挪开一小步

（选自《打工族》2008年第4期）

车过乡村

一条笨拙的甲虫
在四月的边缘蠕动
田野的庄稼
舞动绿色的小手儿
为它牵来一片鲜嫩的蛙声

布谷鸟的心事
被忙碌的农夫
揉和成一棵棵碧绿的秧苗
山路在花朵的点缀下
也变得抒情起来
车轮刚从上面滚过
便沾满了浓郁的芬芳

车过乡村
是 一间收获的小屋
满载淳朴的民风
和嘹嘹亮亮的鸟啼
驶进大自然的深处
在细雨织成的山林
尽情领略，那一份
江南诗歌的意境

（选自《湖南科技报》2001年4月26日）

507

我居住在一个叫火炼树的村庄

我所居住的地方
是一个叫作火炼树的村庄
火炼树村有两条名字响亮的路
门前的一条叫作金树路
旁边的一条叫作银树路
金树路和银树路的中间
堆砌着来自四面八方的人群

火炼树是一棵什么样的树
火炼树到底生长在什么地方
刚住进火炼树村的时候
我的脑海里总想着这些问题
火炼树村浮现都市的繁华
火炼树的朋友自豪地告诉我
这个村子已经没有一个农民
所以这里的村子都改叫社区
我才知道火炼树村已不是
原来的一般意义上的村庄

每天上班下班经过银树路
有时候也偶尔路过金树路
金树路、银树路名字闪闪发光
听说村里的人个个财大气粗
仿佛跟路的名字有了某种预兆
这里还生活着形形色色的外地人
每天都不同程度地上演不同的情节
而我所关心的问题一直都很简单
那就是火炼树到底是一棵什么样的树
火炼树生长的地方是不是同时盛开着
一条叫作金树和一条叫作银树的路

（选自诗集《朋友别哭》，内蒙古人民出版社2009年11月出版）

程继龙2首

程继龙（1984—　），陕西陇县人，现任岭南师范学院中文系教授。

回乡的一种可能

踏着零碎的小雪
走进疏篱瓦舍
一个熟悉又陌生的现场
新修的水泥路上有牛屎、红炮屑
伸出寒凉的衣袖不断地
敬烟，敬烟

眼前飘过各种脸面
沧桑的，呆滞的，光鲜的
一如时代中被扶贫的门楣
或路边展览般停放的汽车

一不小心，将香烟递到了空无处
一张看不见的脸无形地接了过去
蹲在身边默默地抽了起来
火照亮了，暗下来的天色和心境

（选自诗集《燕岭诗草》，暨南大学出版社2022年版）

忆旧游

越过生我的小山村，再往前
十里，进入另一种陌生
麦秀于田，麻雀和枯枝
装点着太古的寂静

村庄出现在林端
雪野的最高处，新修的水泥路
飘然而下，似它刚长出的脐带
去年，我到过那里

一位远房的老姨招待了我们
她拔来小白菜，炒了家里
仅有的几个鸡蛋
年老的风仪中仍存留着
闺秀的影子
母亲和她的谈天，从日上高林
持续到炊烟浮起，1966年的夜校
打工生活的屈辱，孩子的出路
都在欢笑中付与了门前的流水

如今，她躺进了山间的
某个小土堆。如果我走进村去
再也不会有人给我炒鸡蛋了
可我觉得，我依然不是一个
孤苦的孩子

（选自诗集《瀑布中上升的部分》，长江文艺出版社2023年版）

苏奇飞 1首

苏奇飞（1984—　），广东英德人。现居广东省英德市，任清远市作家协会副主席。

穷巷牛羊归

黄昏来临，燕雀叽叽喳喳
用爪子拨开秸秆，啄食稻粒

它们飞动的痕迹被风擦去

而取水人的铅桶碰撞井壁的声音

被最后的夕阳镀上金色

回荡在石灰墙壁间

当牛羊乱哄哄地走过陋巷

时间缓缓地从墙上滑落下来

成为一道静止的幽影

或者一声消散的呼喊

母亲抱稻草的身影隐没于圈舍

她与牲畜交谈的话语暗淡了

如果从厩顶的破缺处仰望

星星像蓝钻石一般闪亮

就要下坠到你的颈项上

（选自《诗刊》2020年11月下半月刊）

冯娜 组诗

冯娜（1985—　　），女，白族，出生于云南丽江市永胜县，现任职于中山大学。

漓江村畔

阁楼上的游客百无聊赖

"炒田螺还是剑骨鱼？"

妇人手中的刀麻利地剖开竹笋的春心

竹筏下河——"早就不种地啦！"

捕鱼，拉客，为顺水而来的人编织花冠

柚子树顶着墨绿的蓑衣

"艾粑清香唷！"

孩子们知道掏出卵石的花纹，讨价还价

破败的祠堂中有人胡诌
　"随缘随喜"
层层竹林围困着村落
我走到哪里都是笑靥如水的人
他们笑着像汩汩远逝的漓江
擦过天边的山脊
我没有察觉它破碎的蔚蓝
我不能说出任何谎言
吞下一千根针
我怎么能说出——
在古老的村庄，我成了最旧的人

山　歌

我再不能搬出一座大山
此生我不信还会遇见云雀
我也不以花萼的盆骨
坦承一根尖锐的喙

我宁愿抱住一截化石的残垣
猫眼石珠链如泪，已无法占卜
黑暗停在月球的背面
那些颤抖的河流

死去的誓言，腕间的银镯
那些被唱出的苦难，如长虹如爱情
如雾色莽苍，在鸟的翅间
此生，我相信了山脉延绵
并愿意这一切突然闪耀
在长歌中失传

（以上两首选自《诗刊》2011年10月号下半月刊）

乡村公路上

路途的交会，让我成为他们中的任何一个
提着一盆猪笼草的男孩
背着满筐山梨的老倌
奶孩子的妇人，孩子手上的银锁
和上面刻写的字——
"长命""富贵"
仿佛我命长如路旁的河水
沐浴野花也冲刷马粪
来这贫苦人间，看一看富贵如何夹岸施洗

稻子忙着低穗
我忙于确认一个又一个风尘仆仆的村庄
哪一棵柿子树，可供寄身
上车的人看我一眼
下车的人再看我一眼
这　路颠簸的速度，让他们在停顿时成为我
成为我的步履，我的晕车呕吐
我半生承受的琐碎与坎坷

司机的口哨绕着村寨曲折往复
多少个下午，就像这样的阳光和陌生
要把所有熟知的事物一一经过
多少人，和我这样
短暂地寄放自己于与他人的相逢

——纵使我们牢牢捍卫着灌满风沙的口音
纵使我们预测了傍晚的天气
（是的，那也不一定准确）
纵使，我们都感到自己是最后一个下车的人

采菌时节

捡拾菌子要持续几个月，雨水好的年份
从江边开始，向深山慢慢推移
整个村子都没有可以泡酒的虎骨
如你从很远的地方过来，会感到白天十分冗长
树荫从墙外挪到墙内，午后仍无一人
一动不动的寂静让人不安
你应该不会在这里过夜
你害怕看到人们分头从山中归来
兜着冰凉的菌类，像回到自己的墓穴

（以上两首选自诗集《无数灯火选中的夜晚》，中国青年出版社2016年版）

李衔夏 组诗

李衔夏（1985—　），本名李鸿斌，出生于广东清远。现任广东省作家协会理事、清远市作家协会主席。

农　舍

眼前农舍是一棵柿子树，挂满
丰硕的大红灯笼
门边对联还写着
千年以前的汉字——乡间的生活
仿佛亘古未变……
木屋背靠青山

碧油油一片，辨不清丛生杂草的名字
隐居山野的昆虫，太细小了
无觅踪迹。农舍，绝非大地的主角
它们只是一根瓜藤、一声鸟鸣
一粒尘埃的配乐

（选自《诗刊》2012年第6期下半月刊）

还　乡

一把钥匙要想还乡，必须返回
金属机器内部，把漫天飞扬的金沙，聚拢
再返回冶炼厂的高炉
把脸烧得红彤彤，化成水，流成河
一点一滴，流回矿石心房
被一个正值青春期的少年，愤愤地
扔向乌黑的矿山。一尊墓碑要想还乡
必须重新攥紧铁锤和铁钉
收拾锵锵声与火星子
重新平躺青石板街上，做一条安静的路基
一位扭着腰身的妇人，脚贴高跟鞋
婀娜走过，把它的心跳，踩响。一个春天
要想还乡，必须让新冒出来的绿芽
潜入泥土，迎向大地的怀抱。锄头
还原为冰锉，年糕还原为腊八粥，满桌肉类
还原为饥寒交迫的病鸡、瘦猪、老牛
绿油油的稻田，还原为
白茫茫的荒野
春天的故乡，就在彻骨的寒风里
在农民望天时映满烛光的眼神中
在一朵让雪融化成泪的红梅，花蕊深处
一把钥匙还乡，人们打不开，家门
一尊墓碑还乡，人们找不着，祖先

一个春天还乡，人们触不到，温暖
一位老人还乡，再也见不了，父亲母亲
以及那排张开臂膀的土篱笆

（选自《诗刊》2014年第3期上半月刊）

清　明

我在跪拜祖先的时候
一并向泥土和石头——
低头：这些比祖先古远的事物
何尝不是我的又一群祖先
他们秉持死者的静默——
活在春天的草木下

（选自《延安文学》2015年第1期）

山坡书

我走上山坡，才注意起这些碎花矮草
仿佛置身高处，我才能感觉出——
卑微和渺小的存在。碎花其实不碎
每一朵都有完整的蕊瓣；矮草也并不矮
生长在坡背，离蓝天很近……
我俯身，在溪泉洗脸，面具欣然松落
随着哗哗的细流，回到原本所属的俗世……
落叶在鞋底发出骨骼的断裂声
我由此得知秋天的深浅。风——
贴着坡根斜斜地沁上来，我借势倒在绿圃上
人生区区三万日，过一日少一日烦恼
这阵风还年轻：穷尽力气翻过坡顶——

要看看那边的世界。我总是止步山腰
痴愣一会儿便下来，一步之遥的皇位——
望望便好。精神与灵魂
是截然不同的两种力量，正如此刻——
我的精神像坡拱一样圆润饱满；而灵魂
已似脚下的山径，清瘦绵长……
下山途中，路遇樵夫，一团火的重量
压弯他的脊梁。这个与斧头相恋的男人——
奋力劈开树的年轮，在夹缝中
寄存余生的时光……

（选自《诗林》2015年第2期）

韩学早1首

韩学早（1986—　　），广东揭西人，现在清远市委宣传部工作。

行走在门口岗村

我一个人
带着余秋雨文字里的残渣
独自站在
站在一个叫门口岗的村旁

那是一条崭新的文化长廊
却诉说着多少古老和沧桑
铁匠厅里
我仿佛看见了——
用汗水滴成的门溪
依然在流淌

村前广场

坐着悠闲的老人
嬉戏打闹的小孩
小贩在吆喝
母鸡在唱歌
多么欢畅

古老的南洋建筑
已经斑驳的墙
长满了青苔
剥落了多少时光
唯一不变的是
楼顶上的红旗飘扬

把眼睛闭上吧
感受这温暖的太阳
蓝蓝的天，白白的云
永远是诗歌里的主角
而泥土里的芳香
却成了多少人的奢望

迈开脚步
走进文化站
走在广阔无垠的田野上
稻谷金黄，春种秋忙
童年的回忆
触手可及
我忍不住要大声呼唤
——故乡！

我环顾四周
都是各种各样的农具
有锄头、石磨、米舂、风柜
还有婴儿的摇篮
还有残旧的木床
多么令人怀念啊

走出驿站
走进古巷里
寻找着那些
曾经被人遗忘的忧伤
轻轻地吟唱
唱出了彷徨，唱出了苍凉

脚步停留在
一个破旧的瓦屋窗前
窗子里漆黑一片
什么也没有
却好像有被风吹透的冰霜

瓦屋上的十二月
发现了一点惊喜
除了阳光
还有植物生长
甚至还有——
一个巨大的瓦缸

我不禁要问：
亲爱的瓦缸
你是拿来干什么用的？
瓦缸笑而不答
我想
瓦缸里大概沉淀了
三百多年的重量

在一个安静的小村庄里
静静地走着
仿佛走在
一条通往彼岸的桥梁
默默地思索着
我们该走向何方？

（选自《清远历代乡土诗选》，宁夏人民出版社2016年版）

张春玲 1首

张春玲（1985— ），女，出生于江苏沭阳，现居广东韶关。

小村记

不砌院墙，不扎篱笆
一座桥，连两岸人家

隔岸，养几只跟脚狗
沿河，放七八只扁嘴鸭

几个留守婆姨，三四两针线
串了张家，又串李家

有时，清晨开门
不知是谁放一把时蔬
或一个南瓜……

（选自诗集《逆流的河》，羊城晚报出版社2015年版）

水晶薇 1首

水晶薇（1986— ），本名唐恬，瑶族，出生于广东连山。现系清远市文艺评论家协会副主席。

大 暑

七月——黄金锻打的时节
惊艳田野一串串稻穗

成熟成一把把金笛
吹亮了大地与天空

都说酷暑难挡，但挡不住
"唰唰""唰唰"的禾镰
欢快的叫声
鱼肥稻香，只有农民
躬下腰身，向土地
向这个连大树都喊渴的节令
深深致敬

(选自《华语诗坛》2020年第2期)

邹业本2首

邹业本（1987— ），生于广西，现任清远市作家协会副主席。

梦回荒村

在荒村，孤独如此辽阔
曾经的村庄，如今悲伤
城市拔地而起，村庄一再被排挤
夕阳下，彼此无语
中国还有多少这样的村庄
荒凉，静谧，孕育着古老的梦想
雨打湿五月的尾巴，初夏悄悄来临
瘦骨嶙峋的枝丫长满了新绿
南方雨季已经过去——
芳草萋萋，甚是美丽
日子开始奔跑
我想起了童年的狗尾巴草

绿色的味道，伴随着微风
像梦一样在我的脑海萦绕
成熟是一场浩劫，多少人不想长大
但晚霞还是染红了天空
整个村庄的山野
笼罩在粉红色的梦中
多么荒凉，多么静谧，多么优美
无数次张望，无数次回眸
但还是要与童年的芳草告别
梦回荒村，岁月凝结，真想
一觉睡到小时候，醒来就是儿童节

隐居荒村

阳光推开柴门
山谷的晨风敲醒我的眼神
在这荒凉的山谷
我过着与世无争的日子
爱情曾经啃伤我的心
热闹曾经让我着了迷
但现在，我沉醉于荒村的静谧里
翻阅往事，岁月爬上成熟的脸
沉默，如屋檐，静候百年千年
夜静静，荒村的月光洁白如玉
树林的秋叶
被晚风扫得哗哗作响
在我隐居的地方，夜晚有鸟儿鸣唱
它们唱的什么歌？
那是世世代代流传下来的古老童谣
虽然我在屋檐下
听不懂那些古老的童谣
但我敢肯定
深山里的歌唱才是人间的绝响

月静静，山幽幽，一代代的生命

在这深山里，吟唱它们不老的歌谣

日出而作，日落而息

中途画些水墨

每天都要流汗劳动

才能勉强维持温饱

我的身体

默默地享受着生活的重压

精神上的痛苦

就用肉体的劳动去征服吧

要知道，当一个人

厌倦城市的喧嚣与繁华的时候

贫穷，那也是一种幸福

（以上两首选自诗集《诗城春色》，四川民族出版社2021年版）

余玉英 1首

余玉英（1989—　），女，生于广东乐昌。

贾　婶

瓜子皮，嗑出的乡土味

不断联播乡村新闻

谁摸了鸡，谁偷了竹笋

谁家的汉子在外面……

谁家的娃，考试考了零分

谁家的娃争气，在县里又买门面

嘴碎的她，也没太惹人讨厌下雨天，

谁家花生、谷子没收她立马喊人，

挽起衣袖，拿上箩筐

谁家孩子生病，她会去卫生站喊医生

哪家来亲戚不在家，她会拉到里家去
心热像灶膛子，一年四季都亮堂着

（选自《特区文学》2022年第5期·下）

陈晓燕1首

陈晓燕（1989—　），女，出生于广东潮阳。现居汕头。

乡村人生四阶段

一

蝌蚪、秋千和大白兔奶糖
老井旁偷偷冒出的嫩芽
咧口笑了笑
短尾巴的鸟，在紫槐树的绿荫下
开口说话
你从山坡的柴篱之旁
跑过那一丛荷花
和叫不出名字的夏天

二

你用泥巴，捏出一朵玫瑰
打开窗户，草叶上的露珠沾着情话
那个送你红头绳的男青年
那个送你手帕的白裙少女
青春化作一盏不眠的煤油灯
静静守候在你的床边
山村的爱情

像青草一样拔节

三

还来不及把麦子扛回家
就开始打捞生活的沉重
陈年的石磨偶尔触到潮湿的部分
和你褶皱的眼睑相连
泥土捏的玫瑰已衣衫褴褛
你在空旷的麦地
一眨一眨地看着北方煮雪
看你被生活影印过的黑皮肤
坐在场边的
是规规矩矩的瓦罐
和无知的孩子

四

你干咳几声
这时稻子肯定熟了
灰色的额头纹，藤蔓般
伸向租借的黄昏
一双粗硬的手上繁盛的茧花
冬天还是来了
背着自己的影子
与一株麦子对坐
以骨灰为灯

（选自诗集《我打宋词走过》，广东旅游出版社2011年版）

安然 1首

安然（1989—　），女，生于内蒙古赤峰。现居广州。

黄　昏

该用怎样的词来形容它，在牧场
黄昏是你的
风是你的
落在地上的羽毛是你的
我听见牧民歌唱，是你的
在牧场，云朵是含蓄的，河流清澈
是你的
嗒嗒的马蹄声，是你的
我们躲进白帐篷，弓箭是你的
木匣里的银器是你的
大碗的酒，喝下去，是你的
在牧场，骑马的少年，是你的
土地上的黄昏是美的，是你的
我也是美的，是你的

（选自《民族文学》2017年12月号）

黄宇 1首

黄宇，生于20世纪80年代末，广东雷州人。

村口的那些人

村口边零散地坐着一些人
外来、入迁、暂住、务工

聚集在夜敞开的怀抱
像繁杂的星烁在世俗中浮动跳跃
如花阴下的旷世磷火
年轻的人们多想成为夏日里的一串水珠
在茂密的林间映照这荒芜郊野
伴随着清晨来自阁楼老人枯瘦手里的
一方点亮黎明的柴火
村庄开始背负着太阳忙碌
大地的苍穹隐匿在大汉黝黑壮实的
胳臂，圆润饱满的
汗珠像一条河流侧身而过
流向工地，土色的水泥，斑驳的钢筋，扬起的尘及田野的远方
久困的心，鄙夷的眼神，像一片羽毛，像挥汗如雨的隐忍
冰凉且有些湿滑，它诉说着沉默的故事

（选自《广东青年作家诗歌精选》，花城出版社2017年版）

杜志峰1首

杜志峰，山西永济人，现居广东珠海。

农家小院

豆角依着辣椒的肩膀
茄子躺进葡萄的怀抱
白菜和玉米在微风中闲谝
茴香与石榴在细雨中唠嗑
一树甜枣红红地笑着
满枝酸梅青青地摇着
藤条总是骑在墙头跳舞
蝈蝈和蛐蛐早晚都在唱歌

柿子哥哥挑逗般地伸手
苹果妹妹害羞样地弯腰
七八只小鸡树荫下啄食
两只老猫树枝上睡觉
儿孙似的瓜果青壮黄实
祖宗似的老牛闲多忙少
几间瓦房吹着菜地的清香
一口水井浇灌古老的歌谣
农家院里的一年四季
就这么和睦，就这么快乐
别说相邻的洋槐看出来了
连燕子这样的远客也感觉到了

（选自《珠海经济特区三十年文学作品选·诗歌卷》，珠海出版社2010
年版）

柴画1首

柴画，80后，现任深圳《龙岗文艺》编辑。

村庄里的太阳花

那山上有棵参天的苦楝树
树下是座朴老的筒油房子
有些知了经常进门，阳光总不愿意入内
我找到有厚厚青苔的枯井边站立
你，本来可以进屋歇歇的，为何要在
挂满燕屎窝的堂屋檐下一声不吭，
唉，我的肉儿
不知道此刻你在想些什么
能否也对我柔情似水？

我有时隔着一座绵延的山读你

有时隔着一滴水

掉地的声音找着你，五指缝里

除了光阴过后的余温就是我脸上的刀刀皱纹

还有些积尘，在纸窗、农具、瓷器上变老

娘说，有些人活在坟里

有些人还在白活着，这话

像唢呐和哀鼓的身影，不理解，才最幸福

（选自诗集《广东青年作家诗歌精选》，花城出版社2017年版）

安安1首

安安，现居深圳。

留守儿童

大片的金黄落下

有人一路捡拾果实

这个节候

应该和风车有关，和粮仓有关

和欢笑有关

一个瘦小的孩子

藏在高高的干草垛里

他说这里阴凉、自由，四季不分

没有人指责他的顽劣和旧衬衫

他的父亲去了远方

他的母亲下落不明

他随爷爷奶奶

还有一条大黄狗

门前，一望无际的黄土路
稻田，麦秸，孩子干净的表情
一望无际的秋

（选自《南方诗选》，四川民族出版社2018年版）

于芝春1首

于芝春，现居广东中山。

乡村的夏天

清晨，我在阳光中醒来
看风把每一缕光线从帘子下吹进
窗台上就有了斑驳影迹
那是阳光跳动的舞姿
和这窗外的乡村一样可爱

风吹过乡村的夏天
我看见金黄的谷穗在阳光下向我招手
木槿花在黑色的泥土里摇曳着
那饱满的微笑
在农民牵着黄牛犁过的脸上
闪闪烁烁

镰刀在稻田里划出道道彩虹
我听见汗水流进土地的声音
如鱼塘边那响了整夜的蛙鸣一般清脆
还有在暖风中摆动的影子
和春天里播种的希望那样兴奋
乡村的夏天

风吹过的夏天
忙碌的人们正收获着梦想

（选自诗集《悠悠咸淡水·中山诗群白皮书》，暨南大学出版社2010年版）

丁鹏1首

丁鹏（1991—　　），出生于吉林省梅河口市。现任《诗刊》编辑。

满堂围①

水滴渴望流动，而非汇聚，纵使沙滩松软
掘出的地基渗成水塘将围楼建一艘官船也无用
水涨船高，客船在月色里扬帆大围里穿四口深井也无用
子孙渴望出门远行，背井离乡
像每片风渴望更轻的骨骼

穿过七百七十七间房
穿过对岸的七重山峦
穿过智绝的七星灯盏
每一座围城也渴望剩一座空城和一个建造者的宏大梦想

注：①满堂围是广东始兴一座村庄的古建筑群。
（选自《诗刊》2018年4月·下半月刊）

浅论乡土诗的特征

——《广东当代乡土诗选》代跋

唐德亮　　王建明

何为乡土诗？这是一个困扰诗坛多年的问题。

有人认为，只要是写咱们中国，写咱们居住的地方，无论城市还是乡村，都是乡土诗，亦即"所有的中国诗都是乡土诗"。

也有人认为，写农村题材的诗，才是乡土诗。

由著名诗论家朱先树、吕进、阿红主编，袁忠岳、赵伐、程光炜、杨光治、陈绍伟参与编写的《诗歌美学辞典》则认为，"乡土诗是一种怀恋乡土旧事、崇尚乡村社会健全、善良和淳朴人性的诗歌品类"（《诗歌美学辞典》第23页，四川辞书出版社1989年版）。该辞典突出了"乡村社会"这一关键词。

笔者赞同"写农村题材的诗，才是乡土诗"与《诗歌美学辞典》所表述的观点。"农村"与"乡村"同义。费孝通先生在《乡土中国》一书中认为"乡土"的"土"字基本意义是指泥土。乡下人离不了泥土。"笔者认为，乡土诗姓"乡"，乡村的"乡"；姓"农"，农村、农业、农民的"农"，其本质特征应该是写农村、农业与农民，简称或者俗称"三农"。

可能是从"所有的中国诗都是乡土诗"这个观点出发，一些乡土诗选本，所选的范围就甚广，将一些写祖国名山大川或与乡土毫无关系的历史人物的诗也选了进来。

按"所有的中国诗都是乡土诗"的观点，那么"所有的中国诗人都是乡土诗人"，因为谁没写过歌颂祖国山水名胜的诗呢？"多中心即无中心"，"所有的中国诗都是乡土诗"了，那么，全中国的诗人也就都成了"乡土诗人"了。岂不荒谬？因而，不时见到一些诗评家的论文称某某某为"乡土诗人"或"新乡土诗人"。但观其诗，却没有几首是写乡土、乡情的。

著名乡土诗人刘章认为，"乡土诗是诗人表达对乡土的依恋感情，它包括歌咏乡村的民俗、民情。诗人可以画风俗画、风情画，展示村夫乡女的情态、心灵"（见《刘章评论》）。著名诗论家陈仲义认为，"风土风情风俗风景作为一种必然性基元，永远铺垫在乡土诗学最底层和最外层。进入乡土写作中，首先必须面对这种庞大的选择。利用这种基元性'道具'进而切入农民与土地、自然与人的内在血缘关系，传达出它们之间的摩擦、纠葛、矛盾和奥秘"（见《乡土诗学新论》）。

笔者认为，乡土诗的主要特征应以"农村、农业、农民题材"为核心，再延伸出乡村的民俗、民风、民情（风俗、风情）及与"农"字有关的风物，如农事劳作，又如农民所种的庄稼（含杂粮、果蔬），农民的生产资料（如田地）、生产工具如牛、犁、耙等，再旁延与农民生产、生活息息相关的农业政策特别是税赋政策，都可归为乡土诗所写的范围。至于"农村、农业、农民"这一"三农"，还应包括渔牧民与渔牧业。"打工诗歌"与"怀乡诗"和乡土诗有一定关联，但不是主体。

中国历来有乡土诗的传统。从《诗经》到唐诗、宋词，新文学运动新诗诞生后至今，都产生过大量的优秀诗作，如彪炳诗史的李季的《王贵与李香香》，阮章竞的《漳河水》，田间的《赶车传》，张志民的《王九诉苦》《死不着》，陆棨的《重返杨柳村》，忆明珠的《跪石人辞》，叶延滨的组诗《干妈》，梅绍静的《她就是那个梅》，等等，都是新诗中影响深远的乡土诗杰作。广东诗人的乡土诗，影响最大的莫过于阮章竞的长诗《漳河水》。阮章竞是广东中山人，早年参加革命，中华人民共和国成立前的几个月，他发表了以山西农村妇女解放为题材的乡土长篇叙事诗《漳河水》，震惊了诗坛文坛。1949年10月后的广东诗坛，经几代诗人的努力，也诞生过一批有岭南特色、珠江文化精神气派的优秀乡土诗。前十七年中，李昌松的《农民泪》，韦丘的《沙田夜话》与谭日超的《太沙田放歌》就是影响较大的几首。改革开放后，广东诗人的乡土诗同样蓬勃兴旺，出现了不少佳作，不少全国性诗歌选本不时可见广东诗人的乡土诗。

广东地处岭南，有浓郁的"广府文化""珠江文化""客家文化"与"潮汕文化"，这些文化风情浓郁，特色鲜明，异彩纷呈，省内外诗人为之写过不少优秀的乡土诗。粤北的清远与韶关还是一个少数民族聚居的地区，这里生活着不少的瑶族、壮族同胞，因此，"少数民族文化"（瑶壮文化）的乡土风情也不容忽视，理应进入乡土诗的写作与观察范畴。唐德亮在《诗刊》2002年12月号上半月刊上发表的《论乡土诗的本质精神》一文提出应重视少数民族乡土诗，重视"少数民族富有特色的民族精神的发掘"，认为"少数民族因其地域、语言、历史、风俗习惯等因素，使其'乡土味'更浓郁。深入发掘他们独特的民族意识、民族心理结构、民族性格、审美情趣，以及风情风俗风貌"是乡土诗书写的一个重要方面。

著名诗论家、诗人张德明说过："地域性是每一个诗人的精神胎记"，"一个没有祖籍的诗人将是一个没有灵魂故乡的诗人，永远都无法将这个世界最本真的情和爱、苦和悲品尝并呈现出来。"（《湛江现代诗选》，太白文艺出版社2008年版）。乡土诗则是乡土诗人的精神胎记。一个创作乡土诗的诗人或写过不少乡土诗的诗人，从他的乡土诗中，我们应读出他的喜怒哀乐，他的精神世界。对农民深切的爱，对妨碍农民、农村进步的现象的恨，必然也反映到他的乡土诗中来。像丁可荣获《星星诗刊》作品奖的《农妇黄二云和一千零七条青虫》以及《广东当代乡土诗选》中对"农村、农业、农民"的不合理现象的抨击的诗就是这样的好诗。这些作品也反映了诗人的大爱情怀与精神境界。当然，有些现象随着时代的进步如今已不复存在。这是值得庆幸的。但也不排除，一些不合理的、负面的东西仍会长期存在。

乡土诗也需与时俱进。从1949年至2023年，中国农村的变化可谓天翻地覆。20世纪50年代的土地改革，近20年来，社会主义新农村建设、取消农业税、美丽乡村建设，党的十八大后提出的脱贫攻坚、全面建成小康社会、乡村振兴……这些利国利民的政策与举措，对农村的改变是空前的。乡土诗人应用历史的眼光，站在新时代的高度，不光努力写出乡村的巨变（亦即"山乡巨变"），也应努力写出农民在这场巨变中的精神世界、精神裂变与巨变。

《广东当代乡土诗选》所选诗作，既有反映、歌颂中华人民共和国成立70多年来农村建设"大江东去"的浩歌壮曲，又有农村面貌沧桑的美丽画卷，更有农民生活、劳动及风情风物"小桥流水"细节场景的生动书写，甚至不乏讽喻批评。对农民70多年来的喜怒哀乐忧的精神世界都有较为深刻的洞察与呈现。艺术手法也呈现出"百花齐放"的景象——传统的，现代的；明朗的，朦胧的；押韵的，不押韵的……都能在这本诗选中找到不同的文本。

有人认为乡土诗"土"，但"土腔土调自多情"，"土"也能出传世杰作名篇，越"土"也可能越"洋"。有地区特色的"土"，有中国特色的"土"，有民族特色的"土"，在外地人或外国人看来就是"洋"。正如鲁迅先生说的，"越是民族的，就越有可能是世界的"。因此，不必忧虑乡土诗的"土"，喜欢"土特产"的大有人在。乡土诗的前景一定是光明的。

《广东当代乡土诗选》仅仅是广东当代乡土诗创作的一个缩影。肯定还有不少优秀的乡土诗没有被发现与选进来，限于人力与财力等多种因素，这是不可避免的事。有待今后有机会补正或期待有眼光的选家编选一部更完善的选本。

2023年6月

后 记

从1月开始策划，到7月底，经过7个月的努力，这部《广东当代乡土诗选》终于编竣，交付出版社了。

作为一部大型诗选，从作者范围，我们力求面广，力争全省各地都有诗人入选。但我们更着眼于乡土诗所反映内容的深广度与艺术水平和社会影响，力求中国农村几次大变革对农村、农民与农业的良好推动与影响都有所涉及，在此基础上择优选用。但由于我们人力、精力与水平所限，肯定会沧海遗珠，漏掉个别优秀乡土诗人的优秀乡土诗作。但可以说，我们已经尽力了。

《广东当代乡土诗选》是一部自筹经费出版的书籍。这部诗选编选的过程中，得到了全省广大诗人的支持，特别是中国新文学学会乡土诗人分会（原中国乡土诗人协会）的两任会长张永健、张浩与广东省作家协会有关领导与专家的支持指导，著名评论家、中山大学教授陈希老师拨冗作序，著名诗人、书画家吉狄马加题写书名，在此一并表示衷心感谢！

编选者

2023年10月